suhrkamp taschenbuch 4964

London, in einer nicht wirklich fernen Zukunft: Ein Drogenhändler treibt tot in der Themse, ein Schutzgelderpresser verschwindet spurlos. Ellie Johnson weiß, dass auch sie in Gefahr ist – sie leitet das heißeste Start-up Londons und zugleich das illegalste: Über ihre App bestellt man Drogen in höchster Qualität, und sie werden von Drohnen geliefert. Anonym, sicher, perfekt organisiert.

Die Sache hat nur einen Haken – die gesamte Londoner Unterwelt fühlt sich von ihrem Geschäftsmodell bedroht und will ›Die Lieferantin‹ tot sehen. Ein Kopfgeld wird auf sie ausgesetzt. Ellie beschließt zu kämpfen – ihre Gegner sind mächtig, und sie lauern an jeder Straßenecke.

Zoë Beck, geboren 1975. Schule und Studium in Deutschland und England. Schriftstellerin, Übersetzerin, Verlegerin, Synchronregisseurin für Film und Fernsehen. Sie zählt zu den wichtigsten deutschen Krimiautorinnen und wurde mit zahlreichen Preisen ausgezeichnet. Beck lebt und arbeitet in Berlin.

Zoë Beck

DIE LIEFERANTIN

Thriller

Suhrkamp

Erste Auflage 2019
suhrkamp taschenbuch 4964

Umschlagabbildung: Alex Ortega / EyeEm / Getty Images
Umschlaggestaltung: zero-media.net
Druck und Bindung: CPI – Ebner & Spiegel, Ulm
Printed in Germany
ISBN 978-3-518-46964-4

DIE LIEFERANTIN

London, vielleicht bald

1

Rotweißblau waren nicht ihre Farben.

Morayo Humphries war schwarz.

Auf dem Nachhauseweg kam Mo an den Demonstranten vorbei. Sie waren friedlich. Sogar die Sabotage der Baustelle verlief in gewisser Weise friedlich. Die Sachbeschädigungen hatten nachts stattgefunden und beschränkten sich nur noch auf Baumaschinen, seit die Obdachlosen dort eingezogen waren. Die Sitzblockaden arteten nicht in Gewalt aus. Die Demonstranten waren aktiv in den sozialen Medien und dabei effizient, und vor Ort achteten sie darauf, vor allem lästig zu sein. Die Plakate und Spruchbänder mit »Olive Morris ist nicht vergessen!« fehlten nie.

Wer nicht vor Gewalt und Krawall zurückschreckte, waren die Gegendemonstranten, von denen es hieß, sie seien bezahlt. Sie waren laut. Sie suchten Streit, und vielleicht waren sie wirklich bezahlt. Zumindest waren sie organisiert, es gab nämlich feste Wochentage, an denen sie zu festen Uhrzeiten auftauchten. Heute war so ein Tag, und Mo war zur entsprechenden Uhrzeit nach Hause gegangen. Routiniert hatten die Demonstranten Bagger und Kräne besetzt und geduldig ihre Spruchbänder ausgerollt. Die Gegendemonstranten waren im Stechschritt vorbeimarschiert und hatten die üblichen Parolen geplärrt, rotweißblau, und als sie Mo gesehen hatten, waren einige von ihnen ausgeschert und hatten versucht, sie einzukreisen. Einer hatte sie an den Haaren gepackt und gerufen: »Geh nach Hause, du gehörst hier nicht her!«

Er hatte so fest gezogen, dass sie schon glaubte, er würde ihr ein ganzes Büschel mitsamt der Kopfhaut ausreißen.

Mo hatte ihm den Ellenbogen in den Unterleib gerammt und war gerannt. Sie kannte die Gegend und wusste, durch welche Gassen sie verschwinden konnte. Jetzt war sie in ihrer Wohnung und wollte nur noch ihre Ruhe haben.

Sie konnte sie immer noch hören. Leise, aber deutlich, rotweißblau, vielleicht nur in ihrem Kopf. Was egal war. Sie hörte sie nun mal. Die Fenster waren geschlossen, die Tür mehrfach verriegelt, niemand außer ihr war in der Wohnung, und auch sonst war es im Haus ruhig. Alles wäre ganz wunderbar, wenn die Stimmen ihr nicht gefolgt wären, rotweißblau, sie schienen mit ihr durch die Tür gekommen zu sein.

Mo weckte den Computer auf. Er zeigte ihr die Nachrichten. Nun waren auch noch die Bilder in ihrer Wohnung. Die Demonstranten. Die Gegendemonstranten. Eingerahmt von den Werbebannern für das Referendum. Nichts davon wollte sie sehen. Mo schickte ihn wieder schlafen.

Sie stellte Musik über ihr Smartphone an. Mogwai klang aus allen Lautsprechern. Sie legte sich auf das Sofa und schloss die Augen, konzentrierte sich auf die Musik, auf ihre Atmung, wurde aber nicht ruhiger, sondern nervöser. Die Stelle an der Kopfhaut brannte, ihr Herz schlug schnell und holprig. Sie stand auf, ging hin und her, biss sich fest auf die Lippen, biss sich auf die Zunge, verschränkte die Arme und grub die Finger tief in ihre Unterarme. Es half alles nichts. Sie sank auf die Knie, versuchte es mitten im Raum und ohne Matte mit einer Yogastellung, sah ein, dass es Quatsch war, stand auf, ging ins Schlafzimmer und holte sich alles aus dem Versteck im Kleiderschrank: ihr Röhrchen, Alufolie, H, Feuerzeug. Damit ging sie zurück zum Sofa, setzte sich hin, legte die Sachen vor sich auf den Tisch. Rieb die Folie mit dem Ärmel glatt, bog sie, streute das H drauf, erhitzte es. Der Stoff war so rein und gut, dass er sofort schmolz und die ölige Substanz anmutig über die Folie floss.

»Geh nach Hause«, hatte der Typ gesagt, der ihr fast die Haare ausgerissen hätte.

Sie machte sich auf den Weg.

追龙.

Den Drachen jagen.

Die Monster verjagen. Rotweißblau, sie rückten in immer weitere Ferne. Wenige Minuten später hatte Mo den Kopf über die Armlehne gelegt, sah an die Decke, spürte keine Schmerzen, keine Unruhe mehr.

Diese Stille.

Alles überstrahlendes Glück.

Sie schwebte in einer Blase reiner Glückseligkeit. Der rotweißblaue Dreck rutschte daran herunter wie an einer Teflonschicht. Für ein paar Stunden.

Und immer wieder, wann immer sie wollte. Sie allein bestimmte die Dosis.

So wie jetzt.

Jetzt herrschte Stille.

2

Leigh hatte schon fünf Tage lang nichts mehr von dem Mann unter seinem Fußboden gehört. Langsam glaubte er, sich entspannen zu können. Er hatte sich schon sehr lange nicht mehr entspannen können, was an diesem Mann lag. Besonders in den letzten Monaten war sein Leben durch ihn höchst unangenehm gewesen, und nun war Leigh ehrlich gesagt froh, dass sich dieser Zustand offenbar zum Besseren verändern würde. Auch wenn es die erste Zeit, nachdem der Mann unter seinen Fußboden geraten war, nicht danach ausgesehen hatte. Aber seit fünf Tagen war Ruhe. Endlich.

Morgens war Leigh der Erste in seinem Restaurant und nachts der Letzte. Unter seinen Eltern war es ein traditionelles englisches Pub gewesen. Damals war Clapham noch eine Gegend für ärmere Leute gewesen, aber das hatte sich geändert, das Publikum war ein anderes geworden, es hatte mehr Geld und wollte es ausgeben. Das Pub lief schon immer gut, und mit den neuen Anwohnern noch besser, vor allem, wenn Sport übertragen wurde. Als aber das Rauchverbot in Kraft trat und die Gäste nur noch spärlich kamen, gab er (gerade mal den Schulabschluss in der Tasche) seinen Eltern den Rat, es von Grund auf zu renovieren. Einen Monat später eröffneten sie ein Steakhouse. Es lief gut. Und je mehr vegane und vegetarische Restaurants aufmachten, desto mehr Umsatz hatten auch sie. Eine zweite, kleinere Renovierung vor ein paar Jahren machte aus dem Steakhouse ein Feinschmecker-Restaurant mit Schwerpunkt auf Steaks und Burgern, und ja, sie hatten auch vegetarische Burger im Angebot. Der Laden lief bestens. Der gute Ruf sprach sich schnell herum. Dann bekam sein Vater einen Schlaganfall und starb. Bei seiner Mutter wurde kurz darauf Krebs diagnostiziert. Sie würde ihrem Mann zwei Jahre später folgen. Jetzt war Leigh der Chef.

Sein Restaurant fand Erwähnung in Gourmet- und Reisemagazinen. Deshalb hatte Leigh überlegt, einen zweiten Laden zu eröffnen, aber diesen Gedanken hatte er gleich wieder aufgeben müssen, und das hatte mit dem Mann unter dem Fußboden zu tun gehabt.

»Sie haben es aber sehr schön hier«, hatte der Mann gesagt, damals, als sie sich zum ersten Mal begegnet waren. Er trug einen dunklen Anzug, nicht besonders teuer, aber auch kein billiges Ding, dazu eine Aktentasche, unauffälliges Schwarz, ebenfalls nicht besonders teuer, aber auch nicht zu billig. Die Schuhe, das war Leigh sofort aufgefallen, waren allerdings von sehr guter Qualität, und die Armbanduhr hatte er sich ebenfalls etwas kosten lassen. Er trug keine Rolex oder etwas in der Preisklasse, aber das dezente silberne Stück lag schon durchaus im vierstelligen Bereich. Leigh achtete auf solche Details, sein Vater hatte es ihm beigebracht. »An den Schuhen erkennst du, mit wem du es zu tun hast«, hatte er immer gesagt. Und: »Mit der Uhr zeigen sie dir, wie viel sie verdienen. Oder wie viel sie gern verdienen würden.« Leigh hatte von seinem Vater viel über Menschen gelernt, und von seiner Mutter wusste er alles, was es übers Geschäftemachen zu wissen gab.

Beides half ihm an diesem Abend wenig, so kurz vor

Schluss, als der Mann sich ihm gegenüber an die Theke setzte und sein Wohlgefallen über die Einrichtung ausdrückte. Leigh bedankte sich höflich und erklärte mit großem Bedauern, die Küche sei für heute geschlossen, ob er ihm etwas zu trinken anbieten könne, ein Glas Wein oder einen Whisky? Der Mann nahm dankend an und bestellte den teuersten Brunello, den Leigh im Angebot hatte, machte es sich auf dem Barhocker bequem und sah interessiert den letzten Gästen dabei zu, wie sie sich deutlich angetrunken zum Aufbruch bereitmachten und George, dem Kellner, ein unmäßiges Trinkgeld hinlegten. Anschließend ließ er sich die Speisekarte geben (»Nur mal schauen!«) und studierte sie so intensiv, als wollte er sie auswendig lernen.

Der Mann saß immer noch auf dem Barhocker, als George aufgeräumt hatte und im Hinterzimmer verschwunden war, um sich umzuziehen. Leigh war nun allein mit seinem seltsamen Gast und fragte, ob er noch ein Glas wünsche oder möglicherweise doch schon die Rechnung, eine Formulierung, die ihn fast schmerzte, weil er noch nie so unhöflich zu einem Gast hatte sein müssen. Aber dieser Mann war irgendwie anders, er blieb am Barhocker kleben wie ein alter Kaugummi und bestellte sich ein weiteres Glas Wein. Erst als sich George und die Jungs aus der Küche verabschiedet hatten, dehnte er mit einem Seufzer den Rücken, lächelte ein wenig müde, nickte Leigh zu und sagte: »Also dann.«

»Die Rechnung?«

»Die Bücher.«

»Ich fürchte, ich verstehe nicht?« Leigh erlaubte sich, eine Spur genervt zu klingen.

»Zeigen Sie mir Ihre Bücher.«

»Bitte?«

»Sie haben mich schon verstanden.«

Einige Sekunden lang dachte Leigh, der Mann sei vom Finanzamt. Eine unangekündigte Buchprüfung. Oder jemand vom Gesundheitsamt, der glaubte, er könne sich hier aufspielen. Er verstand im ersten Moment wirklich nicht, was der Mann wollte. Irritiert sah er ihm dabei zu, wie er den Aktenkoffer auf die Theke legte, ihn öffnete und ein iPad herausholte.

»Kein Problem«, sagte er freundlich. »Wenn Sie mir Ihre Bücher nicht zeigen wollen, machen wir es anders. Wie viel Quadratmeter sind das?« Er drehte den Kopf hin und her, spähte in Richtung Küche, stand aber nicht auf. »Mit allem Drum und Dran zweihundert? Hundertachtzig? Sagen wir hundertachtzig, weil der Wein so gut ist. Miete oder Eigentum?«

Leigh starrte ihn finster an, antwortete nicht, polierte stattdessen Gläser.

»Eigentum, nicht wahr? Ihre Eltern waren schon jahrzehntelang vor Ihnen drin.« Er fing an, auf seinem iPad herumzutippen, murmelte leise irgendwelche Zahlen vor sich hin, zählte zwischendurch die Tische, spitzte immer mal wieder die Lippen, wenn er nachzudenken schien, blätterte einmal sogar in der Speisekarte etwas nach, sagte schließlich: »Was meinen Sie, fangen wir mit zweitausendfünfhundert Pfund im Monat an?« Der Mann zwinkerte ihm freundschaftlich zu.

Leigh polierte immer noch Gläser. »Der Wein geht aufs Haus«, sagte er. »Und jetzt verschwinden Sie. Wir haben geschlossen.«

Der Mann lachte. »Natürlich geht der Wein aufs Haus! Ab sofort geht auch das Essen aufs Haus! Dachten Sie, wir verrechnen das mit den zweifünf?«

»Sie gehen jetzt auf der Stelle!«

»Wenn ich daran denke, wie lange Ihre Familie diesen Laden nun schon hat. Wann sind Ihre Großeltern aus ihrem Kaff in Yorkshire weggegangen und nach London gekommen? Gleich nach dem Krieg, oder? Ihre Mutter ist hier geboren. Sie sind hier geboren. Sie sind hinter dieser Theke groß geworden.«

»Ich kann auch die Polizei rufen.« Leigh griff nach dem Telefon.

Der Mann sprach weiter. »Kennen Sie den Chinesen, Old Town Ecke Grafton Square? Von dem haben Sie bestimmt gehört. Ebenfalls seit Jahrzehnten in Familienbesitz. Dem ist doch tatsächlich die Küche abgebrannt. Fast hätte es noch das Pub nebenan erwischt.« Der Mann schüttelte bedauernd den Kopf. »Die haben auch die Polizei gerufen, aber irgendwie kommt die einfach immer zu spät.« Er zwinkerte ihm zu, machte eine ausladende Geste. »Sagen wir drei?«

Leigh wusste im Grunde, dass er Glück hatte. Er hätte genauso gut schon vor Jahren an der Reihe sein können. Warum dieser Mann erst heute zu ihm kam, blieb ihm ein Rätsel, aber sicher war, dass er seinen Plan von einem zweiten Laden begraben musste. Dieser Mann würde das Geld bekommen, mit dem er den neuen Laden finanziert hätte. Er überlegte kurz, dann stellte er das Glas weg, an dem er bestimmt schon seit fünf Minuten herumpolierte, und sagte: »Dreitausend sind zu viel. Ich zeige Ihnen die Bücher.«

Der Mann legte sein iPad auf die Theke und hob das Weinglas, in dem noch ein letzter Rest Brunello schwappte, um ihm zuzuprosten.

Jahrelang war es gut gegangen. Der Mann, der Gonzo genannt werden wollte, aber definitiv ein Engländer ohne erkennbaren Migrationshintergrund war, richtete sich in seinen Forderungen nach Leighs Büchern. Der Laden sollte weiterlaufen, nicht ausbluten, und Leigh betrachtete diese Abgaben als eine Art steuerlich nicht absetzbare monatliche Versicherungssumme.

Vor einem Jahr hatte sich dann ohne erkennbaren Anlass etwas verändert: Gonzo unterstellte Leigh, ihm gefälschte Bücher vorzulegen, und forderte mehr. Nun hatte Leigh nicht die Möglichkeit zu sagen: »Ich will mit Ihrem Boss sprechen!«, obwohl er das wirklich gern getan hätte. Er wusste, dass Gonzo für Leute arbeitete, die ihr Geld mit Drogen, Waffen und Prostitution verdienten. Das Schutzgeld war nur ein kleiner Teil ihres Einkommens. Er vermutete, dass ein Clan aus Croydon dahintersteckte, den manche liebevoll »die Croydon-Boyce« nannten. Boyce war der Familienname. Aber sicher wusste Leigh es nicht, und er hatte es nie gewagt, Gonzo danach zu fragen.

Er handelte den Mann etwas runter, zahlte aber doch mehr, als ihm guttat, und jeden Monat führten sie aufs Neue die Diskussion darüber, ob Leighs Bücher wirklich stimmten. Irgendwann machte er sogar eine Kopie seiner Steuererklärung, ließ sie amtlich beglaubigen und zeigte sie dem Mann, aber der winkte ab, nannte das Schreiben eine billige Fälschung, die das Papier nicht wert sei, auf dem sie gedruckt war. Schlecht gelaunt ging er mit seinen Forderungen sogar noch ein Stück hinauf.

Leigh ging langsam das Geld aus, und mit dem Geld auch die Geduld. Der Mann mochte denken, dass die Geschäfte großartig liefen, aber Leigh spürte die Folgen des Brexit. Großzügige Touristen vom Kontinent blieben hier im Londoner Süden zunehmend aus, Studierende aus der EU waren selten geworden, Studierende aus Großbritannien dafür geizig, weil Mieten und Studiengebühren gestiegen waren. Viele EU-Bürger hatten das Land verlassen müssen, weil ihre Firmen aus Großbritannien weggegangen waren, und die Einheimischen sparten aus Ungewissheit darüber, wie sich das Pfund entwickeln und ob sie morgen noch ihre Jobs haben würden. Die neuen Besucher Londons kamen aus China und Russland. Sie blieben jeweils gern unter sich. Leighs Laden lief zum ersten Mal, seit ihn seine Großeltern vor siebzig Jahren eröffnet hatten, nur mäßig, und durch die Zahlungen an Gonzo war die Lage brutal. Seine privaten Rücklagen waren aufgebraucht. Als der Gefrierschrank kaputtging und mit ihm nicht nur das teure Rindfleisch und einige Kilo Büffel, sondern auch der Holzboden im Lagerraum, drohten ihm die Kosten über den Kopf zu wachsen. Er hatte bereits einen Kredit aufnehmen müssen, um über den Sommer zu kommen. Er glaubte nicht, dass man ihm so schnell einen zweiten geben würde. Aber Gonzo zuckte nur desinteressiert die Schultern.

»Morgen komme ich wieder. Und dann werden wir uns bestimmt einig«, sagte er, nahm ohne zu fragen zwei teure Flaschen Rotwein aus dem Regal und ging durch den leeren Laden hinaus auf die Straße. Er blieb vor einem der großen Fenster stehen, die Flaschenhälse lugten aus seiner Aktentasche, im Mundwinkel hatte er eine Zigarette. Er grinste und winkte, dann verschwand er endlich in Richtung Clapham Common.

Leigh wusste nach all den Jahren immer noch nichts über diesen Mann, nicht einmal, ob er mit dem E-Shuttle kam oder mit der U-Bahn oder vielleicht sogar zu Fuß. Er hatte keine Ahnung, wie alt Gonzo war, ob er eine Frau hatte (schwul war er sicher nicht), ob er wirklich gern den teuren Rotwein trank oder ob es nur eine Pose war, um ihn zu ärgern.

Leigh fragte sich, ob es nicht doch eine Möglichkeit gab, mit jemandem aus der Boyce-Familie zu sprechen. Es konnte kaum in deren Interesse sein, das Restaurant komplett kaputtzumachen. Sie hatten gut an ihm verdient, weil er gut verdient hatte. Und jetzt wollten sie, dass er pleiteging? Wollten sie die Immobilie? Oder das Restaurant übernehmen?

Er kam hinter der Theke hervor, ging zur Tür und schloss ab. Er hängte das Schild auf, das er vorbereitet hatte, um seine Kundschaft darüber zu informieren, dass eine Woche lang wegen Renovierungsarbeiten geschlossen sein würde. Eine Woche keine Einnahmen, dafür würde er die meisten Gehälter weiterzahlen müssen. Der neue Gefrierschrank war heute geliefert worden, der Boden im Lagerraum musste morgen herausgerissen und komplett neu gemacht werden. Handwerker konnte er sich nicht leisten. Er hatte sich im Baumarkt und in Internetforen darüber informiert, was wie getan werden musste und welche Materialien er brauchte, wie lange es dauern würde und welche Kosten auf ihn zukamen.

Morgen würden ihm George und ein paar Jungs aus der Küche dabei helfen, den alten Holzboden rauszureißen, damit er die Betonschicht gießen konnte, um den Boden auszugleichen, ihn zu dämmen und Fliesen zu legen. Wenn er an das Geld dachte, das ihn das Material gekostet hatte, wurde ihm schon wieder ganz elend.

Leigh löschte die Lichter bis auf eine kleine Lampe hinter der Theke, schenkte sich ein Glas Wein ein (während der Arbeit trank er nie), setzte sich auf einen Barhocker und dachte nach. Gegen Mitternacht war er davon überzeugt, dass er Gonzo umstimmen konnte. Er würde alle Belege mit den Kosten für die Renovierung zusammensuchen, um einen Aufschub bitten und ihm dann – und dieser Plan musste einfach aufgehen, er war nämlich richtig gut – ihm also dann von der Idee mit dem zweiten Laden erzählen. Gonzo würde nur ein klein wenig Geduld haben müssen, danach aber mehr verdienen als zuvor.

Warum er in den letzten Monaten so eine harte Linie fuhr, konnte alle möglichen Gründe haben, aber tief im Innersten würde Gonzo wissen, wie man gute Geschäfte machte. Vielleicht war er sogar zu einer Investition bereit? Für solche Leute war es doch einfacher, in ein gutes Geschäft zu investieren, statt es selbst zu übernehmen. Hatte Gonzo nicht davon gesprochen, dass sie sich bestimmt einig werden würden? Der Mann war nie gewalttätig gewesen, er hatte nie offen gedroht, nicht einmal geflucht. Ein Geschäftsmann eben.

Als Leigh seinen Wein ausgetrunken hatte und die Treppe hinauf in seine Wohnung ging, wusste er, dass am Ende doch alles wieder gut werden würde.

Vierundzwanzig Stunden später hoffte Leigh, dass niemand den Mörtelrührer hörte, während er Kies, Zement und Wasser zusammenschüttete, und er fragte sich, ob er die Pistole zusammen mit dem Mann in den Boden betonieren oder doch besser aufheben sollte. Er entschied sich fürs Einbetonieren. Er hatte nämlich nicht vor, das Ding jemals wieder zu benutzen, und abgesehen davon gehörte es ihm auch gar nicht. Mochte es zusammen mit seinem Besitzer in Frieden in die Betonschicht eingehen.

Achtundvierzig Stunden später glaubte Leigh, Geräusche aus dem Fußboden zu hören. Mal war es ein Kratzen, mal ein Stöhnen oder Seufzen. Er hörte die Geräusche sogar bis in seine Wohnung, die über dem Restaurant lag. Wenn er in den Lagerraum ging, um die Betonschicht zu überprüfen, fürchtete er, dass eine Hand oder ein Bein aus dem Boden ragte, aber alles blieb glatt und unberührt.

Erst als er den Laden wieder öffnete und die Gäste hereinströmten, als hätten sie eine Woche lang gehungert und nur auf ihn gewartet, legte sich Leighs Nervosität, und er hörte nichts mehr von dem Mann unter seinem Fußboden, selbst dann nicht, wenn alle gegangen waren und er ganz allein im Türrahmen zum Lagerraum stand und angestrengt lauschte. Nein, da war nichts, nur vollkommene Stille. Leigh war zufrieden, sogar glücklich. Anderthalb Wochen waren verstrichen, und noch immer kam niemand, um Gonzos Platz einzunehmen.

Der nächste Tag begann neblig, aber am Nachmittag

strahlte die Oktobersonne. Gerade war nicht viel los, die Zeit zwischen Mittag- und Abendessen. Er wollte im Internet nach passenden Immobilien für einen zweiten Laden schauen. Nur schauen. Ein wenig träumen. Pläne schmieden. Aber er kam nicht über die Nachrichtenseite hinaus. Dort las er, was in der Nacht zuvor im Hafen von Tilbury geschehen war.

Was er angerichtet hatte.

3

Es gab ein paar Männer, die nicht wussten, was Leigh angerichtet hatte. Sie hatten ihre eigene Theorie darüber, was mit Gonzo geschehen war, und ein Restaurantbesitzer in Clapham spielte dabei keine Rolle.

Einer von ihnen war Declan Boyce, und das, worüber Leigh lesen würde, war noch nicht geschehen. Declan schloss gerade die Augen und wischte sich das Blut ab, das ihm ins Gesicht gespritzt war. Er zog sich dafür den Ärmel seines Pullovers über die Hand und dachte: Ich muss meine Klamotten verbrennen, wenn wir hier fertig sind. Als er die Augen wieder öffnete, sah er in drei ihm zugewandte Gesichter.

»Warum sagst du, ich soll aufhören?« Leos Hand, mit der er zugeschlagen hatte, war noch zur Faust geballt. Blut lief ihm über die Fingerknöchel.

Der Mann, den er geschlagen hatte, winselte, keuchte und spuckte roten Schleim. Declan vermutete, dass ein paar Zähne dabei waren. Hielte Victor ihn nicht fest, läge er schon lange am Boden. Victor hatte ebenfalls ein paar Blutspritzer im Gesicht, das schien ihn aber nicht weiter zu stören.

Leo wiederholte seine Frage, und Declan sagte endlich: »Das bringt nichts.«

»Seh ich anders.« Leo wandte sich dem Mann zu, den Victor auf den Beinen hielt. Einen Moment lang sah es so aus, als wollte er etwas zu ihm sagen. Dann schlug er einfach wieder zu. Diesmal zielte er auf den Solarplexus, und der Mann sackte mit einem dumpfen Seufzer bewusstlos in sich zusammen.

Victor schüttelte ihn leicht.

»Na toll. Ist er tot?«

»Der wird wieder.« Leo ohrfeigte den Mann. »Declan, hol mal Wasser.«

»Wo soll ich denn jetzt Wasser herkriegen?«, fragte Declan und sah sich um, als hoffte er, dass aus der Dunkelheit zwischen den riesigen Containern jeden Moment eine Hafenkneipe aufleuchten würde.

»Ich hab ne Flasche im Auto«, sagte Leo und warf ihm die Schlüssel zu.

»Super.« Insgeheim war Declan Boyce froh, eine Weile von hier wegzukommen. Blut konnte er nicht besonders gut sehen, ihm wurde davon immer ein wenig übel, und außerdem war ihm kalt. Er trabte los, verlief sich zwischen den Containern, die sich nachts noch ähnlicher sahen als tagsüber, fand schließlich den Wagen und die Wasserflasche. Er musste sich keine Gedanken darüber machen, ob ihn jemand sehen würde. Von den Port Constables, die die Nachtschicht schoben, war mindestens einer geschmiert, die Überwachungskameras galten als nutzlos, weil sie nachts nur beschissene Qualität lieferten, und hier vorn an der Themse war alles ruhig. Die Schiffe, deren Ladung gerade gelöscht wurde, lagen im Hafenbecken. Die Hafenarbeiter würden sie nicht bemerken.

Sie hatten den Tipp bekommen, dass der Mann heute Nacht zum Containerhafen von Tilbury kommen würde, und ihr Informant hatte recht gehabt. Nur hatten sie immer noch nicht rausbekommen, mit wem er sich treffen wollte. Oder wie er auf die glorreiche Idee gekommen war, ihnen das Geschäft zu versauen. Oder was ihn geritten hatte, ausgerechnet Gonzo umzubringen.

Gonzo hatte jahrelang für Declans Vater und seinen großen Bruder gearbeitet und mit dafür gesorgt, dass die Geschäfte im Londoner Süden gut liefen. Es war schwer, zuverlässige Leute zu finden, man arbeitete schließlich nicht mit Tarifverträgen und zahlte auch nicht in die Pensionskasse ein. Man musste sich vertrauen, und gleichzeitig durfte man niemandem trauen.

Gonzo hieß eigentlich Gerald Miller, aber er hatte behauptet, alle würden ihn Gonzo nennen, schon seit der Schulzeit, und vielleicht stimmte das sogar. Nachdem er drei oder vier Tage verschwunden war, hatte der alte Boyce seine Söhne losgeschickt, damit sie herausfanden, was los war.

Declan und sein Bruder Mick fanden in Gonzos Wohnung einen Haufen Bargeld, den er in der Matratze versteckt hatte: über hunderttausend Pfund. (Woher zum Teufel ...?) Sonst gab es dort nichts, womit sie etwas anfangen konnten. Die Wohnung sah nicht so aus, als ob jemand die Koffer gepackt hätte und verschwunden wäre. Declan entdeckte sogar Gonzos Pass in einer Schublade, in der sich noch alle möglichen anderen Papiere befanden, die sie allerdings auch nicht weiterbrachten. Der Kühlschrank war mäßig gefüllt, die Reste eines Takeaway-Essens warteten darauf, aufgewärmt und verzehrt zu werden, eine angebrochene Weinflasche stand in der Kühlschranktür. Sie nahmen das gefundene Geld mit und erstatteten ihrem Vater Bericht. Sie waren gerade noch rechtzeitig gekommen, bevor der Vermieter merkte, dass mit Mr.

Miller etwas nicht stimmte, die Polizei informierte und eine offizielle Vermisstensache daraus wurde.

Der alte Boyce hörte sich an, was seine Jungs zu sagen hatten, dachte kurz nach, dann telefonierte er mit bestimmt fünf verschiedenen Leuten. Schließlich verkündete er, dass sie alle zusammen ins East End fahren würden. Sie trafen sich mit Victor Thrift, der im Osten der Stadt das Sagen hatte, und wenige Stunden später saßen Victor Thrift, der alte Boyce und seine beiden Söhne mit Leo Hunter, Boss von Nordlondon, an einem Tisch. Alle waren sich einig: Gonzo war zu den Neuen übergelaufen. Sie hatten sich jemanden ausgesucht, der nicht direkt in die Drogengeschäfte eingebunden war, um keinen Verdacht zu erregen. Und Gonzo hatte sich fürstlich für seine Spitzelarbeit bezahlen lassen.

Es gab keine andere logische Erklärung.

Dass Gonzo tot sein musste, auch darüber waren sie sich einig. Von der Wohnung, die aussah, als würde er jeden Moment zurückkommen, ließen sie sich nicht täuschen. Hätte er vorgehabt unterzutauchen, hätte er alles genau so inszeniert: Essen im Kühlschrank, Ausweispapiere in der Schublade. Er hätte sich neue Papiere besorgt und nichts aus seinem alten Leben behalten. Aber er hätte nicht einfach hunderttausend Pfund Bargeld zurückgelassen.

Auch hierfür gab es keine andere logische Erklärung.

Declan hakte trotzdem nach. »Warum sollen sie ihn umgebracht haben? Er war auf ihrer Seite, er hat sich bezahlen lassen.«

»Vielleicht haben sie gemerkt, dass er den Deal platzen lässt«, sagte sein Vater. »Vielleicht hat er sich nur zum Schein auf sie eingelassen, um sie für uns auszuspionieren, und nicht umgekehrt, und das haben sie spitzgekriegt.« Er warf einen Blick in die Runde. Victor Thrift und Leo Hunter hatten die Augenbrauen hochgezogen. »Ich weiß, was ihr denkt. Aber ich kenne Gonzo. Er war mein bester Mann.«

Damit war entschieden, dass man sich den Neuen endgültig widmen musste. Sie hatten nach und nach immer mehr vom Drogenmarkt übernommen, und das auf so elegante, unauffällige Art, dass die drei Bosse lange gebraucht hatten, um es überhaupt zu kapieren. Die drei würden sich gegenseitig nie ins Revier pissen. Es gab ungeschriebene Gesetze, und an die hielten sie sich. Wenn sie ihre Reviere erweiterten, dann in Gegenden, die noch frei waren.

Man sprach sich ab.

Man verhandelte von Angesicht zu Angesicht.

Man besiegelte Geschäfte mit einem Handschlag.

Man hielt sich an sein Wort.

Deshalb war klar, dass sie alle zusammenarbeiten würden: Gonzo musste gerächt werden.

Sie schickten ihre Informanten los, setzten Belohnungen aus, halfen gelegentlich dem einen oder anderen Gedächtnis mit der Faust auf die Sprünge, trugen alle Meldungen zusammen, rauften sich die Haare und verstanden schließlich, dass die Neuen ihre Geschäfte dezentral und ausschließlich im Netz abwickelten. Endlich tauchte ein Name auf, und mit dem Namen ein Ort und eine Uhrzeit: Jimmy Macfarlane, Containerhafen von Tilbury, in der Nacht von Mittwoch auf Donnerstag um ein Uhr. Sie passten ihn ab, um aus ihm herauszuprügeln, mit wem er zusammenarbeitete und was mit Gonzo geschehen war.

Deshalb waren sie in dieser Nacht dort.

Für den Rückweg brauchte Declan noch länger, weil er diesmal völlig die Orientierung verlor. Er glaubte schon, die anderen seien woanders hingegangen. Er blieb stehen, lauschte, hoffte, etwas zu hören. Schließlich rief er Leo an, von Prepaid-SIM zu Prepaid-SIM.

Leo lotste ihn zu sich. Declan hatte keine Ahnung, wie er das machte. Als er die drei Männer endlich gefunden hatte, lag Macfarlane bewusstlos auf dem Boden, und Victor pinkelte auf ihn drauf.

Declan wusste, dass es besser war, jetzt nichts zu sagen. Er tat es trotzdem. »Du konntest wohl nicht abwarten, bis ich mit dem Wasser komme.«

»Wir dachten schon, du wärst ins Hafenbecken gefallen, Kleiner.« Grinsend verpackte Victor seinen Schwanz und zog den Reißverschluss zu. Dann wischte er sich die Hände an seiner Jacke ab. Er hatte immer noch Blutspritzer im Gesicht.

»Ist er jetzt wach?«, fragte Declan.

Leo stieß mit der Fußspitze gegen den Mann auf dem Boden. »Hey. Hey! Aufwachen, Prinzessin!«

Der Mann stöhnte.

»Seht ihr, der wird wieder.« Leo schien zufrieden.

»Brauchst du das Wasser?«, wollte Declan wissen.

»Der ist gleich wieder frisch und munter«, wehrte Leo ab.

»Ich dachte eigentlich …« Declan verstummte.

»Was? Um ihm die Pisse aus dem Gesicht zu waschen?« Victors Lachen dröhnte durch die schmalen Gassen zwischen den Containern. Declan glaubte, ein paar Möwen schimpfen zu hören.

Leo trat dem Mann in die Rippen. Er krümmte sich vor Schmerz, rollte sich auf die Seite, hustete. Declan stellte die Wasserflasche ab.

»Na also. Guten Morgen. Da sind wir ja wieder«, sagte Leo.

Der Mann antwortete nicht, jedenfalls nicht so, dass man es verstehen konnte.

»Für wen arbeitest du wirklich?«, fragte Leo.

Der Mann versuchte, sich auf alle viere aufzurichten. Er bewegte sich in Zeitlupe, und Declan glaubte, die Schmerzen des Mannes ebenfalls zu spüren. Er fühlte sich miserabel. Als Leo einen Schritt auf das kriechende Elend zuging, schob er sich dazwischen. Er hockte sich neben den Mann, versuchte, den Uringestank zu ignorieren, und sagte ruhig: »Wir wissen, dass Sie dazugehören. Wir wollen nur ein paar Namen von Ihnen hören. Wer ist Ihr Boss, und wer von euch hat Gonzo umgebracht. Sie reden mit uns, und dann können Sie verschwinden. Wenn Sie nicht mit uns reden, wird mein Freund hier Ernst machen. Falls Sie glauben, er hätte schon Ernst gemacht: Das war gerade nur die Aufwärmphase.«

Leo brummte seine Zustimmung.

Der kriechende Mann ließ den Kopf hängen und flüsterte etwas. Declan bat ihn, es zu wiederholen, streckte den Kopf vor und konzentrierte sich.

»Ich kenne keinen Gonzo.« Jedenfalls glaubte Declan, dass er das gesagt hatte.

»Sie kennen keinen Gonzo?«, fragte er zur Sicherheit, und der blutverschmierte Kopf von Jimmy Macfarlane nickte mühsam.

»Oh, ich fürchte, das war keine gute Antwort. Aber Sie

haben noch eine Chance. Vielleicht fangen wir lieber mit der leichteren Frage an? Wer ist Ihr Boss?«

Macfarlane schüttelte den Kopf.

»Was soll das heißen? Sie haben keinen Boss?«

»Er ist der Boss!«, sagte Leo. »Na also. Dann hat der Drecksack selbst den Auftrag gegeben, Gonzo aus dem Weg zu räumen.« Leo trat dem Mann, der sich gerade so auf allen vieren hielt, in den Hintern. Er stürzte nach vorn, knallte mit dem Kopf auf den Asphalt, blieb mit ausgebreiteten Armen und von sich gestreckten Beinen liegen. Er wimmerte. Zu mehr schien ihm die Kraft zu fehlen.

»Kein Gonzo«, flüsterte er. »Kein Boss.« Dann hustete er und spuckte wieder etwas Schleim aus.

Declan erhob sich und winkte Leo Hunter und Victor Thrift zu sich. »Kann es sein, dass wir den Falschen haben und der Typ wirklich keine Ahnung hat?« Als er Leos Blick sah, fügte er schnell hinzu: »Ich will nur ganz sichergehen.«

Victor antwortete: »Der Informant ist zuverlässig und hat mehrere Quellen gecheckt. Unsere kleine Prinzessin hier«, er deutete mit dem Daumen auf Macfarlane, »arbeitet nämlich auch einem von unseren Lieferanten zu. Der weiß, wann und wo welche Lieferungen kommen, und zwar, weil er sie selbst bestellt.«

»Er arbeitet für dich?«

»Indirekt.«

»Jetzt red doch keine Scheiße. Du kennst ihn?«

»Indirekt«, wiederholte Victor stur.

»Kennst du ihn auch?«, fragte er Leo.

Der hob abwehrend die Hände. »Das sind Lieferketten. Das ist kompliziert.«

Declan sah die beiden älteren Männer an, dachte kurz nach, fragte dann: »Er beliefert auch uns?«

Leo und Victor nickten, ohne ihn anzusehen.

»Scheiße.«

Sie nickten wieder.

»Vielleicht hatte Gonzo von ihm das ganze Geld? Beliefert er auch die Neuen?«

»Kleiner, was denkst du eigentlich, warum wir so nett zu ihm sind? Natürlich beliefert er die Neuen! Mindestens!« Er drehte sich zu Macfarlane, der regungslos am Boden lag, und trat ihm auf die rechte Hand. Der Mann stieß einen langen, bebenden Laut aus, der gleichzeitig hohl und schwach klang. Declan konnte hören, wie die Fingerknochen brachen. Ihm wurde wieder etwas flau im Magen.

»Du steckst selbst hinter der ganzen Scheiße, ja? Du bist der Neue! Du zweigst dir selbst was ab und bringst es unter die Leute. Das ist unser Revier, Prinzessin. Das war eine Scheißidee von dir. Und dann auch noch Gonzo mit reinzuziehen.« Leo sah kurz Declan an, dann glitt sein Blick zu Victor. »Wen hast du noch angeworben?«

Victor ging um den Mann herum und ließ den schweren Stiefel über dessen linker Hand schweben. »Ich will Namen hören. Na los.« Er wartete einen Moment, und als Macfarlane nichts sagte, oder nichts, was irgendjemand verstehen konnte, zählte er selbst einige Namen auf. Der Mann, der am Boden lag, reagierte auf keinen. Leo mischte sich ein, betete ebenfalls die Namen derer herunter, denen er zutraute, ihn zu hintergehen. Declan war sich mittlerweile gar nicht mehr so sicher, ob es noch darum ging, herauszubekommen, was mit

Gonzo geschehen war. Deshalb hatten es die beiden zur Chefsache gemacht: Wenn schon jemand den alten Boyce hinterging, lag es nahe, dass auch sie hintergangen wurden. Und sie trauten nun mal nur sich selbst. So gesehen war es fast schon eine Auszeichnung, dass sein Vater ihn geschickt hatte. Wobei Declan dieser Entscheidung nicht zu viel Gewicht beimessen wollte: Sein Vater war mit siebzig schon zu alt, um sich selbst zu prügeln, und sein großer Bruder Mick musste sich um seine kranken Zwillinge kümmern.

Victor hatte den Mann vom Boden hochgerissen und auf die Füße gestellt. Er hielt ihn wieder fest, damit er aufrecht stehen blieb. Der Mann ließ Kopf, Schultern und Arme hängen, das blonde Haar klebte an der Stirn, seine Kleidung war voller Blut und feucht von Victors Urin. Leo verpasste ihm ein paar Tritte und sang dabei ein paar Namen. Declan leuchtete vollkommen ein, dass man ihn heimlich Leo the Loony nannte, Leo, den Irren. Der Mann hing schlaff in Victors Griff und rührte sich nicht.

»Lebt der überhaupt noch?« Declan schob Leo beiseite und streckte vorsichtig die Hand aus. Er hatte wieder den Ärmel über die Finger gezogen, um keinen direkten Kontakt zu bekommen. »Hallo? Sind Sie noch da?«

Er glaubte, so was wie einen Seufzer zu hören.

Victor sagte: »Aus dem kriegen wir wohl echt nichts mehr raus. Was machen wir?«

Declan wusste es nicht.

»Ab ins Hafenbecken«, sagte Leo.

»Was? Aber er hat uns nichts gesagt!«

»Eben wolltest du noch, dass ich aufhöre«, beschwerte sich Leo.

»Aber doch nicht, um ihn … Wollen wir nicht noch einen Moment warten, bis er sich erholt hat, und dann redet er vielleicht? Ich meine, jetzt ist er so fertig, da kann er einfach nicht mehr. Oder so.«

Leo tätschelte ihm mit einem Lächeln die Schulter. »Ach Kleiner. Du bist süß. Du musst noch viel lernen.« Jetzt legte er den Arm um Declans Schultern und schob ihn ein Stück von dem Mann weg, aus dessen Mund gerade wieder blutiger Schleim tropfte. »Die Erfahrung zeigt, dass solche Typen entweder relativ zeitig oder gar nicht reden. Okay? Der da sagt nichts. Wir haben alles versucht, was üblicherweise Ergebnisse bringt. Also müssen wir ihn loswerden. Damit er nicht doch noch was sagt, und zwar im falschen Moment zu den falschen Leuten.« Jetzt grinste er, machte einen Schritt von Declan weg und breitete die Arme aus. »Und weißt du was? Wir lassen dir den Vortritt, den Verräter zu entsorgen. Dein Dad wird stolz auf dich sein, und du lernst was.«

Declan sagte nichts. Sein Blick wanderte zu den Containern, die sich gegen den mondhellen Himmel abhoben. Er dachte daran, wie schön er sie als Kind gefunden hatte, wenn er an der Küste gestanden und durchs Fernglas den Schiffen hinterhergesehen hatte, auf denen sich die bunten Container stapelten. Sie reisten um die ganze Welt. Sie waren wochenlang auf hoher See. Sie hatten etwas Geheimnisvolles. Von außen war es nicht möglich zu sagen, was in ihnen war. Damals hätte er stundenlang am Hafen stehen und zusehen können, wie Schiffsladungen gelöscht oder geladen wurden. Ab jetzt würde er mit den bunten Containern etwas anderes verbinden.

»Kleiner?« Leos Stimme holte ihn wieder zurück. »Na

komm. Es ist nicht schwer. Du schubst ihn nur ins Wasser. Der Rest erledigt sich von selbst. Schwimmen kann er nicht mehr in seinem Zustand. Er säuft dann einfach ab. Glaub mir, wenn du's einmal hinter dir hast, wird's leichter.«

Victor rief: »Habt ihr's jetzt mal? Mir wird der Penner hier langsam zu schwer. Soll ich ihn wieder ablegen?«

»Bring ihn an die Kaimauer.«

Declan schloss die Augen. Deshalb hatte man ihn also geschickt. Nicht weil sein Vater zu alt und sein Bruder zu beschäftigt war. Sondern weil er seine Lektion lernen sollte. Sein Bruder hatte es schon vor ein paar Jahren hinter sich gebracht. Von seinem Vater erzählte man sich voller Bewunderung, er hätte bereits mit sechzehn jemanden zu Brei geschlagen, endgültig. Jetzt war er an der Reihe. Was für eine Auszeichnung.

»Wie alt bist du eigentlich?«, fragte Leo, vielleicht hatte er seine Gedanken erraten.

»Einunddreißig.«

»Dann wird's aber Zeit.« Leo lachte, wuschelte ihm durchs Haar, schob ihn zur Kaimauer, wo Macfarlane bereits lag, die Beine über dem Mauerrand, und Victor über ihn wachte.

»Wir sollten es wirklich noch mal versuchen, bevor wir ...« Er brach den Satz ab. Ihm fiel die Flasche Wasser wieder ein. Er lief zurück zu den Containern, vor denen der Mann zusammengeschlagen worden war. Er nahm die Flasche, trabte zur Kaimauer, kniete sich neben den Mann.

»Samariterallüren oder was?« Victor klang amüsiert.

Declan schraubte die Flasche auf und goss dem Mann etwas Wasser auf die Lippen. Der Mund öffnete sich ein wenig, dann hustete der Mann, als würde er gleich ersticken.

»Hilf ihm, sich aufzusetzen«, sagte Declan zu Victor.

Der rührte sich nicht.

»Verdammt, jetzt mach schon!«

Victor kniete sich unwillig hinter den Mann und riss seinen Oberkörper hoch. Es sah aus, als würde er eine lebensgroße Stoffpuppe herumwuchten, weil der Mann gar keinen Widerstand mehr leisten konnte, gar keine Körperspannung mehr hatte. Er saß nun direkt auf der Kaimauer und lehnte schlaff an Victor.

Declan gab ihm wieder einen Schluck Wasser. Jetzt trank der Mann und hustete nicht mehr ganz so grässlich. Declan bemerkte wieder den Uringestank, der ihm stärker erschien als zuvor. Vielleicht hatte der Mann sich in die Hosen gemacht. Er wünschte, der Wind käme aus einer anderen Richtung.

»Jimmy«, sagte Declan leise. »Reden Sie mit mir. Was ist mit Gonzo passiert? Hat er für Sie gearbeitet?«

Der Mann schüttelte schwer atmend den Kopf. »Ehrlich«, flüsterte er.

»Aber Sie arbeiten auch für die Neuen, richtig? Wer ist der Boss? Sind Sie der Boss?« Declans Stimme klang ganz ruhig und verständnisvoll. Das war seine Stärke: mit Menschen zu reden. Ungefähr das genaue Gegenteil von dem, was in seiner Branche gefragt war. Jedenfalls gaben ihm ständig alle das Gefühl, dass es so war.

»Kenne Gonzo nicht«, stieß der Mann hervor.

Declan gab ihm Wasser. »Aber Sie kennen die Neuen.«

Der Mann prustete, spuckte das Wasser aus, schüttelte den Kopf. Declan glaubte ihm, dass er nichts über Gonzo wusste, aber mit den Neuen kannte er sich definitiv aus. »Also?«

»Ich kann nicht.«

»Okay, das war's«, sagte Leo. »Komm, Kleiner. Walte deines Amtes. Tu's für Gonzo.«

»Er hat mit Gonzo nichts zu tun.«

»Tu's für deinen Dad!«

Declan seufzte. Er kam aus dieser Nummer nicht mehr raus. Man hatte ihm diesen Mann ausgesucht, präsentierte ihm sozusagen sein erstes Opfer auf dem Silbertablett. Wehrlos, halb bewusstlos, und nur einen Fußtritt vom sicheren Tod in der Themse entfernt. Aber er brachte es nicht über sich.

»Jimmy. Sie müssen mir irgendwas geben«, raunte er dem Mann zu. »Kommen Sie schon. Glauben Sie etwa, ich hätte Lust auf dieses Theater hier?«

Macfarlane atmete schwer, drehte mühsam den Kopf, um Declan anzusehen. Declan beugte sich zu ihm vor.

»Ich weiß nichts über Gonzo«, keuchte er.

»Ja, so weit waren wir schon, und ich glaube Ihnen. Aber …«

»Mein Boss«, sagte der Mann ganz leise, und jetzt schien er wieder etwas Körperspannung zu haben, er kippte den Oberkörper leicht nach vorn. Victor, der immer noch hinter ihm kniete, ließ ihn gewähren und zündete sich eine Zigarette an. »Mein Boss.«

»Ja?«, drängte Declan. »Wie heißt er?«

Der Mann versuchte, sich mit den Händen abzustützen. Er stöhnte auf vor Schmerz. Die gebrochenen Finger. Aber er schaffte es, sich aus eigener Kraft aufrecht hinzusetzen, während seine Beine über dem schwarzen Wasser der Themse schwebten. »Polizei«, sagte er so laut und klar, wie er konnte. Dann ließ er sich nach vorn in den Fluss fallen.

»Scheiße!«, brüllte Leo. Er kniete sich an die Kaimauer, sah nach rechts und links. »Gibt's hier irgendwo ne Scheißleiter oder Treppen oder so was?« Er schien für einen Moment sogar den Werftkran in Betracht zu ziehen, jedenfalls sprang er auf und rannte in diese Richtung.

»Victor, warum hast du ihn nicht festgehalten?« Declan sprang auf und schlug nach Victor. Er traf den fast zwei Meter großen Mann nur leicht an der Schulter. Es war das erste Mal, dass er jemanden schlug. Es war wohl auch das erste Mal seit langer Zeit, dass sich jemand traute, Victor zu schlagen. Er ließ seine Kippe fallen und starrte Declan an.

»Kleiner! Wenn ich dir eine reinhaue, fliegst du hinter dem Dreckskerl her!« Victor schüttelte fassungslos den Kopf und rieb sich die Stelle, an der Declan ihn erwischt hatte, aber es sah eher so aus, als wollte er einen Fleck abreiben. »Mach das nie wieder! Außerdem, wir wollten ihn doch sowieso loswerden. Wo ist das Problem?«

Declan sah über die Kaimauer auf das Wasser. Macfarlane war untergegangen, von ihm war nichts mehr zu sehen. Er trieb vermutlich längst Richtung Nordsee. »Scheiße. Er ist weg.«

»Natürlich ist er weg!« Victor grunzte.

»Wie hat er das gemeint, Polizei? War das ein Scherz?« Leo kam gerade zurück, fuhr sich mit der Hand übers Gesicht und stellte sich zu Victor. »Sagt der einfach ›Polizei‹ und springt. Was soll der Scheiß?«

»Ich kapier's nicht«, sagte Victor. »Wir hauen besser ab.« Ohne abzuwarten, was die anderen beiden dazu meinten, ging er los und verschwand in einer Containergasse. Leo und

Declan folgten ihm, und bis sie das Auto erreicht hatten, sagte keiner einen Ton. Declan hielt Leo den Schlüssel hin, aber der zeigte stumm auf Victor.

Erst als sie auf die Straße zurück nach London eingebogen waren, sagte Leo: »Wir müssen alle Klamotten verbrennen. Für Alibis ist gesorgt. Den Wagen fackeln wir auch ab.«

Victor, der am Steuer saß, nickte. »Klar. Klar.«

Declan saß auf dem Rücksitz und dachte nach, spulte jedes Wort, das im Containerhafen gefallen war, vor und zurück, und verkündete schließlich seinen Komplizen: »Er hat nichts mit Gonzos Verschwinden zu tun. Aber ich glaube, er war *undercover* oder so was.«

»Quatsch!« Victor verriss fast das Steuer. »Der ist doch schon seit Jahren dabei!«

»Gibt's ein besseres Cover?«, fragte Declan. »Er kennt uns alle, und er kennt offenbar auch die Neuen.«

»Niemals ist der ...«

Leo fiel ihm ins Wort. »Ich kenne Leute, die kannten schon seine Eltern. Unmöglich!«

»Entweder hat ihn die NCA angeworben, um an Informationen ranzukommen, oder er ist Polizist und wurde vor Jahren eingeschleust«, sagte Declan.

»Kein Polizist. Nie im Leben.« Leo raufte sich das lichter werdende grauschwarze Haar. »Ein Spitzel, was für eine Scheiße.«

»NCA? Oder MI5? Oder was?«, fragte Victor.

»Keine Ahnung.« Leo klang ganz schrill, gar nicht wie Leo.

»Er kennt uns alle«, sagte Declan. »Habt ihr selbst gesagt. Er beliefert uns alle.«

»Wir sind am Arsch«, sagte Leo. »Einen Polizeiinformanten umbringen, da kleben die sich an einen dran, als wär's einer von ihnen gewesen.«

»Wir müssen das mit den Alibis noch mal checken«, sagte Victor. »Und alles verbrennen.«

»Hab ich doch schon gesagt.«

»Ich sag's nur noch mal«, keifte Victor.

Declan sagte: »Ihr wisst schon, dass wir jetzt ein Problem mehr am Arsch haben, statt eins gelöst zu haben? Mit Gonzo sind wir noch keinen Schritt weiter.«

»Hat der auch für die NCA …?«, begann Victor und übersah fast eine rote Ampel. Quietschend kam er zum Stehen, Declan und Leo flogen fast aus ihren Sitzen.

»Bullshit, die zahlen doch keine hunderttausend Pfund. Konzentrier dich auf die Straße!«

»Vielleicht haben sie es ihm gegeben, damit er einen Deal vortäuschen kann. Und dann ist was schiefgelaufen.« Declan versuchte immer noch, dem Ganzen einen Sinn zu geben, aber irgendwie ging nichts richtig auf.

»Nee. Die hätten sich ihre Kohle ganz schnell zurückgeholt«, sagte Leo.

»Oder er ist jemand ganz anderem in die Quere gekommen. Was Privates oder so.«

»Den Neuen«, sagte Leo und schlug aufs Armaturenbrett. »Wem sonst? Das ist das Einzige, was Sinn ergibt. Gonzo hat sich mit den Neuen angelegt. Vielleicht hat dein Dad recht. Vielleicht wollten die, dass er euch ausspioniert, und er hat sich zum Schein drauf eingelassen, und sie haben das spitzgekriegt, und jetzt ist er tot.«

Declan musste zugeben, dass das nicht ganz verkehrt klang. »Und Macfarlane?«

»Keine Ahnung. Vielleicht, was weiß ich, vielleicht hat er irgendwas ... Nee, keine Ahnung. Aber er hat die Neuen beliefert. Er hätte die heute Nacht treffen sollen. Die sind nicht gekommen. Fast hätten wir sie gehabt.«

»Fast bringt gar nichts.«

Leo schnaufte: »Die pissen uns jetzt seit ein paar Monaten ins Revier, und wir haben nichts. Das müssen wir ändern.« Er drehte sich zu Declan um. »Kleiner, du hast zwar die Hosen voll, sobald es zur Sache geht, aber es heißt, du hast was im Kopf. Du klemmst dich ab sofort dahinter und findest was über diese Neuen raus, klar?«

Declan sah ihn irritiert an. »Ich? Mein Vater hat doch bestimmt schon ...«

»Mit dem reden wir. Der sieht das garantiert wie wir. Wir können keinem mehr trauen, nur noch uns. Und wir müssen dafür sorgen, dass die NCA nichts bei uns findet, wenn sie ab morgen alles umgräbt.«

»Ab heute«, sagte Declan und zeigte mit dem Daumen auf die Heckscheibe. Hinter ihnen wurde es zaghaft heller.

»Ab heute«, sagte Leo. »Wir haben einen verschissenen Polizeispitzel in die Themse gejagt, für nichts und wieder nichts, und der verschissene Dreckskerl wusste alles über uns. Ab jetzt ist nichts mehr sicher.«

4

Die Landung war nie ganz sanft. Und manchmal bemerkte Mo Reaktionen ihres Körpers, mit denen sie ganz und gar nicht einverstanden war.

Eigentlich passte sie auf. Sie hatte einen Deal mit sich selbst: nicht jeden Tag, und keine zusätzlichen Downer. Nie spritzen, nie sniefen, nur rauchen. Sie hielt sich an diesen Deal. Wenn sie merkte, dass es ihr schwerer fiel, machte sie längere Pausen. Und sie lief.

Laufen half.

Im Moment lief sie jeden Morgen, bevor sie zur Arbeit ging. Beim Laufen dachte sie oft darüber nach, was ihr wohl mehr zu schaffen machte: die absurde, verlogene Glitzerwelt in der City oder die brennenden, wahrhaftigen Mülltonnen in Brixton.

Seit ein paar Wochen brannten sie wieder. Brixton war in den vergangenen Jahren etwas ruhiger geworden. Keine Straßenschlachten, keine nächtlichen Feuer. Man hatte den Menschen versprochen, ihnen neue, bezahlbare Wohnungen zu bauen. Man hatte sich mit ihnen zusammengesetzt und sich ihre Wünsche angehört. Mehr Parks, mehr Spielplätze, mehr Freizeiteinrichtungen, eine neue Bücherei. Alles wurde versprochen. Die Baupläne hingen öffentlich aus. Es gab Planungstreffen, an denen jeder teilnehmen konnte. Die Obdachlosen und Hausbesetzer schöpften Hoffnung, bald schon legale, akzeptable Unterkünfte zu bekommen. Alle anderen glaubten daran, dass die Gentrifizierung wenigstens in ihren schlimmsten Auswüchsen an Brixton vorbeigehen würde.

Dann kam der Brexit und mit ihm eine neue Bürgermeisterin, ein härterer Rechtskurs und (um die Stadt nicht noch tiefer in Schulden versinken zu lassen) die Notwendigkeit, sich mit Investoren zu einigen, die an sozialem Wohnungsbau nicht interessiert waren. Kein Versprechen hatte noch einen Wert.

Deshalb wurde demonstriert. Deshalb waren mehr Gebäude besetzt als jemals zuvor in der Geschichte Brixtons. Deshalb sah man schon morgens am Straßenrand ganze Armeen von Menschen, die jede Hoffnung aufgegeben hatten, nur notdürftig in braune Papiertüten gewickelte Flaschen in den Händen. Und deshalb brannten nachts wieder die Mülltonnen, manchmal auch Autos, manchmal auch Vorgärten.

Die Rotweißblauen erkannte man nicht auf den ersten Blick. Früher war es leichter gewesen: Springerstiefel, Bomberjacke, Glatze und Hakenkreuz, gern als Tattoo am Hals. Heute sahen sie nicht nur aus wie normale Studierende, sie waren normale Studierende: groß, blond, gesund, seitengescheitelt. Ein paar waren nicht ganz so blond und nicht richtig weiß, aber sie waren auf den Zug aufgesprungen und wollten unbedingt mitgenommen werden, wollten Teil der privilegierten Klasse sein. Auf den Demos brüllten sie besonders laut. Überassimiliert, sagte Mo dazu.

Die Regierungspartei begrüßte die Bewegung. Rot, Weiß und Blau, das sind unsere Farben, hieß es immer. Die Regierungspartei schickte manchmal jemanden in den Londoner Süden, um so zu tun, als würde man sich dafür interessieren, was hier geschah. In Wirklichkeit interessierte sich die Regierungspartei einen Dreck. Die Regierung wollte nur wissen, wie es in der City und am Themseufer lief: Die glänzenden, das Sonnenlicht spiegelnden Tower verödeten innendrin, die Fensterreinigungsdrohnen waren nur Show, ganze Stockwerke standen leer, aber bald würden die Chinesen und die Russen einziehen. An den Schulen wurden schon neue Fremdsprachenklassen eingerichtet. Die Rotweißblauen empfingen die neuen Retter mit offenen Armen. Systeme nach ihrem Geschmack: starke Männer, klare Parteilinie, keine Diskussionen. Sie brachten Geld und Arbeitsplätze. Sie blieben außerdem unter sich und mischten sich nicht unter die Einheimischen, die echten Briten. Auch das gefiel ihnen. Und die Regierungspartei tat so, als hätte sie alles unter Kontrolle, als sei dieses Land der starke Partner im Wirtschaftsspiel und keine kleine Insel, die mit jedem Tag weiter absoff.

Mo dachte viel über diese Dinge nach, aber nur beim Laufen. Meistens lief sie allein und konnte nachdenken. In den ersten Wochen in London hatte sie sich ein paar Frauen angeschlossen, jungen Müttern, die mit ihren Familien in diese gerade noch günstige Gegend gezogen waren. Mo hatte geglaubt, es würde sie alle verbinden, dass sie neu in Brixton waren. Die jungen Mütter aber hatten sie in ihre Gruppe aufgenommen, weil sie glaubten, Mo stamme aus Brixton.

»Aber du bist doch schwarz?«

Mo antwortete erst gar nicht auf diese Frage.

»Und dein Akzent?«

Darauf antwortete sie mit dem Namen der Privatschule, die sie besucht hatte.

Nach anfänglicher Verwirrung hieß es dann: »Und ich dachte, den hättest du dir angeeignet.«

Das hörte sie oft, in den letzten Jahren immer öfter. Eine Schwarze mit dem Akzent der Reichen. Armes England.

Als die jungen Mütter eines Morgens ihre Bewunderung über Mos »anmutigen Laufstil« ausdrückten (sie lief nicht anmutiger als die anderen) und sagten, so etwas läge ihr wohl im Blut, meldete sie sich nie wieder bei ihnen.

Genauer betrachtet war es beim Laufen mehr ein An-etwas-Denken, weniger ein Über-etwas-Nachdenken. Mo kam nämlich zu keinem zufriedenstellenden Ergebnis. Sie merkte nur, wie die Atmosphäre in der Stadt jeden Tag unerträglicher wurde. Weil die Entwicklung konstant in die falsche Richtung lief und es keine guten Nachrichten gab, die Hoffnung brachten. Es schien ihr, als würde es immer nur so weitergehen. Brennende Mülltonnen, rotweißblau, glänzende Fassaden, und mittendrin immer wieder die schreienden Plakate und Werbebanner für das nächste Referendum, für die nächste Nebelkerze, die geworfen wurde, um das Schwinden der Demokratie zu verhüllen.

Wenn Mo mit der U-Bahn fuhr oder mit dem Bus, wenn sie die Straßen entlangging, wenn sie im Supermarkt einkaufte – im Vergleich zu ihrer Jugend hatten die Anfeindungen zugenommen. Mit dem Brexit war die rotweißblaue Suppe übergeschwappt und hatte sich im Land verteilt. Seitdem wurde sie fast täglich offen und vor Zeugen angegangen.

Disziplin, sagte sie sich deshalb immer wieder. Nicht die Substanz an sich war böse, sondern die Sucht. Und das beste Mittel gegen die Sucht war Disziplin.

Die Substanz half ihr.

Die Sucht würde sie töten.

Es wurde immer schwerer, sich an den Deal mit sich selbst zu halten. Sie musste die Welt ausblenden. Das klappte nicht mehr so gut wie noch vor einigen Monaten. Mo wusste, dass es nicht an ihr lag, und auch nicht an der Substanz.

Nicht die Wirkung ließ nach.

Der Wahnsinn dort draußen wurde größer.

5

Weil nichts mehr sicher war, mussten sie sich selbst um alles kümmern. Das Auto abfackeln, die Klamotten verbrennen (an einem passenden Ort), die Körper schrubben, die Haare waschen. Declan setzte sich danach gleich an den Computer und begann mit der Arbeit. Leo und Victor tauchten am Nachmittag bei ihm auf.

»Hast du schon was rausgefunden?«, fragte Leo und stützte sich mit den Händen auf der Rückenlehne von Declans Bürostuhl ab.

Declan hasste ihn dafür. Der Geruchmix aus Duschgel, Parfum, Deo und Rasierwasser stieg ihm in die Nase. Es waren vier unterschiedliche Duftnoten, und sie waren nicht aufeinander abgestimmt.

»Mach mal jemand das Fenster auf«, sagte Declan.

»Wieso, wir haben frisch geduscht«, protestierte Victor.

»Eben.«

Victor schnaubte, ging aber zu dem alten Sprossenfenster und schob es nach oben. Kühle, klare Herbstluft kam vom Lloyd Park hereingeweht.

Declan stieß sich mit dem Bürostuhl von seinem Schreibtisch ab und zwang Leo damit, zur Seite zu treten.

»Wir sind doch unter uns, ich klau dir schon keine Passwörter«, protestierte Leo.

Victor schob das Fenster wieder runter, schlug Leo auf den

Rücken und schob ihn zu dem großzügigen Sofa in der Ecke von Declans Arbeitszimmer. »Wir sind alte Schule, Kleiner. Wir wissen, was sich gehört.«

»Was meinst du, wie lange brauchst du noch?«, fragte Leo, warf sich auf die Sitzfläche und rutschte herum, bis er eine bequeme Position gefunden hatte.

»Geht runter zu meinem Dad, ich melde mich, wenn ich so weit bin.«

»Er hat uns zu dir hochgeschickt.« Victor strich seine Hosen glatt.

»Jetzt setz dich doch mal hin«, sagte Leo.

Victor setzte sich ordentlich hin, als wäre er bei der Queen zu Besuch.

»Nehmt euch was zu trinken und lasst mich in Ruhe machen«, sagte Declan.

Victor stand seufzend auf und ging in die Küche der Einliegerwohnung, die sich im Dachgeschoss der großzügigen Villa im Fachwerkstil am Lloyd Park befand, und kam mit drei Coladosen zurück. Eine reichte er Declan und ließ sich mit den zwei restlichen Dosen neben Leo auf dem Sofa nieder.

Declan versuchte, den nun aufkommenden Fernsehlärm zu ignorieren, und konzentrierte sich weiter auf seinen Bildschirm. Er benutzte den Tor-Browser, der ihn anonym im Netz surfen ließ, und bewegte sich auf Seiten, die über Google oder andere Suchmaschinen nicht aufzufinden waren. Man musste die Adressen kennen, wie zum Beispiel die des Hidden Wiki, dem Verzeichnis für die Angebote im Darknet: Falschgeld, Waffen, Vergewaltigungspornos, Drogen, aber auch Whistleblowing, neue Papiere und anonymisierte E-Mails. Alles, was politisch unerwünscht oder illegal war. Alles, was die Identität geheim hielt. Im Guten wie im Schlechten, je nach Standpunkt.

Er hatte warten müssen, bis er endlich Verbindung zu der Seite bekam, die er aufrufen wollte. Über eine Stunde ging gar nichts, dann hatte er kurz Zugriff, doch der riss nur Minuten später wieder ab. Erst jetzt schien er halbwegs stabil zu sein. Die Plattform hieß Mercatus Maximus, sie war neu und sah sehr viel besser und moderner aus als noch Silk Road vor einigen Jahren. Klar und ordentlich strukturiert konnte man sich hier durch alle Substanzen navigieren, die in der Apotheke nicht mal auf Rezept zu haben waren.

Als jüngerer Sohn hatte Declan nie viel von den Geschäften seines Vaters mitbekommen. Sein Bruder war der designierte Nachfolger. Nicht nur, weil er der ältere war, sondern weil er sich schon als kleiner Junge wirklich dafür interessierte.

Declan war auf die Privatschule auf der anderen Seite des Lloyd Parks gegangen, hatte Sozialpsychologie an der LSE studiert, dann noch ein wenig Soziologie, hatte sich für Internationale Beziehungen eingeschrieben und war für seine Promotion in den USA und Kanada gewesen. Vor zwei Jahren war er zurückgekehrt und versuchte seitdem, seine Doktorarbeit fertig zu schreiben. Aber er kam nicht recht voran. Ständig verlor er das Interesse an einem Thema, fing mit einem neuen an, geriet in Sackgassen, verzettelte sich. Er würde vermutlich nie fertig werden.

Seit sich sein Bruder Mick zum Erstaunen aller mehr und mehr zum Familienmenschen entwickelte, hatte sein Vater darauf bestanden, Declan stärker in die Geschäfte einzubeziehen. Es gab vieles, das er noch nicht wusste. Es interessierte ihn nämlich nicht, was Vater und Bruder machten. Diese Welt, die aus Geheimnissen, Gewalt und Ehrenkodex zu bestehen schien, war ihm völlig fremd. Er mochte die Menschen nicht, mit denen sein Vater zu tun hatte. Sie schienen eine andere Sprache zu sprechen, anders zu denken und zu empfinden als er.

»Du hast zu wenig Testosteron«, hatte Mick im Spaß zu ihm gesagt, als sie noch zur Schule gingen. »Weniger am Computer sitzen, mehr Fußball spielen!«

Wie gut, dass ich nicht der Älteste bin, hatte Declan damals gedacht und war erleichtert gewesen. Jetzt war die Schonzeit vorbei. Declan hatte keine andere Wahl, als sich auf seine neue Rolle einzulassen.

Was er im Moment wissen musste, war, unter welchen Namen die Rivalen seines Vaters ihren Stoff anboten und wer für die Boyce-Familie die digitalen Strippen zog. Die beiden Männer sagten ihm, wonach er suchen sollte.

Leos Händler verbarg sich hinter dem Namen OhBoy. Die Fotos der Ware wirkten wie mit dem Handy gemacht, sie waren über- oder unterbelichtet, die Warenbeschreibung war lieblos, und die wenigen Bewertungen der Kundschaft fielen nicht gerade begeistert aus:

> Gibt Besseres auf dem Markt.
>
> Mittelmäßige Ware, eigentlich eher Straßenqualität, Zustellung erfolgt allerdings prompt.
>
> Eigentlich zu teuer für die miese Qualität. Verpackung okay, Service okay.

Victors Mann nannte sich BestBuy und schaffte es, noch miesere Fotos einzustellen als OhBoy. Declan wunderte es, dass er überhaupt Bewertungen hatte, aber sie waren durchweg niederschmetternd.

Lieferung nicht angekommen! Abzocke!

Liefermenge stimmt nicht mit Bestellung überein!

Ewig gewartet, maßlos überteuert, endlos gestreckt – Finger weg!

Umso erstaunter war Declan, als er den Händler seines Vaters inspizierte: professionelle Fotos der Ware, hervorragende ausführliche Produktbeschreibung, dazu ein paar freundliche Hinweise, was die Lieferbedingungen anging. Der Verkäufer nannte sich Sally4U. Es klang, als steckte eine Frau dahinter, aber Declan glaubte es nicht. Sein Vater arbeitete nicht mit Frauen. Der Name Sally4U war wohl Teil des ausgeklügelten Verkaufskonzepts, das auch aufzugehen schien. Es gab bereits über hundert Bewertungen, und sie waren fast alle positiv. Insgesamt hatte der Verkäufer fünf von fünf Punkten.

Gute Ware, vernünftige Preise.

Superschnelle Lieferung, bei Großbestellungen sogar mit kleinen Extras, danke noch mal!

Fantastischer Service und Ware exakt wie beschrieben.

Wer auch immer Sally4U war, er hatte das Geschäft im Darknet verstanden. Declan vermutete, dass sein Bruder an der Marketingstrategie mitgearbeitet hatte. OhBoy und BestBuy war das Prinzip des Darknet-Handels deutlich fremd, sie schienen geradezu Verachtung dafür zu empfinden. Es wäre besser, wenn sie sich ganz raushielten. Er sagte es laut.

Leo zuckte nur die Schultern. Er war mit seinem Smartphone beschäftigt und tippte dauernd irgendwelche Nachrichten. Er sagte: »Wir machen das meiste Geld immer noch auf der Straße.«

»Kein Wunder.« Sie ließen sich Zehntausende Pfund zusätzlich im Monat entgehen.

»Man soll sich auf das konzentrieren, von dem man was versteht«, meinte Leo.

»Dann lasst es ganz.«

»Vielleicht lassen wir's ganz.«

Declan sah sich die Angebotspalette an. Die Männer von Leo und Victor boten alles an, von Meph über Ketamin bis Crack. Sally4U schien sich allerdings mehr auf Qualität als Quantität zu konzentrieren. Keine Pillen, die waren längst rückläufig, der Ruf viel zu schlecht, selbst im Darknet. Die meisten Händler hatten sich spezialisiert, boten Zusatzleistungen an, warben in einem freundlichen Ton um ihre Kundschaft. Auch Sally4U versprach Lockangebote für Erstkunden und bot an, den Bestellungen auf Wunsch Pröbchen beizulegen. Oder kostenlose Spritzen. Oder nette Beutelchen und Döschen zum Aufbewahren der Ware.

Sally4U gehörte zu den beliebtesten Verkäufern. Ein Anbieter aber stellte alle in den Schatten, sobald man die Suche lokal auf Großbritannien begrenzte: TheSupplier nannte er sich schlicht und grenzte das Liefergebiet sogar noch weiter ein: ausschließlich Großraum London. Mit dem Hinweis, an Möglichkeiten zu arbeiten, bald auch Birmingham, Manchester und Liverpool, Leeds, Newcastle und andere Großstädte beliefern zu können.

> Aufgrund unserer besonders sicheren Zustellmethode ist uns leider nur die Auslieferung in einem bestimmten

> Gebiet möglich. Durch unsere extrem kurzen Lieferzeiten (<24 Stunden mit der Möglichkeit, auf Wunsch den Lieferzeitraum auf eine halbe Stunde einzugrenzen) könnt ihr aber jederzeit bei uns bestellen, wenn ihr auch nur mal kurz in der Stadt seid.

Victor und Leo saßen hochkonzentriert vor ihren Smartphonedisplays und achteten kaum auf die Doku über Zugvögel, die sie eingeschaltet hatten. Wahrscheinlich arbeiteten sie. Organisierten Lieferungen, verwalteten Bestellungen. Wie die Händler im Darknet, nur dass sie es ohne Darknet taten. Mit Codewörtern, halbherzig gesicherten Kommunikationskanälen und Prepaid-Handykarten. Victor hob gerade den Blick und sah ihm direkt in die Augen.

»Was gefunden?«

»Könnt ihr mal leiser machen?«

»Es beruhigt mich, wenn im Hintergrund was läuft.«

»Du willst mich ärgern, oder?«

»Nein, im Ernst!«

»Wir können auch Musik laufen lassen«, schaltete sich Leo ein.

»Sagt mal, habt ihr Angst, dass wir abgehört werden?«, fragte Declan.

Victor und Leo warfen sich einen Blick zu.

»Macht den Lärm aus. Hier wird niemand abgehört.«

Misstrauisch griff Victor nach der Fernbedienung, schaltete aber aus. »Also, hast du jetzt was rausbekommen?«

»Ich kann nichts rausbekommen. Das ist der Witz am Darknet. Dass alles anonym bleibt. Aber ich könnte was bestellen. Soll ich was bestellen?«

»Bei den Neuen?« Victor zuckte die Schultern und sah wieder auf sein Smartphone. »Irgendwie muss es ja weitergehen.«

»Wir haben da schon mal bestellt«, sagte Leo. »Krasser Scheiß.«

»Wieso?«

»Das musst du selbst sehen.«

»Ich hab gehört ...«, hob Victor an, aber Leo fiel ihm ins Wort.

»Nein, bestell mal, dann siehst du's.« Leo hievte sich vom Sofa hoch und ging zu Declan. Er stützte sich wieder auf seiner Rückenlehne ab und sah auf den Bildschirm. »Mach doch mal ein Gramm H. Oder zwei?«

»Das kann ich Teddy mitbringen, dann kommt nichts um«, sagte Victor.

»Hast du ein Bitcoin-Konto?«

»Das Problem ist weniger die Bezahlung«, sagte Declan und drehte sich zu ihm um, damit er ihm einen vernichtenden Blick zuwerfen konnte, »sondern dass ich ein neuer Käufer bin.«

»Registrier dich einfach. Das klappt schon«, versicherte ihm Leo.

Declan klickte sich im Shop von TheSupplier durch die Heroin-Angebote. Rein und unverschnitten, wurde versichert. Direkt aus der Türkei. Topqualität, hergestellt aus afghanischem Opium. Und dann folgten Warnhinweise, Dosierungsanleitungen, Wirkungen und Nebenwirkungen. Eine ausführliche Warenkunde. Welches Heroin sich für welchen Gebrauch besser eignete, welche Sorte wasserlöslich war, für welche man Zitronensaft brauchte. TheSupplier hatte noch

Morphium und Opium im Angebot. Keine Pillen. Kein Crack. Kein Crystal Meth. Kein Koks. Nicht mal LSD. Nur Downer, keine Upper.

Clever, dachte Declan. Ein gutes Konzept. Die Nation betäubte sich. Die Zeiten, in denen alle wach sein wollten, waren vorbei.

Er wurde aufgefordert zu bezahlen, Lieferadresse und Lieferzeitpunkt würden später abgefragt. Verwundert folgte er den Anweisungen auf dem Bildschirm. Nachdem er bezahlt hatte, erhielt er einen Link: Dort könne er sich eine App für sein Smartphone herunterladen, wahlweise sei es möglich, den Link direkt auf sein Telefon zu schicken, aber gleichzeitig wurde darauf hingewiesen, dass diese Methode möglicherweise Sicherheitsrisiken hätte.

Declan lud sich die App auf sein Smartphone. Sie hieß Cavendish. Leo saß längst wieder auf dem Sofa, er hatte einen Anruf bekommen und flüsterte in sein Telefon. Victor geisterte durch die Küche, den Geräuschen nach zu urteilen war er auf der Suche nach etwas Essbarem. Als die App endlich installiert war, sollte er die Koordinaten der Lieferadresse durchgeben, und nachdem diese offenbar verarbeitet worden waren, wurden ihm Zeitfenster vorgeschlagen, aus denen er eins auswählen konnte. Die Oberfläche der Cavendish-App wirkte harmlos, so als würde man sich mit Freunden verabreden. Nirgendwo gab es einen Hinweis darauf, worum es wirklich ging. Nirgendwo gab es einen Hinweis auf denjenigen am anderen Ende, der die Daten empfing.

»In einer Stunde im Park«, sagte Declan laut. »In einer Stunde. Warum sind die so schnell?«

»Ja, die sind fix«, sagte Leo, während sein Telefon wieder brummte. Stirnrunzelnd nahm er den Anruf an und flüsterte wieder.

Victor kam kauend aus der Küche, ein Stück Brot in der Hand, ließ sich auf den neuesten Stand bringen und sah dann auf den Bildschirm, wo die Seite mit dem Shop im Mercatus Maximus noch geöffnet war.

»Sieht das scheiße aus«, sagte er. »So sah das Internet in den Neunzigern aus.«

»Der Tor-Browser ist langsam, weil die Verbindung über drei Knotenpunkte läuft, die sich alle zehn Minuten ändern. Deshalb ist es besser, wenn die Seiten so schlicht wie möglich sind, sonst dauert es zu lange, bis sie sich aufbauen.«

Victor starrte mit glasigen Augen in eine Ferne, die nur er kannte. Declan dachte, er hatte nicht zugehört, aber da lag er falsch.

»Ich weiß doch. Sieht trotzdem scheiße aus«, sagte Victor und biss in sein Brot.

Eine Stunde später verließen sie die Fachwerkvilla und gingen durch die goldene Herbstsonne in den Park gegenüber. Sie setzten sich auf eine Bank und warteten, bis Declans Smartphone brummte und die Nachricht von der Cavendish-App kam. Er wurde aufgefordert, seinen genauen Standort durchzugeben: GPS-Signal senden oder Koordinaten manuell eintippen. Declan entschied sich für das GPS-Signal.

»Und jetzt?« Er sah zu Leo und Victor.

»Jetzt wirst du gleich sehen, warum wir ein Problem mit denen haben«, sagte Leo. »Handel im Darknet ist eine Sache. Da gibt es jede Menge Konkurrenz. War nie unser Spezialgebiet. Wir können die Straße. Sollen uns doch irgendwelche Hausfrauen oder pickelige Studenten ein paar Pfund oder Bitcoins vom Geschäftskuchen wegnehmen. Leben und leben lassen. Aber die«, er stieß den Zeigefinger in die Luft, »die nehmen uns die Straße weg. Ohne zu fragen. Ohne sich auch nur blicken zu lassen. Ohne zu wissen, wie es auf der Straße läuft. Einfach so.«

Declans Blick war Leos Zeigefinger gefolgt. Er sah in den blauen, von Kondensstreifen durchzogenen Himmel. Eine Krähe flatterte auf und beschwerte sich über etwas. Ein kleiner Vogel schien sie aufgeschreckt zu haben. Der Vogel flog zielstrebig über die Baumwipfel, dann blieb er in der Luft schweben. Er war wirklich klein. Declan brauchte einen Moment um zu erkennen, dass es kein Vogel war, sondern eine Drohne. Sie war so groß wie ein Spatz.

Die App piepte. Declan riss sein Smartphone hoch: Er sollte bestätigen, dass er Sichtkontakt mit der Drohne hatte. Er klickte »Ja«.

Die Drohne flog vor, bis sie sich direkt über ihm befand, senkte sich dann etwas ab. Ein paar Sekunden schwebte sie regungslos in der Luft, dann ließ sie etwas fallen. Vor seinen Füßen landete ein Briefchen. Er hob es auf.

Als er wieder nach oben sah, war die Drohne verschwunden.

6

Die Drohne war tatsächlich nur so groß wie ein Spatz. Dafür hatte sie eine Akkulaufzeit von bis zu vierundzwanzig Stunden und konnte sich über fünfzehn Kilometer von ihrer Startposition entfernen, ohne den Kontakt zu verlieren. Sie war zu klein, um von den gängigen Radarsystemen erfasst zu werden. Man konnte sie so programmieren, dass sie ihren Zielort selbstständig anflog und wieder zurückkam. Sie erkannte Hindernisse und konnte ihnen ausweichen. Sie reagierte auf Wetterbedingungen wie Wind und Regen und glich sie aus. Sie konnte bis zu einem Kilogramm transportieren, wodurch allerdings die sonstigen Leistungen sanken. Die Dinge, die sie transportierte, waren aber selten schwerer als dreißig Gramm. Für den Fall, dass sie von ihrer Route abkam, festgehalten wurde, über einen längeren Zeitraum den Kontakt zur Basis verlor oder sonst etwas Ungeplantes geschah, löschte sie ihre Programmierung vollständig. Dann war nicht mehr nachzuvollziehen, von wo sie gestartet und was ihr Ziel gewesen war. Wurde sie nicht innerhalb der nächsten zwölf Stunden vom Systemadministrator reaktiviert, zerstörte sie sich selbst. Die Drohne war außerdem mit einer guten Kamera ausgerüstet. Und sie konnte andere Drohnen erkennen und mit Mikrowellenstrahlung deren Steuerung zerstören.

Die Drohne war nämlich nicht für den Transport von Drogen, sondern für den Kriegseinsatz konzipiert. Es gab nichts Vergleichbares auf dem Markt.

Aber es gab fünfzig Stück von ihrer Sorte, dazu noch ein paar Vorläufermodelle, die in Sachen Akkulaufzeit und Reichweite weniger effizient waren und gewisse Features noch nicht besaßen. Alle fünfzig befanden sich in London und waren auf fünfzehn Standorte verteilt, wo sie von neun Frauen und sechs Männern, die einander nicht kannten oder es zumindest nicht wussten, eingesetzt wurden. Die fünfzehn Standorte waren strategisch so auf Greater London verteilt, dass die gesamte Fläche von über fünfzehntausend Quadratkilometern mit achteinhalb Millionen Einwohnern bedient werden konnte. Die fünfzehn Menschen, die die Drohnen einsetzten, waren nicht detailliert darüber informiert, was die Drohnen wirklich konnten und zu welchem Zweck sie gebaut worden waren. Sie wussten nur, wofür sie sie einsetzten und wie sie sie zum Fliegen bekamen.

Sie kannten von ihrer Auftraggeberin nur den Decknamen, TheSupplier, die Lieferantin, und das reichte ihnen. Sie wussten nämlich, worum es derjenigen ging, die dafür sorgte, dass die Drohnen eingesetzt werden konnten: um die Sache. Um die Freiheit. Darum, dass erwachsenen Menschen zugestanden wurde, Entscheidungen für sich zu treffen, nachdem sie sich informiert hatten und wussten, welche Risiken sie eingingen. Darum, dass es nicht Sache der Regierung sein sollte, erwachsenen Menschen vorzuschreiben, was sie mit ihren eigenen Körpern anstellten.

Jedenfalls glaubten diese fünfzehn Menschen, die die Drohnen täglich mehrfach mit winzigen Päckchen losschickten und damit mehr Geld verdienten, als es ihnen mit den Berufen möglich gewesen wäre, für die sie ausgebildet waren, dass es ihrer Auftraggeberin darum ging. Sie alle hatten diese radikalen Überzeugungen, diskutierten leidenschaftlich in Darknet-Foren und waren deshalb ausgewählt worden. Ihrer Einschätzung nach war es nur logisch, dass ihre Auftraggeberin genauso denken musste.

Die Drohne, die Declan beliefert hatte, flog zurück nach Crystal Palace, wo sie im gleichnamigen Park gestartet war. Die junge Frau, die sie fliegen ließ, wohnte in der belebten Geschäftsstraße Westow Hill, einer Einbahnstraße, die auf den Crystal Palace Park zuführte, wo sie bisher immer einen ruhigen Platz gefunden hatte, um die Drohne zu starten und wieder einzusammeln. Manchmal, wenn die Zieladresse in kritischer Distanz zum Crystal Palace Park lag, fuhr sie ein Stück mit dem Fahrrad zu einer geeigneten Stelle. Einzig bei starkem Wind (ab Windstärke 7) oder sehr heftigem Regenwetter (leichter bis normaler Regen war kein Problem) sollte sie ihren Anweisungen gemäß nicht liefern.

Die Drogen wurden ihr in diskreten Paketen geliefert, die behaupteten, Küchengeräte oder kleine Möbel oder ähnliches zu enthalten. Darin war die Ware versteckt. Adressiert waren die Pakete an eine Werkstatt, die die Frau unter falschem Namen angemietet hatte. Dort verpackte sie die Ware in dem kleinen Bad, versteckte sie im Bodentresor des Hinterzimmers und machte jeden Tag sauber, damit im Falle einer unangekündigten Durchsuchung keine Spuren gefunden werden konnten. Sie wusste, welches Risiko sie einging. Dass man sie dranbekommen würde, wenn man sie überwachte. Dass man trotz aller Sorgfalt Spuren bei und von ihr finden würde. Sie wusste, dass dieser Ort, an dem die Ware gelagert wurde, der Schwachpunkt war. Aber sie glaubte daran, dass sie sich für die richtige Sache einsetzte, und auch das Geld, das sie damit verdiente, ließ sie ruhig schlafen.

Sie nahm selbst gelegentlich Drogen (wobei sie Kokain bevorzugte), hatte aber keine Vorstrafen und war nicht polizeibekannt. Niemand ihrer Bekannten wusste, womit sie ihr Geld wirklich verdiente. Sie behauptete, in ihrer kleinen Werkstatt Schmuck herzustellen und zu verkaufen. Sie hatte Kunst studiert und war gelernte Goldschmiedin. Ihre Auftraggeberin hatte ihr eine Buchhalterin vermittelt, die ihr bei einer makellosen Buchführung half. Die junge Frau wusste nicht, dass die Buchhalterin dem Finanzamt gegenüber behauptete, für eine Anwaltskanzlei zu arbeiten. Auch diese Anwaltskanzlei war Teil des Netzwerks. Während die Anwältin und ihre Buchhalterin (und natürlich auch die Lieferantin selbst) die echten Namen derjenigen kannten, die die Drohnen mit den kleinen Päckchen losschickten, wussten die fünfzehn Frauen und Männer nicht, wer die Anwältin war. Sie wussten nicht einmal, dass es sie gab. Die Buchhalterin hatten sie nie getroffen, mit ihr kommunizierten sie verschlüsselt per E-Mail.

Keira war klar, dass es mehrere wie sie geben musste. Schließlich gab es eine Menge Userbewertungen zu Lieferungen, die sie nicht losgeschickt hatte. Trotzdem war sie sich relativ sicher, dass sie zu denen gehörte, die zuerst angesprochen worden waren. Seit ungefähr zwei Jahren war sie nun dabei. Damals hatte man ihr eine Drohne geschickt, die deutlich weniger effizient war, und Keira hatte sehr viel öfter sehr viel weitere Strecken mit dem Fahrrad zurücklegen müssen. Manchmal war sie sogar mit öffentlichen Verkehrsmitteln unterwegs gewesen, um die Ware zustellen zu können. Sie hatte sich einen Hund angeschafft, um an öffentlichen Plätzen nicht aufzufallen. Der Hund war so abgerichtet, dass er die Drohne nie angriff, aber auf Befehl jeden beißen würde, der sich ihr näherte. Sie hatte ihm diesen Befehl nie geben müssen, außer beim Hundetraining.

Zwischendurch war der Shop immer mal wieder kurz offline gegangen, weil die Drohne defekt war. Es waren verbesserte Drohnen gekommen, und vor einem halben Jahr schließlich die Geräte, mit denen sie jetzt arbeitete.

Ein wenig war die junge Frau eifersüchtig, weil nun ganz London beliefert wurde, was bedeutete, dass es viel mehr Menschen als noch vor zwei Jahren geben musste, die an dieser tollen Sache teilnehmen durften. Natürlich war es gut, wenn es mehr Menschen gab, die so dachten wie sie und die Auftraggeberin. Aber die Exklusivität ihrer Unternehmung hatte ihr gut gefallen. Außerdem hatte sie Angst davor, dass neue Leute für mehr Unsicherheit sorgten. Was, wenn ein Spitzel von der Polizei oder dem Geheimdienst darunter war? Jeder wusste, dass sie sich im Darknet als Händler oder Kunden ausgaben. Bisher war nichts passiert, obwohl sich der Kundenkreis von TheSupplier rasant vergrößert hatte.

In manchen schwarzen Stunden, meistens nachdem sie sich zu intensiv mit ihrem Kokain beschäftigt hatte, dachte Keira, die Lieferantin könnte selbst ein Spitzel sein. Aber diese Gedanken verflogen schnell: Die Tarnung wäre viel zu aufwendig. TheSupplier, die Lieferantin, hatte in Darknet-Foren schon vor einigen Jahren auf sich aufmerksam gemacht. Sie hatte lange Essays über die dunklen Seiten der Anonymität geschrieben und warum sie doch so wichtig war. Sie hatte sich mit den misogynen Trollen angelegt und dabei immer sachlich argumentiert. Vor allem hatte sie über Drogen geschrieben, über das Recht des Individuums, mit dem eigenen Körper machen zu dürfen, was es wollte, sofern es erwachsen und ausreichend über die Konsequenzen informiert war. Im gleichen Text hatte sie diejenigen kritisiert, die mit Drogen schnelles Geld machen wollten, die unsaubere Ware anboten, die die Käufer betrogen. Manche hatten sie ausgelacht. Aber ihre Fanbase war gewachsen. Keira gehörte zu ihren Fans.

Eines Tages bekam Keira eine Nachricht von ihr. Sie chatteten, wurden sich einig, dass sie zusammenarbeiten wollten. Die Pläne für ein geniales Drogenliefersystem waren schon fertig. Damals hatte sich die Lieferantin noch nicht TheSupplier genannt, sondern Cavendish. Vielleicht nach Margaret Cavendish. Keira hatte sich nie getraut nachzufragen.

Manchmal wünschte sich Keira, sie würde die Lieferantin im echten Leben kennenlernen können, nicht nur virtuell. Sie sehnte sich nach jemandem, mit dem sie über all das, was sie jeden Tag tat, reden konnte. Nicht nur auf einem sicheren Kanal chatten, sondern tatsächlich reden. Wie mit einer Freundin. Keira hatte längst das Gefühl, mit dieser Frau befreundet zu sein. Sie hatte eine konkrete Vorstellung von ihr, wie alt sie war, wie sie aussah. Manchmal war der Wunsch, sie zu treffen, übermächtig. Dann folgte die Angst vor der Enttäuschung: Was, wenn sie gar nicht so war, wie sie es sich vorstellte? War es da nicht besser, das Traumbild zu behalten?

Heute war einer der Tage, an denen sie gern mit ihr in ein

Café gegangen wäre, um zu reden. Einfach so. Weil sie gerade wieder daran hatte denken müssen, wie viel besser die neuen Drohnen waren. Eine Lieferung nach Croydon hätte sie im letzten Jahr noch mit dem Fahrrad machen müssen. Heute ging sie einfach nur rüber in den Park.

Und dann gab es da noch dieses andere Thema: Geld. Obwohl sie wirklich gut verdiente, war sie gerade knapp. Ihren Eltern hatte sie geholfen, ein neues E-Auto zu finanzieren, und jetzt kam noch die Sache mit der Krankenversicherung ihrer Schwester dazu. Sie hätte mit der Lieferantin gern darüber gesprochen, ob es Möglichkeiten gab, etwas mehr als bisher zu verdienen, vielleicht das Gebiet zu erweitern. Schriftlich tat sie sich mit so etwas schwer. Im persönlichen Gespräch würde es ihr leichter fallen.

Aber es ging nicht. Stattdessen spielte sie also noch eine Weile mit ihrem Hund, verabredete sich mit ein paar Leuten, die glaubten, dass sie exklusiven Schmuck für reiche Leute anfertigte, und schickte die Daten, die die Drohne gesammelt hatte, an ihre Auftraggeberin, um danach den Speicher zu löschen und die Akkus für den nächsten Auftrag aufzuladen, der mit Sicherheit nicht lange auf sich warten lassen würde.

7

Die Daten, die die Drohne der Goldschmiedin gespeichert hatte und die nun verschlüsselt übertragen wurden, beinhalteten die Flugroute mit Geschwindigkeit, Luftwiderstand, Temperatur, Luftfeuchtigkeit und weiteren Wettermessungen, vor allem aber eine Videosequenz, die die Drohne bei der Übergabe der Ware gefilmt hatte. Ellie Johnson hatte sich so eine Art Versicherung einprogrammiert: Sie wollte nicht nur wissen, wer ihre Kundschaft war, sie wollte auch im Notfall etwas haben, auf das sie zurückgreifen konnte.

Ellie nannte sich im Darknet TheSupplier, die Lieferantin. Ein Nickname, schlicht und ohne viel Getue, ohne augenzwinkernde Doppeldeutigkeiten und Metaebenen. Die Leute wollten etwas, sie lieferte. Es war so simpel. Und in Wirklichkeit alles andere als das.

Als sie die Daten auf ihrem Rechner empfing und die Videodatei öffnete, die von der Drohne aus Crystal Palace kam, spürte sie, wie sich ihr Magen zusammenzog: Drei Männer standen auf einer Wiese und sahen direkt in die Kamera. Sie trugen Mäntel und Mützen, aber sie erkannte die Gesichter. Der Älteste war Victor Thrift, Anfang fünfzig, sehr groß, sehr breitschultrig und unter der Wollmütze sehr kahlköpfig. Der Mantel verdeckte die Tattoos, die man sonst den Hals hinauf und die Arme hinunterkriechen sehen konnte. Daneben Leo »The Loony« Hunter, Mitte vierzig, kleiner als Thrift, drahtig,

Kickboxer seit dreißig Jahren. Das dunkle Haar trug er immer etwas zu lang, sodass es ihm in die Augen fiel. Zwei Schritte entfernt glotzte Declan Boyce, der nicht nur jünger war als die anderen beiden, sondern in dieser kurzen Filmsequenz auch sehr viel jünger wirkte, deutlich überrascht in die Drohnenkamera. Er hatte das Smartphone in der Hand und erhielt vermutlich gerade die Aufforderung, seinen Standort zu bestätigen. Ellie stoppte das Bild.

Sie vergaß nie ein Gesicht. Im Gegenteil, ihr Gehirn war sogar in der Lage, es korrekt zuzuordnen, selbst wenn sie nur Teile davon zu sehen bekam. Manchmal dauerte es etwas länger, dann ratterte die Suchmaschine im Kopf durch entlegene Ecken, bis alle Informationen zusammengetragen waren: Wo hatte Ellie das Gesicht zum ersten Mal gesehen, wie hieß die Person, und wenn kein Name bekannt war, was wusste sie über sie? Ellie fand diese Gabe ausgesprochen praktisch. Sie würde eine wunderbare Rezeptionistin abgeben, oder Barkeeperin, wenn sie jemals vorhätte, das aufzugeben, was sie gerade tat. Durch diese Gabe hatte sie auf den Fotos schon mehrere Politiker, Schauspieler, Adelssprösslinge, Sterneköche, Richter, Musiker oder Designer erkannt, aber auch Türsteher, Verkäufer, Kellner, Kassierer. Natürlich waren ihr aber die meisten Kunden unbekannt. Diese drei hingegen …

Zwei Unterweltbosse und der Sohn eines dritten. Keiner der drei hatte es nötig, Drogen im Darknet zu bestellen. Sie verkauften seit Jahren, Jahrzehnten Stoff auf der Straße, sie hatten ihre eigenen Shops im Mercatus Maximus. Die drei wollten sie testen. Aber warum machten sie es selbst, warum schickten sie nicht einen ihrer Leute vor? Und: Seit wann arbeiteten die drei zusammen? Ellie wusste, dass sie ihre Reviere aufgeteilt hatten. Aber dass diese drei Männer sich nachmittags trafen, um dann gemütlich in einem Park – sie sah sich die Koordinaten an, es war der Lloyd Park in Croydon – zu stehen und auf eine kleine Drohne zu warten, die ihnen ein Briefchen mit Heroin bringen sollte? Irgendetwas stimmte nicht.

Ellie beschloss, Kontakt mit dem Mann aufzunehmen, dem sie als Einzigem in dem Geschäft vertraute. Er war derjenige, der ihr die Ware direkt besorgte, sobald sie vom Schiff kam. Er hatte ihr erklärt, wie der Handel üblicherweise lief und wovor sie sich in Acht nehmen musste. Sie hatte ihn vor zwei Jahren über eine Empfehlung kennengelernt, ihn überprüft, so gut es ihr möglich war, und sich schließlich mit ihm getroffen. Darauf hatte er bestanden, obwohl sie die Geschäfte nur online machen wollte. Er sagte, er traue der besten Verschlüsselung nicht. Sie sagte, sie traue keinem Ort, den sie nicht selbst vorher auf Wanzen und Kameras abgesucht, und keinem Menschen, den sie nicht persönlich gefilzt hatte.

Er ließ sich auf ihre Bedingungen ein, wirkte sogar amüsiert, keineswegs beleidigt. Sie trafen sich im Freien, am Nordufer der Themse, in der Nähe der Blackfriars Bridge. Ellie hatte den Ort bestimmt, CCTV-Kameras und Fluchtwege gecheckt. Die beiden waren sich auf Anhieb sympathisch. Trotzdem scannte sie ihn auf Wanzen. Er lächelte dabei, nicht herablassend, eher zustimmend.

Jimmy Macfarlane verstand schnell, worum es ihr ging. Ihm schien zu gefallen, dass er es ausnahmsweise mit einer unzynischen Person zu tun hatte. Er sagte: »Ich helf dir.

Mach dein Ding, aber mach es richtig. Dann helf ich dir.« Es ging ihm um Geld, natürlich, er war Geschäftsmann, aber er wurde auch so etwas wie ihr Mentor. Von ihm erfuhr sie alles über die anderen Händler und alles, was wichtig war. Deshalb kannte sie die Boyce-Familie und Victor Thrift und Leo Hunter und einige ihrer Mitarbeiter. Deshalb besaß sie eine Waffe und hatte gelernt, damit umzugehen. Sie und Jimmy Macfarlane trafen sich gelegentlich, kamen sich aber niemals zu nah und unterhielten sich niemals privat.

Gestern Nacht waren sie wieder verabredet gewesen, weil neue Ware für sie ankommen würde. Normalerweise wurde die Ware in ein Lagerhaus transportiert und von dort aus weiterverteilt, gut versteckt und getarnt in unauffälligen Paketen, die vorgaben, etwas ganz anderes zu enthalten und einer oberflächlichen Überprüfung auch stets standhielten. Ellie zahlte am liebsten in Bitcoin, er bevorzugte Bargeld, sie einigten sich von Zahltag zu Zahltag neu. Diesmal bestand er auf Bargeld. Nur Minuten vor dem Treffen bekam sie eine Nachricht von einem seiner Telefone.

Heute nicht.

Sie ging zurück nach Hause.

So etwas kam vor, gehörte sogar dazu. Wenn Jimmy zum Beispiel das Gefühl hatte, der Treffpunkt wäre nicht sicher, brach er ab. Aber üblicherweise meldete er sich recht schnell, um einen neuen Termin zu vereinbaren. Er hätte sich längst melden müssen.

Ellie versuchte, ihn auf einem seiner Telefone zu erreichen. Es war nicht ungewöhnlich, dass er nicht dranging, sondern später zurückrief. Sie schrieb ihm eine Mail. Dass er um diese

Uhrzeit darauf nicht reagierte – das hingegen war ungewöhnlich. Nach einer Stunde beschloss sie, zu ihm nach Hause zu fahren. Es würde ihm nicht gefallen, weil er ihr nie seine Adresse genannt hatte. Sie war ihm gefolgt und hatte ihn ausspioniert. Er lebte in Clapham, nicht sehr weit von ihrem schmalen Reihenhaus in Stockwell: Ein paar Stationen mit dem Bus die Straße runter Richtung Süden, dann noch wenige Minuten zu Fuß.

Auf dem Weg zu ihm versuchte sie wieder, ihn auf einem seiner Handys zu erreichen. Er reagierte immer noch nicht. Es wurde langsam dunkel und kühler. Als sie in die Voltaire Road eingebogen war, blieb sie sofort stehen: Vor seinem roten Backsteinhaus mit den hübschen weißen Sprossenfenstern standen mehrere Einsatzfahrzeuge, Kriminaltechniker in weißen Schutzanzügen kamen heraus, vermummte Polizisten gingen mit leeren Kisten hinein, Uniformierte sicherten Haus und Umgebung, vor allem vor der Presse, die eifrig Fotos machte und Nachbarn befragte. Überall filmte jemand, manche hatten professionelle Fernsehkameras, andere benutzten ihre Handys.

Sie nahmen sein Haus auseinander. Sie suchten etwas. Hatten sie ihn festgenommen? Hatte er deshalb das Treffen mit ihr abgesagt, weil die Polizei hinter ihm her gewesen war?

Ellie drehte sich um und rannte direkt einer Reporterin in die Arme.

»Entschuldigung, darf ich Sie was fragen? Wohnen Sie hier?«

Die Frau war ein paar Jahre jünger als Ellie, vielleicht frisch von der Uni. Sie hatte einen Fotoapparat um den Hals hängen, in der Hand ein Aufnahmegerät. Radio, dachte Ellie. Zum Glück nicht Fernsehen.

»Nein, ich …«

»Hier in der Gegend, meine ich. Nicht in dem Haus da. Oder wollen Sie jemanden besuchen?«

»Ich hab nur …«

»Ich meine, kennen Sie sich hier aus? Kennen Sie die Gegend?«

»Hören Sie, ich hab mich ehrlich gesagt nur verlaufen, ich wollte ganz woanders hin.«

Die Reporterin zog die Augenbrauen hoch.

Ellie fuhr fort: »Mein Handy ist leer. Ich hab kein Navi. Was ist denn da vorne los?«

Jetzt hatte die Reporterin endgültig das Interesse an ihr verloren. »Organisierte Kriminalität. Mord«, sagte sie, mit den Gedanken schon ganz woanders, und drehte den Kopf auf der Suche nach möglichen Gesprächspartnern.

Ellie ging schnell an ihr vorbei und zurück zur Clapham High Street. Polizei in Jimmys Haus. Mord. Entweder hatte man ihn verhaftet, oder er war das Opfer.

Sie nahm ihr Handy nicht aus der Jackentasche, sondern löste einhändig die Abdeckung und fummelte den Akku raus. Auf der Hauptstraße schlenderte sie weiter, bis sie ein Café gefunden hatte. Dort erkundigte sie sich höflich, ob sie die Toiletten benutzen durfte. Sie vergewisserte sich, dass sie allein war, nahm die SIM-Karte raus, wischte sie ab, hielt sie unters Wasser, wickelte sie in Klopapier und stopfte sie in einer Kabine in den Eimer für Monatsbinden und Tampons. Dann nahm sie aus einem Etui, das sie immer bei sich trug, eine neue SIM-

Karte und steckte sie ins Handy. Ihre Hände zitterten. Sie hielt inne, atmete durch, merkte, dass es nicht reichte. Sie schloss sich in der Kabine ein. Lehnte sich gegen die Wand und dachte nach.

Jimmy hatte das Treffen in letzter Minute abgesagt und sich seitdem nicht gemeldet. Dafür nahm die Polizei sein Haus auseinander, und gleichzeitig bestellte die Londoner Unterwelt ein kleines Päckchen H bei ihr.

Er musste tot sein.

Sie merkte, dass ihr übel war. Die Hände zitterten immer noch, ihre Arme fühlten sich an, als hätte sie zu lange zu schwere Gewichte gestemmt. Aber sie konnte nicht hierbleiben.

Ellie verließ die Toilette, verließ das Café, nicht ohne ein paar Münzen Trinkgeld in das dafür vorgesehene Glas zu werfen und sich noch einmal zu bedanken. Man sollte sich ruhig an sie erinnern, wenn jemand nachfragte. Sie ging die Straße hinunter, weg von der Bushaltestelle, an der sie ausgestiegen war, weg von dem Haus, das von der Polizei durchsucht und ausgeräumt wurde. Wenn sich jemand die CCTV-Aufzeichnungen ansah, würde es aussehen, als hätte sie ein bestimmtes Ziel und sich anfangs vielleicht nur verlaufen. So wie sie es der Reporterin gesagt hatte. Konnte vorkommen. London war groß.

Ellie überlegte, was sie tun sollte. Nach Hause fahren? Etwas einkaufen? Essen gehen? Es musste völlig logisch wirken. Wenn es eine Mordermittlung gab, wurde möglicherweise alles überprüft, was in der Umgebung geschah. Sie war froh über die Dunkelheit, die Kameras würden schlechtere Qualität liefern als tagsüber, aber allein darauf durfte sie sich nicht verlassen. Im Vorbeigehen sah sie in Schaufenster, blieb ein, zwei Mal etwas länger stehen, schaute auf die Uhr, als hätte sie eine Verabredung, wäre zu früh und müsste Zeit totschlagen. Sie kannte in der Gegend ein paar Leute, weil sie hier aufgewachsen und zur Schule gegangen war. Ihr Bruder war hier beerdigt worden, neben ihren Eltern. Die meisten Leute, die sie von früher kannte, hatte sie viele Jahre nicht mehr gesehen. Mit Ausnahme von Leigh.

Sie würde zu ihm gehen. Dort etwas essen. Ein Glas Wein trinken. Im Internet nachlesen, was passiert war. Obwohl sie bereits wusste, dass Jimmy tot war.

8

Wie es angefangen hatte? Mit Suchen.

Wenn man anders ist als die Eltern und die Geschwister, anders als die meisten Kinder, dann sucht man nach etwas, das zu einem passt. Zu dem man passt. Um dazuzugehören. Mo wuchs auf wie alle anderen, behütet und glücklich in der gehobenen Mittelschicht der Home Counties. Sie ging in dieselben Schulen wie alle anderen, belegte dieselben Fächer, trieb denselben Sport, fuhr auf dieselben Schulfreizeiten, ging auf dieselben Geburtstagspartys. Sie spielte die gleichen Spiele, lernte die gleichen Instrumente, hörte dieselbe Musik, trug die gleiche Kleidung, in der Schule und zu Hause, hatte denselben Akzent und lachte über dieselben Witze. Nichts davon machte sie zu dem, was die anderen waren: weiß. Gälte »weiß« als innere Haltung, die einem anerzogen wurde, sie würde dazugehören. Aber sie sah anders aus, auch wenn ihre Eltern und ihre beiden Schwestern es nie thematisierten.

Sogar die meisten ihrer Schulkameradinnen taten vordergründig so, als wäre sie genauso weiß wie der Rest. Und gleichzeitig ließen sie sie spüren, dass sie es nicht war. Kleine Zögerer, wenn sie davon sprachen, die Strahlen der Frühlingssonne zu nutzen, um ihre Winterblässe zu vertreiben. Scheue Blicke, wenn Mo sich in der Umkleide auszog. Mo merkte es immer. Es war ein angestrengt-freudiges »Wir alle, und auch du, Mo!«, wenn sie »Wir« sagten. Mo fühlte sich geduldet, und wenn ihr jemand sagte, sie würde von Herzen geliebt, dann wusste sie, dass es entweder trotz ihres Äußeren war oder deswegen.

Das galt auch für ihre Eltern. Sie hatten sich bewusst entschieden, ein dunkelhäutiges Kind zu adoptieren, nachdem sie schon zwei eigene hatten. Es war ein Statement. Sie hatten sie auf das teuerste Internat in der Gegend geschickt. Als Statement. Dort hatte man sie dann auch genau so behandelt. Dass sie den besten Schulabschluss ihres Jahrgangs machte – wieder ein Statement. Die Lokalpresse stürzte sich darauf. Mos ganzes Leben war ein Statement.

Die anderen konnten nicht wissen, wie es sich anfühlte, sie zu sein. Wenn sie auf Kinder traf, die anders waren, mehr wie sie, war es trotzdem nicht das, wonach sie suchte. Diese Kinder hatten Eltern und Geschwister, die genauso aussahen.

Auch den Hass hatte sie schon früh zu spüren bekommen. Er begleitete sie ihr Leben lang. Vor zwanzig, vor zehn Jahren war er noch ein Raunen gewesen, mittlerweile schallte er von den Dächern. Wenn sie mit jemandem über den Hass sprach, war da immer dieses Wissen in ihr, dass die anderen nicht wirklich nachfühlen konnten, wie es ihr damit ging.

Mo hatte es immer gutgehabt, wie man so schön sagte. Ihre Eltern erfüllten ihr jeden Wunsch. Ihre Schwestern waren lieb und verständnisvoll. Ihre Schulfreundinnen meldeten sich bis heute per Mail und in den sozialen Netzwerken und luden sie zu Klassentreffen ein. Sie hatte nie einen Grund gehabt, sich schlecht zu fühlen.

Und genau deswegen fühlte sie sich doppelt schlecht. Sie war offenbar undankbar, irgendetwas in ihr war falsch. Wäre es das nicht, würde sie sich doch rundum wohlfühlen. Stattdessen war da diese eine Leerstelle in ihr.

Hinzu kamen noch andere Formen des Andersseins. Sie war besser in der Schule. Sie hatte diese seltsame Gabe, Muster zu erkennen und Details logisch zu kombinieren. Sie war ein Mädchen in einer Gesellschaft, in der sich immer mehr Menschen darin gefielen, ein Frauenbild aus dem vorvergangenen Jahrhundert zu feiern.

Luxusprobleme, würden einige sagen. Aber sie konnte dieses innere Suchen, diese reißende Sehnsucht nicht abstellen. Mit den Jahren schien der Graben zwischen ihr und anderen Menschen immer größer zu werden, selbst wenn sie mit ihnen schöne Stunden verbrachte, wenn sie sie umarmte, mit ihnen lachte. Manchmal fühlte sie sich wie in einem Kokon: ohne direkten Kontakt zur Außenwelt, nur das Rauschen des eigenen Bluts im Ohr.

Nachdem sie zum ersten Mal Alkohol getrunken hatte, war ihr schlecht gewesen. Als sie sich an den Geschmack und das seltsame Gefühl gewöhnt hatte, war ihr aufgefallen, dass sie sich in ihrem Kokon nicht mehr ganz so elend fühlte. Mo achtete aber darauf, nicht zu viel zu trinken. Der Alkoholrausch war noch nicht ganz das, wonach sie suchte.

Sie probierte andere Sachen aus. Sie rauchte Gras, nahm aber keine Pillen, weil sie nicht wusste, was drin war.

Mo dosierte ihr Gift, bis sie fand, wonach sie suchte. H zu rauchen lernte sie an der Uni. Edinburgh war die Opiumstadt, seit Jahrhunderten schon. Sie sah Junkies, die sich H spritzten und keine Stelle am Körper hatten, die nicht von Abszessen übersät war, und sie wusste, dass sie das nicht wollte. Sie sah

Leute im Alter ihrer Eltern, die seit ihrer Schulzeit abhängig waren, so dürr und bleich wie die Magermodels der 1990er, und sie wusste, dass sie das nicht wollte. Sie sah Frauen in ihrem Alter, die sich für wenige Pfund am Straßenstrich anboten, um den nächsten Schuss zu finanzieren, krank und ungepflegt und nur noch Haut und Knochen, und dann kamen die Freier, misshandelten sie, prügelten die ausgemergelten Körper, bis das Blut spritzte, und ließen ihnen nicht mal die fünf Pfund, die sie anfangs gezahlt hatten. Natürlich wollte sie das nicht.

Aber sie wollte dieses Gefühl, das eintrat, wenn das Morphin die Rezeptoren im Gehirn flutete. Kein Schmerz, keine Verzweiflung, keine Sehnsucht mehr. Nur höchste Verzückung, Wärme, Glück.

Und Stille. Absolutes Nichts.

Mo sah auch, was mit Edinburgh geschehen würde, falls das neue Referendum angenommen wurde: Es würde schlimmer werden als in den 1980er Jahren, als billiges Heroin an jeder Straßenecke zu haben war. Schlechter, gestreckter Stoff. Dreckige Nadeln. Die höchste HIV-Rate in Europa. Die Schotten liebten es, sich zu betäuben. Sie würden die Drogen, die sie alles vergessen ließen, noch dringender brauchen, wenn die Regierung sie noch weiter abhängte.

Als sie studiert hatte, war guter Stoff über das Darknet zu bekommen. Das Straßenheroin war seit einigen Jahren immer häufiger mit Anthrax versetzt gewesen. Wer konnte, kaufte deshalb den teureren Stoff im Netz. Man sagte ihr, das Zeug von der Straße sei heute immerhin besser als noch vor zehn Jahren. Oder vor zwanzig. Und sowieso viel besser als damals, in den letzten Jahrzehnten des vergangenen Jahrhunderts. Ihre schottischen Freunde sprachen oft über diese Zeit, weil sie Angst vor der Zukunft hatten: Wenn beim nächsten Referendum der Druxit beschlossen wurde, müssten die Abhängigen noch tiefer in den Untergrund gehen, um an Stoff zu kommen. Sie hätten kein Anrecht mehr auf Krankenversicherung, staatliche Unterstützung, jegliche Form von Beihilfen. Sie würden nicht nur krank und obdachlos sein, sondern auch ohne Papiere, weil sie sich die nicht mehr leisten konnten. Sie würden zu Nicht-Bürgern. HIV, Hepatitis, alles, womit man sich anstecken konnte, würde sich wieder ausbreiten wie einst vor vierzig Jahren. Die User, die Abhängigen: vormals normale Leute, die irgendwann den Schmerz nicht mehr ausgehalten hatten.

Seitdem rauchte Mo Heroin. Die Nadel brachte zwar den größeren Kick für weniger Geld, aber auch das sehr viel höhere Risiko: War der Stoff zu rein, war es zu spät. Und Mo hatte ihre eigenen Regeln. Sie hielt sich an den Deal, den sie mit sich selbst geschlossen hatte. Sie wusste, dass es keine Lösung gab für das, was in ihrem Inneren tobte. Aber es gab Linderung.

9

Sie begrüßte Leigh mit einem Lächeln und einer Lüge: »Ich habe Hunger.«

»Und deshalb kommst du den weiten Weg zu mir?«

»Hunger und Sehnsucht.«

Zufrieden küsste er Ellies Wange und nahm ihr die Jacke ab. Alle Tische waren belegt, sie musste an der Theke sitzen. Ellie bestellte, wählte sich mit dem Handy in Leighs WiFi ein und suchte in den Nachrichten, was der Polizeieinsatz zu bedeuten hatte.

Die Überschriften sprachen von einer Leiche in der Themse. Mord. Bandenkrieg. Organisierter Kriminalität. Sie las einige der Beiträge quer: Der Tote sei in illegale Geschäfte verwickelt gewesen. Der Tote sei zwischen die Fronten rivalisierender Banden geraten. Der Tote habe sich vermutlich im Containerhafen von Tilbury mit kriminellen Geschäftspartnern getroffen. Möglicherweise hatte die ganze Sache etwas mit dem Verschwinden von Gerald M. zu tun, der seit gut zwei Wochen als vermisst galt. Der Tote wurde James M. genannt.

Jimmy Macfarlane.

Es waren Bilder von der Straße vor seinem Haus zu sehen. Die Streifenwagen, die Autos der Forensiker. Uniformierte, die Schaulustige wegschickten. Vermummte Beamte, die kistenweise sichergestelltes Material aus dem Haus trugen.

Presseleute, die von anderen Presseleuten dabei fotografiert worden waren, wie sie die Polizisten fotografierten.

Ellie spürte Panik und Trauer. Griff blind nach dem Glas Wein, das Leigh ihr hingestellt hatte. Ging zur Toilette, wo sie sich in einer Kabine einschloss und darauf wartete, dass sich ihre Nerven beruhigten.

Jimmy war tot.

Boyce, Thrift und Hunter mussten dahinterstecken.

Natürlich. Die drei Banden wollten herausfinden, wer sie war. Sie hatten irgendwie davon erfahren, dass sich Jimmy mit ihr treffen würde. Sie hatten es eigentlich auf sie abgesehen, welchen Grund sollten sie haben, ihren Händler zu töten?

Jimmy hatte Ellie nicht verraten. Sonst würde er noch leben, und sie wäre tot.

Sie waren hinter ihr her.

Und die Polizei durchsuchte Jimmys Haus.

Aber sie würden nichts über sie finden. Jimmy hätte nie ... Oder doch? Und selbst wenn er alles gesichert und verschlüsselt hatte, irgendwann würde jemand den Code knacken, und dann ...

... hatte sie eine Anwältin, die wusste, was zu tun war. Und sie hatte Videos von Polizisten, Staatsanwälten und Richtern, die gerade dabei waren, ein kleines Briefchen mit Drogen in Empfang zu nehmen. Nein, ihr größtes Problem waren Boyce und die anderen beiden. Was hatte die Männer aufgescheucht? Warum suchten sie ausgerechnet jetzt nach ihr? Wer war dieser Gerald M., der vermisst wurde?

Der Einzige, der darauf eine Antwort gehabt hätte, war tot. Macfarlane war auch der Einzige, bei dem sie eingekauft hatte. Sie würde vorerst keinen Nachschub bekommen. Würde den Shop schließen müssen. Die Cavendish-App deaktivieren.

Wussten die drei davon? Hatten sie ihn getötet, damit sie nicht mehr liefern konnte? Sie war neu im Geschäft. Sie hatte sich auf Jimmy verlassen, weil sie ihn gemocht und ihm vertraut hatte. Das war dumm gewesen. Immer einen Plan B haben versus bloß nicht zu viele Baustellen aufmachen. Sie hatte sich verschätzt.

Und jetzt waren die drei größten Drogenbosse Londons hinter ihr her. Nein, es war kein Zufall, dass sie direkt nach Jimmys Tod bei ihr bestellt hatten. Andererseits – hätten sie sich die Mühe gemacht, über die App bei ihr zu bestellen, wenn sie gewusst hätten, wo sie wohnte, wo sie arbeitete?

Oder wollten sie ihr damit einfach nur eine Nachricht schicken? »Wir sind an dir dran«?

Ellie schloss die Tür auf, ließ sich kaltes Wasser über die Hände laufen, wischte sich die Tränen aus den Augenwinkeln, korrigierte ihr minimalistisches Make-up und ging zurück an ihren Platz an der Theke.

Ihr Essen wurde sofort gebracht. Sie wusste nicht, wie sie es runterbekommen sollte. Leigh hatte es ihr hingestellt, er lächelte, schien eine Reaktion zu erwarten. Sie lächelte zurück, bemerkte, wie blass er war, wie abgespannt er wirkte.

»Bist du okay?«, fragte sie.

»Das wollte ich dich gerade fragen. Du siehst ein bisschen aus, als hättest du ein Gespenst gesehen.« Er deutete auf ihr Handy, das sie neben dem Teller liegen hatte. »Oder gibt's schlechte Nachrichten?«

Sie entschied sich für eine Halbwahrheit. »Ich bin vorhin

zufällig an einem Polizeieinsatz vorbeigekommen. Ich dachte erst, es geht um eine Hausdurchsuchung. Dann lese ich, dass jemand ermordet wurde.«

Leigh nickte. »Die Straße rauf? Ja, davon hab ich auch gehört. Schlimm, wenn's in der Nachbarschaft passiert, sozusagen.«

»Komisches Gefühl.«

»Scheint ne größere Sache zu sein.« Leigh lächelte. »Bandenkrieg, hab ich gelesen. Organisierte Kriminalität.«

Ellie nickte. »Furchtbar.«

»Das sollen Drogenhändler gewesen sein, oder?«

»Wahrscheinlich.«

»Mhm.« Leigh deutete auf ihr Steak. »Schmeckt's dir?«

Ellie schnitt schnell ein Stück ab und steckte es sich in den Mund. »Großartig, Leigh. Wie immer.«

»Mhm«, machte Leigh wieder, hatte die Hände in den Hosentaschen und wippte auf den Fußballen. Sie sah ihn fragend an. Er lächelte. »Gut, dass man solche Typen nicht kennt.«

»Absolut.«

»Sind die … ähm, was meinst du, sind solche Banden eigentlich der Polizei bekannt? Die überwachen die doch, oder?«

Ellie zuckte die Schultern. »Jeder kennt die Namen. Also, jeder, der sich dafür interessiert. Man kann ihnen aber nichts nachweisen.«

»Irgendwo hab ich gelesen, dass jemand vermisst wird.«

»Vielleicht bringen sie sich gegenseitig um, und es ist eine Rachegeschichte«, sagte Ellie, obwohl sie nicht daran glaubte.

»Krass, oder? Und die Polizei ist da machtlos?«

»Wahrscheinlich bestochen.«

»Hast du mal von dieser einen Familie gehört, hier im Süden?«

»Vom Boyce-Clan?«

»Äh, ja.«

Ellie nickte. »Vater und zwei Söhne. Aber die machen sich selbst die Hände nicht schmutzig. Die haben ihre Leute.«

»So. Tja. Na ja.«

»Was lustig ist«, sagte Ellie, »die Ehefrau des älteren Sohns ist eine wahnsinnig erfolgreiche Immobilienmaklerin, und ich glaube, sie bekommt viele Deals einfach nur, weil alle Angst vor ihrem Schwiegervater haben.«

Leigh lachte laut auf, es klang ein bisschen gekünstelt. »Was du alles weißt.«

»Na ja. Man hört eben so einiges.«

»So, so.«

»Von Catherine. Die kennt alles und jeden.«

Leigh lächelte. »Wie geht es ihr?«

»Stress. Die Anti-Druxit-Kampagne ...«

Er nickte. »Klar. Kann ich mir vorstellen.« Dann sagte er: »Und du meinst, diese, äh, Boyce-Leute haben was mit dem Mord zu tun?«

»Keine Ahnung. Man wird es ihnen sowieso nicht nachweisen können. Seit wann interessierst du dich für so was?«

»Na, wenn es hier schon in der Gegend passiert ...«

»Ah. Klar.«

»Wie gut, dass ich nur Steaks brate.« Er zwinkerte ihr zu und verschwand in Richtung Küche.

Sie konnte nur noch an Jimmy denken. Spielten seine Mörder mit ihr? Ellie rief sich die Sequenz von den drei Männern in Erinnerung. Nein, Declan Boyce, Victor Thrift und Leo Hunter waren sich nicht im Entferntesten bewusst gewesen, dass sie gerade gefilmt wurden. Und es war unmöglich, die Drohne zu ihr zurückzuverfolgen.

Während sie lustlos an ihrem Steak herumsägte und die Gedanken von einer Ecke ihres Hirns in die nächste wälzte, wurde ihr eine Sache immer klarer: Sie hatte die Kontrolle verloren. Auf Jimmy hatte sie sich verlassen können. Jetzt brauchte sie einen neuen Händler. Sie hatte keine Ahnung, wie sie das anstellen sollte, ohne dass jemand auf sie aufmerksam wurde, der besser nie von ihr erfahren sollte.

»O Ellie, es tut mir so leid.« Leigh stand ihr gegenüber hinter der Theke, sie hatte ihn nicht bemerkt.

»Was tut dir leid?«

»Ist heute nicht …?«

Sie sah ihn fragend an, dann fiel ihr ein, was er meinte: den Todestag ihres Bruders. »Oh. Nein. Nächste Woche.«

Leigh entspannte sich etwas. »Ach, nächste Woche. Ich dachte schon, du wärst deshalb hier.« Er schien auf eine Antwort zu warten. Sie sagte nichts. Er murmelte: »Fünf Jahre, oder?«

»Ganz genau.«

»Eddie war ein …«

»Ich weiß«, unterbrach sie ihn schnell.

»Ich geh manchmal an sein Grab.«

Ellie war überrascht. »Wirklich? Das wusste ich nicht.«

»Doch, doch. Jemand legt manchmal eine Rose dort ab. Eine einzelne.«

»Ich habe keine Ahnung, von wem die kommt.«

»Viele mochten ihn. Eigentlich alle. Jedenfalls die Mädchen in unserer Klasse. Die standen alle auf ihn.« Leigh starrte in die Ferne, vielleicht in die Vergangenheit, die Schulzeit mit Ellies Bruder. Edgar wäre dieses Jahr dreißig geworden.

»Wer weiß, irgendeine Ex«, sagte Ellie.

»Davon gab's ja genug.«

»Ich hab früh aufgehört, mir die Namen zu merken.«

»Er sah umwerfend aus und war wahnsinnig charmant. Ich hab nie verstanden, warum jemand wie er …«

Wieder unterbrach sie ihn. »Lass es gut sein.«

»Entschuldige. Du bist zum Essen hier, und ich …«

Sie sah ihn prüfend an. »Du bist doch sonst nicht so sentimental?«

Leigh hob die Schultern. »Der Herbst. Die Tage werden kürzer. Keine Ahnung.«

Jetzt musste sie grinsen. »Quatsch, ich weiß, was mit dir los ist.«

»Was?«

»Setz dich. Dann sag ich's dir.«

Er zögerte, aber dann ging er um die Theke herum und nahm auf dem Barhocker neben ihr Platz. »Was?«

Sie hob das Glas mit dem Rotwein, den er für sie geöffnet hatte. Obwohl sie keinen bestellt hatte. Irgendwas Teures, das roch sie sofort. »Du bist dreißig geworden. Und jetzt fühlst du dich alt.« Ellie prostete ihm zu und trank einen Schluck.

Empört rief er: »Unsinn, das ist …« Aber dann lachte er. Lange, laut, irgendwie erleichtert. Er stand auf, verschwand hinter der Theke, kam mit einem Glas Wasser für sich und einer Flasche Rotwein für sie zurück. Er goss ihr nach. Es war ein teurer Brunello.

»Du hast mich durchschaut, und ich sage dir, wenn du so weit bist, wird es dir genauso gehen. Die Haare werden grau, und man redet nur noch davon, wie alt man geworden ist und wie weise. Um einen herum heiraten alle und kriegen Kinder, und die Männer interessieren sich nicht mehr für einen, außer sie sind in einer Heterobeziehung und suchen ab und zu ein Abenteuer.« Er machte eine Kunstpause. »Obwohl, ich glaube, das stimmt doch alles nicht. Ihr Frauen werdet mit dreißig alt. Wir Männer haben Zeit bis vierzig.« Erleichtert atmete er aus. »Puh, was für ein Glück, ich hab noch zehn Jahre. Erschreck mich doch nicht immer so!« Lachend stieß er mit ihr an. »Auf die ewige Jugend.«

Sie stimmte in sein Lachen ein. Trank mit ihm. Fragte sich, ob Jimmy Macfarlane seinen Mördern verraten hatte, wo man sie finden könnte.

Ellie nahm den Bus nach Hause. Aus Angst, verfolgt zu werden, setzte sie sich nach oben in die hinterste Reihe. Erst kurz bevor der Bus an ihrer Haltestelle hielt, sprang sie auf, rannte hinunter und warf sich in letzter Sekunde durch die Tür, die sich bereits schloss. Dann wartete sie, aber niemand versuchte, ihr zu folgen. Etwas beruhigt ging sie in ihr Haus.

Sie setzte sich an den Rechner und öffnete den Ordner mit den Fotos von ihrem Bruder. Sie hatte nur Bilder aufgehoben, auf denen er glücklich und gesund aussah. Auch wenn er es in Wirklichkeit nicht mehr gewesen war. Dann wechselte sie in den Tor-Browser und machte sich an die Arbeit.

Eine Stunde später, um 00:21 Uhr, war der Shop offline.

Alle Kunden, die sich die Cavendish-App heruntergeladen hatten, bekamen von nun an eine Fehlermeldung.

10

Declan Boyce zum Beispiel. Er hatte Victor das Päckchen mit dem Heroin in die Hand gedrückt und war zurück zum Haus gegangen, zurück an seinen Computer. Hatte versucht, so viel wie möglich über TheSupplier herauszufinden, hatte sich durch Foren gegraben, stundenlang gelesen und analysiert, um ein Gefühl dafür zu bekommen, wie der Mensch, der die Cavendish-App betrieb, tickte. Er teilte seine Ergebnisse den anderen beiden mit, die ihm gefolgt waren und sich häuslich vor seinem Fernseher eingerichtet hatten, um mit Dal Makhani, Bier und ihren Smartphones die Zeit totzuschlagen, während er arbeitete.

»Einer von den Legalisierungs-Gutmenschen«, sagte Leo unbeeindruckt. Die Sendung über die Müllentsorgung in London interessierte ihn gerade mehr.

»Kapiern die nicht, dass die sich selbst das Geschäft kaputtmachen?«, murrte Victor. »Wenn Drogen legal werden, verdienen doch wieder nur die Pharmakonzerne. Und vielleicht noch der Staat, so von wegen Steuern.«

Declan merkte, dass er sich nicht konzentrieren konnte, wenn die beiden in seiner Wohnung blieben.

»Wollt ihr nicht mal nach Hause? Ihr habt doch bestimmt zu tun.«

»Och«, sagte Leo.

»Wir können warten, bis du was rausgefunden hast«, sagte Victor.«

»Wir arbeiten außerdem.« Leo hielt sein Smartphone hoch.

Declan seufzte. Er überredete sie, bei seinem Vater vorbeizuschauen, der um diese Zeit meistens in seinem sogenannten Herrenzimmer saß und rauchte, während Declans Mutter »mit Freundinnen unterwegs« war. Seine Eltern lebten schon seit zwanzig Jahren aneinander vorbei, und er hatte keine Ahnung, warum sie sich nicht scheiden ließen. Vielleicht wusste seine Mutter zu viel über seinen Vater, und er ließ sie nicht gehen. Vielleicht lag es am Geld. Vielleicht war es so einfach bequemer für beide.

Als er Ruhe hatte, kam er besser voran, und schließlich entstand ein deutlicheres Bild von dem Menschen, der hinter den Drohnenlieferungen steckte. Offensichtlich ein Aktivist, dem es weniger um den Profit als um die Sache ging. Er fragte sich, wo die Drohnen herkamen. Sie widersprachen dem Gedanken, dass es nicht unbedingt ums Geld ging. Es war die teuerste Zustellungsmethode, die sich Declan denken konnte. Irgendjemand musste sie finanziert haben, und zwar nicht nur die Produktion, sondern auch die Entwicklung. Irgendwoher musste das Geld gekommen sein. Vielleicht war das eine Möglichkeit, diesem Jemand nahezukommen.

Er glaubte, noch etwas anderes aus den politischen Kommentaren von TheSupplier in den Foren herauslesen zu können: dass eine persönliche Motivation hinter dem Aktivismus stecken musste, eine sehr tiefgehende. Es war nicht nur Gedankenspiel, nicht nur Theorie. Es war mehr. Und irgendwann gelangte Declan zu den Texten, die klarmachten, dass er es mit einer Frau zu tun hatte.

Eine Frau mit einer Geschichte, die sie dazu gebracht hatte, sich für die Legalisierung von Drogen zu engagieren. Vielleicht tat sie es sogar öffentlich. Und irgendwie hatte sie Zugriff auf technisch hochentwickelte Drohnen.

Declan ging die Treppe hinunter, durchquerte die Eingangshalle und klopfte an die Tür zum Herrenzimmer. Er betrat den stickig-warmen Raum, erwartete, Victor und Leo anzutreffen, aber sein Vater war allein.

»Wo sind sie hin?«

Walter Boyce gähnte, ohne sich die Hand vor den Mund zu halten, dann blinzelte er seinen Sohn an, als müsste er sich erst erinnern, wer er war.

»Declan.«

Wahrscheinlich hatte er ihn geweckt.

»Sind sie schon lange weg?«

Walter sah auf die Uhr, die auf dem Kamin stand. »Es ist schon nach zwölf. Ich hab sie vor zwei Stunden weggeschickt. Warum waren die eigentlich den ganzen Tag hier?«

»Wir wollten ...«

Sein Vater winkte ab. »Du hast, wenn ich sie richtig verstanden habe, sowieso die ganze Arbeit gemacht. Wahrscheinlich waren sie neugierig und wollten sich hier ein bisschen umsehen.«

Declan zog die Augenbrauen hoch. »Sie waren noch nie hier?«

»Ich hab sie nie reingelassen.«

»Oh?«

»Nein, schon in Ordnung. Sonst hätte ich was gesagt.« Walter grunzte. »Ich fand es nur ... amüsant, sie ein bisschen hinzuhalten. Ich habe immer darauf bestanden, dass wir uns bei einem von ihnen treffen. Aber deshalb bist du nicht hier. Hast du was rausgefunden?«

Er setzte sich auf das große, knarzende Ledersofa. Es war das unbequemste Möbelstück im Haus. Auf der Küchenanrichte konnte man es sich gemütlicher machen. Aber sein Vater war ein Kind der bitterarmen Arbeiterklasse, er hatte sich ohne Schulabschluss hochgearbeitet und war stolz auf seinen Reichtum. Sein Vater liebte diese vermeintlichen Attribute der höheren Klassen und lebte seine Vorstellung eines Landadligen nun in der Fachwerkvilla im Süden Londons direkt am Lloyd Park hemmungslos aus. Manchmal starrte er minutenlang aus einem Fenster, das zum Park hinausging, und Declan war fast sicher, dass sein Vater dann tagträumte, wie er mit ein paar anderen Männern über die Wiesen ritt und Füchse jagte.

Declan erzählte von seinen Recherchen.

»Eine Frau«, sagte sein Vater nachdenklich. »Da bist du dir sicher?«

»Es sieht sehr danach aus.«

»Ich habe mich ein wenig bei meinen Freunden von der Polizei umgehört. Die haben dieses Drohnending zwar auf dem Schirm, wissen aber gar nichts Genaues. Sie beobachten nur, sagen sie. Weiß der Teufel, was sie da beobachten. Die Drohnen jedenfalls nicht. Die können sie nicht sehen, sagen sie.«

»Hast du bei der Gelegenheit auch nachgefragt, was sie über letzte Nacht wissen?«

»Ich mach mich doch nicht verdächtig!« Walter schüttelte tadelnd den Kopf. »Und sag mal, diese Frau, die macht das mit der ganzen Technik und mit dem Vertrieb und so selbst?«

»Das kann ich unmöglich sagen. Sie ist vielleicht nur der Kopf dahinter.«

»Man braucht doch Verbindungen. Beziehungen. Man kann nicht einfach sagen, so, mein Onlineshop mit den selbstgestrickten Mützen läuft nicht mehr so gut, ab jetzt verkaufe ich Drogen.«

»Nein.«

»Und wie kommt sie überhaupt an die Drohnen? Das sind doch keine normalen Drohnen, die man sich mal eben beim Technikmarkt mitnimmt.«

»Nein. Vielleicht ist das eine Möglichkeit, mehr über sie rauszufinden.«

Walter rieb sich die Nase. »Ich verstehe nicht, wie Gonzo da reinpasst. Sie muss ihn gekauft haben. Wo soll sonst das ganze Geld hergekommen sein, das wir bei ihm gefunden haben?« Er beugte sich vor, sprach etwas leiser. »Oder es war etwas Sexuelles.«

»Dann wäre er mit ihr durchgebrannt und hätte sicher nicht das Geld liegen lassen.«

»Sie haben sich gestritten, und sie hat ihn umgebracht?«

»Wir wissen überhaupt nichts.«

»Doch. Er hat krumme Geschäfte gemacht.«

»Dad, natürlich hat er das.«

Sein Vater winkte ab. »Andere krumme Geschäfte. Mit denen er mich verarscht hat. Das nehme ich ihm schwer übel. Ich hab ihm immer vertraut.«

»Wir wissen wirklich nichts.«

»Wir sind doch nicht so dumm wie die Polizei!«

Declan schwieg.

»Wir müssen herausfinden, woher Gonzo sein Geld hatte. War das nicht der Plan?«

»Der Plan war auch, herauszufinden, wer diese Neuen sind.«

Sein Vater erhob sich aus seinem scheußlichen Ohrensessel und stakste zum Fenster. »Eine Frau also.« Es gab nichts zu sehen, draußen herrschte Dunkelheit. »Es wird kalt«, sagte er.

»Es ist Herbst.«

»Ich hasse es, wenn es kalt wird.« Er schlang seine Arme um den Körper, als müsse er sich wärmen. »Wir könnten versuchen, so ein Dings abzufangen. Bestell doch noch mal was.«

»Wie soll man denn eine Drohne, die meterweit über dem Boden fliegt, abfangen?«

»Lass dir was einfallen. Und jetzt zeig mal, wie das geht.«

Declan stellte sich zu seinem Vater, tippte die App auf seinem Smartphone an und merkte, dass etwas nicht stimmte. Erst dachte er noch, es seien Verbindungsschwierigkeiten. Dann merkte er, dass der Shop komplett offline war.

»Kann sie was gemerkt haben?«, fragte Walter.

»Was soll sie denn gemerkt haben? Wir haben ihr ja nicht unsere Adresse gegeben.«

»Hm.« Walter klang nicht überzeugt. »Sind wir sicher, dass sie mit Jimmy Macfarlane gearbeitet hat?«

»Victor und Leo sagen, es ist sehr wahrscheinlich. Wenn Jimmy Macfarlane tot ist und sie direkt danach ihren Shop schließt, was bedeutet das?«

»Trauernde Witwe?«

»Wie, trauernde Witwe?«

»Vielleicht hatten die was miteinander.«

»Eben hast du noch überlegt, ob sie was mit Gonzo hatte.«

»Frauen sind nicht gut fürs Geschäft«, beharrte Walter.

Declan schüttelte den Kopf. »Ich glaube, er war der Einzige, der sie beliefert hat.«

»Wieso?«

»Woher soll ich das wissen?«

»Ich meinte, wieso kommst du darauf?«, fragte Walter.

»Weil es logisch ist: Sie hat keine Kontakte. Sie hatte nur ihn. Er ist tot, sie bekommt keinen Nachschub und muss den Laden dichtmachen.«

Walter Boyce seufzte zufrieden. »Dann ist sie raus. Und wir sind sie los. Dass es so einfach sein würde …«

»Ich glaube eher, sie wird sich einen neuen Zwischenhändler suchen. Das wäre eine Chance für uns, an sie ranzukommen.«

Der alte Boyce spitzte die Lippen. »Wenn sie mit Macfarlane unter einer Decke gesteckt hat, und das meine ich durchaus zweideutig …«

»Ich weiß.«

»… dann hätte er ihr Namen nennen können. Dann wüsste sie, wen sie ansprechen muss.«

»Vielleicht sind die Vorräte knapp. Vielleicht dauert es länger als gedacht, an einen neuen Kontakt zu kommen.«

»So oder so, mein Junge, wir halten die Ohren offen und sehen, was passiert.«

»Darum musst du dich kümmern.«

»Das machst du zusammen mit deinem Bruder. Sprich mit ihm. Ihr könnt ruhig was anbieten, damit wir auch wirklich informiert werden.« Walter gähnte wieder, aber diesmal wirkte er nicht einfach nur müde, sondern sehr alt, älter als seine siebzig Jahre. Dann schüttelte er sich und sagte: »Ich habe Gonzo immer gemocht. Dass er uns so hängen lässt wegen einer Frau, hätte ich ja nie geglaubt. Nie. Der hat sich doch nie auf was Festes eingelassen, und jetzt so was.«

»Wir wissen doch gar nicht, ob …«

»Declan!« Sein Vater schnitt ihm das Wort ab, unerwartet barsch, wo er doch gerade noch müde und schlaff gewirkt hatte. »Die meisten Dinge sind ganz einfach. Es geht den Leuten um Geld und Macht, und außerdem wollen sie liebgehabt werden. Wenn die Hormone tanzen, kannst du die Leute nicht aufhalten. Wenn dann noch irgendwo Geld winkt, ist es ganz vorbei.« Walter Boyce setzte sich wieder in seinen Ohrensessel, umklammerte die Armlehnen. »Wir machen jetzt zwei Dinge. Einmal kümmern wir uns um Gonzo. Wer hat ihn zuletzt gesehen, wo hat er sich rumgetrieben …«

»Das haben wir doch alles schon.«

»Aber offenbar haben wir es nicht gut genug gemacht. Vielleicht wurden die falschen Fragen gestellt. Es muss noch mal alles durchwühlt werden. Und zweitens ködern wir diese Frau, diese … «

»Lieferantin.«

»Richtig. Sie wird jemanden finden müssen. Sie kann nicht einfach so aufhören. Sie macht das mit Sicherheit nicht allein, das heißt, es hängen Leute dran, die versorgt werden wollen. Das ist wie eine Firma! Wenn du merkst, dass du pleitegehst, legst du dann einfach die Hände in den Schoß und sagst deinen Angestellten: So, Leute, dann gehen wir einfach mal nach Hause? Und denk doch mal an die ganze Technik, die sie hat. Das muss ein Vermögen gekostet haben. Wie lange ist sie dabei? Ein halbes Jahr?«

»Sie war vorher schon aktiv, aber nicht in dem Umfang.«

»Also sagen wir, ein halbes Jahr. Und in der Zeit vorher hat sie investiert. Das heißt, sie hat Geld reingesteckt. Sie braucht jetzt Geld. Auch wenn sie uns das Geschäft vermiest hat – ich kenne die Zahlen. Ich weiß, wer wie viel woran verdient und was wie viel kostet. Sie braucht Geld, Junge. Sie wird weitermachen. Und wir müssen dafür sorgen, dass sie uns direkt ins Netz geht.«

»Was hast du vor, wenn wir sie gefunden haben?«

Sein Vater schloss die Augen und rieb sich die Nasenwurzel. »Ich habe bisher wirklich noch nie eine Frau umbringen lassen.«

11

Dass die App nicht zu erreichen war, merkte Keira eher durch Zufall. Die Bestellungen waren nie regelmäßig, mal kamen viele zur gleichen Zeit, mal gab es längere Pausen. Es gab aber nie Tage, an denen gar nichts bestellt wurde, es sei denn, die App funktionierte nicht. Wenn die Aufträge stockten, sah Keira nach, ob alles in Ordnung war. Dadurch, dass die Signale über mehrere Server auf der ganzen Welt liefen und ständig umgeleitet wurden, verlangsamte sich nicht nur der Bestellprozess, er konnte auch einfach komplett ausfallen.

Im Moment gab es gar keinen Grund für Keira, nachzusehen. Es waren den ganzen Tag über Bestellungen eingegangen, nun war es nach Mitternacht, um diese Zeit wurde es sowieso immer etwas ruhiger. Keira lag mit ihrem Hund auf dem Sofa, es lief die vierte Staffel einer Serie, mit der sie vor einer Woche angefangen hatte (sie war Serienjunkie). Gleichzeitig spielte sie auf dem Smartphone herum, checkte die Gesundheits-App, die ihrer Krankenkasse mitteilte, ob sie ihr Gewicht hielt und sich genug bewegte, wie ihr Blutdruck und ihre Herztöne waren und ob sie genug schlief (gelegentlich half ihr jemand dabei, die Daten so zu frisieren, dass sie weiterhin den bestmöglichen Versicherungsschutz zu den günstigsten Konditionen erhielt).

Sie tippte nur aus Langeweile auf die Cavendish-App. Es hatte nichts zu bedeuten, wenn sie nicht sofort reagierte.

Aber etwas war anders: Die App zeigte keinen Verbindungsfehler, sondern schien komplett abgestürzt zu sein. Verwundert ging Keira über den Tor-Browser ins Netz und steuerte Mercatus Maximus an, suchte dort den Shop. Der Link war verschwunden.

Keira setzte sich auf und schaltete den Fernseher stumm. Der Hund fühlte sich gestört, bellte kurz, sprang dann vom Sofa und legte sich in sein Körbchen. Sie öffnete ihre Mail-App, um der Lieferantin zu schreiben, und sah, dass sie von ihr gerade eine Nachricht erhalten hatte: Kurze Unterbrechung, technische Schwierigkeiten, bald wieder erreichbar, und könnte sie ihr bitte mitteilen, wie der Warenbestand zurzeit war. Keira sah in ihren Notizen nach, sie führte handschriftlich über alles Buch. Sie rechnete die durchschnittlich zu erwartenden Bestellungen gegen die vorhandene Ware auf und antwortete auf die Mail. Dann wunderte sie sich. Natürlich war sie schon manchmal gefragt worden, ob sie demnächst wieder aufstocken musste, aber normalerweise war sie es, die der Lieferantin mitteilte, wann sie etwas brauchte. Keira wurde misstrauisch.

Sie gehörte nicht zu den Leuten, die sich regelmäßig darüber informierten, was in der Welt geschah – oder auch nur vor der Haustür. Sie interessierte sich kaum für Politik. Das anstehende Referendum war ihr gleichgültig, weil sie nicht daran glaubte, dass ihre Stimme etwas verändern würde, und sie glaubte schon gar nicht an das, was Politiker sagten. Sie ging davon aus, dass alles so bleiben würde, wie es war, mit oder ohne Druxit. Sie hatte sich nicht über Details informiert. Politik machte sie müde, die Welt fiktionaler Serien war ihr deutlich näher. Da verstand sie die Figuren und wusste, dass es irgendwie am Ende doch gut ausgehen würde, und bis es gut ausging, war es wenigstens spannend, und falls es nicht gut ausging, war es wenigstens nicht echt.

Jetzt aber checkte sie ein paar Nachrichten-Apps, was sie immer dann tat, wenn sie das Gefühl hatte, nicht zu verstehen, was um sie herum geschah. Sie las sich durch einige Überschriften: Kommentare zum Referendum, Artikel über den zerstrittenen Kontinent, zu dem ihr Land einmal gehört hatte, und über Kriege auf anderen Kontinenten, die ihr Land in vergangenen Jahrhunderten versucht hatte zu erobern. Alles schien weit weg. So als wären die Britischen Inseln in den Ozean getrieben und vergessen worden.

Deshalb dauerte es eine gute halbe Stunde, bis Keira fand, wonach sie suchte. Vorher klickte sie sich noch durch Meldungen über Prominente, den Wetterbericht und einen Testbericht über die neuesten E-Autos, was sie von allen Artikeln am meisten interessierte, weil sie feststellen musste, dass der Wagen, den sie für ihre Eltern gekauft hatte, eher schlecht abschnitt.

Dann fand sie es: Ein toter Drogenschmuggler in London. Das war die relevante Nachricht. Hatte er etwas mit der Lieferantin zu tun? Würde es Probleme mit dem Nachschub geben? Sie schrieb eine zweite Mail und stellte ihre Fragen. Die Antwort kam schneller, als sie erwartet hatte: Alles sei in Ordnung, es gäbe keinen Grund, sich Sorgen zu machen. Für neue Ware würde gesorgt.

Keira blieb misstrauisch. Sie redete sich ein, dass es dafür gar keinen Grund gäbe. Andererseits: Konnte es sein, dass jemand, der zu ihrem Lieferkreislauf gehörte, ermordet worden war? Dann hätte sein Tod direkte Auswirkungen auf das, was sie tat. Und damit meinte sie nicht nur mögliche Lieferschwierigkeiten. Ihr wurde bewusst, dass sie nicht nur vor der Polizei Angst haben musste. Es gab in diesem Business Menschen, die viel gefährlicher waren als die Polizei.

Bisher hatte Keira ihren lukrativen illegalen Job auf gewisse Art glamourös gefunden. Subversiv, cool, aufregend. Jetzt dachte sie zum ersten Mal darüber nach, dass sie ihr Leben aufs Spiel setzte. Und das war gar nicht so cool, wie sie es aus Serien kannte oder wie es im ersten Moment klang. Sie dachte: Ich kann immer noch als Goldschmiedin arbeiten. Sie würde dann sehr viel weniger Geld haben, aber die kleine Wohnung, in der sie lebte, gehörte ihr, sie hatte niedrige Lebenshaltungskosten und könnte sicherlich noch hier und da etwas reduzieren. Sie könnte den Hund weggeben. Im schlimmsten Fall würde sie das zweite Zimmer untervermieten. Sie hatte lange genug in WGs gewohnt, um damit klarzukommen.

Keira ärgerte sich darüber, ihren Eltern das teure Auto von ihren Rücklagen gekauft zu haben. Sie war davon ausgegangen, dass sie in ein paar Monaten wieder etwas angespart haben würde, und sie hatte auch geglaubt, vorerst kein großes Polster zu brauchen, weil für sie selbst keine nennenswerten Anschaffungen anstanden.

Aber es ging nicht nur um sie selbst, es ging vor allem auch um ihre Schwester: Kurz nachdem sie das Geld für das fürchterliche E-Auto verpulvert hatte, war diese krank geworden. Sie hatte ihr Kind in der dreißigsten Schwangerschaftswoche verloren, anschließend hatte man ihr die Gebärmutter entfernt, und seitdem hatte sie Probleme mit der Blase, die bei der Operation verletzt worden war. Dazu war noch eine bakterielle Infektion der Nieren gekommen. Jetzt litt sie unter schweren Depressionen und hatte kaum noch Lebensmut. Keira wollte ihr helfen, in eine Privatklinik zu kommen, um besser medizinisch versorgt zu werden. Und sie wollte ihr eine Anwältin besorgen, die die übermüdeten, überforderten Ärzte aus dem öffentlichen Krankenhaus verklagte. Das alles würde sehr viel Geld kosten. Keira war bereit, es auszugeben. Aber dazu musste sie es haben.

Keira überprüfte ihren Kontostand. Keine spontane Geldvermehrung über Nacht. Sie redete sich ein, dass sie Geduld haben müsse, morgen würden bestimmt wieder Bestellungen reinkommen, alles würde gut werden.

Und dann dachte sie: Was, wenn nicht?

Sie hatte noch fast fünfhundert Gramm hochwertiges Heroin in ihrer Goldschmiedewerkstatt. Keira überschlug den Schwarzmarktwert.

Sie dachte an den toten Drogenschmuggler.

So etwas durfte sie gar nicht in Betracht ziehen. Sie konnte das Risiko nicht einschätzen. Was, wenn die Polizei ihr eine Falle stellte und sie festnahm, was, wenn sie an einen dieser konkurrierenden Drogendealer geriet und der sie umbringen würde?

Aber der Gedanke, dass sie etwas von großem Wert besaß, beruhigte sie, und sie nahm ihn mit, als sie kurz darauf schlafen ging. Sie schlief schnell ein, weil es irgendwie tröstlich war zu wissen, dass sie Optionen hatte.

12

Mick war noch wach. Im Schlafanzug zwar, aber wach. Er wohnte im Nachbarhaus, einer fast identischen Fachwerkvilla, und saß im Wohnzimmer, dem innenarchitektonischen Gegenentwurf zu Walters Herrenzimmer. Mick führte das Leben, von dem Declan noch vor zehn Jahren gedacht hätte, dass er es selbst bald führen würde: verheiratet, Kinder, von zu Hause ausgezogen. Über Letzteres konnte man natürlich geteilter Meinung sein. Aber Mick entfernte sich immer mehr vom alten Boyce und seinen Geschäften, während Declan immer tiefer hineingezogen wurde, seit er wieder bei seinen Eltern eingezogen war.

»Ich habe keine Zeit, mich um so was zu kümmern«, sagte Mick, nachdem Declan ihm alles erzählt hatte. »Wann soll ich das denn auch noch machen?«

»Ich hatte den Eindruck, Dad erwartet das.«

Mick verdrehte die Augen. »Warum kann er nicht jemand anderen fragen, keine Ahnung, Roger zum Beispiel, oder ...«

»Er vertraut niemandem mehr. Wegen Gonzo. Es soll in der Familie bleiben.«

»Ich kümmere mich schon darum, dass noch mal alles überprüft wird, was mit Gonzo zu tun hatte. Und jetzt auch noch das?«

»Mick, bitte. Dad will es so.«

Mick seufzte. »Ich geb dir die Namen. Du kannst das machen.«

»Ich.«

»Ja, ist das ein Problem?«

»Die kennen mich nicht. Die kennen dich.«

»Dann lernen sie dich kennen.«

»Ich soll wohl wirklich deinen ganzen Scheiß übernehmen oder was?«

»Wenn du meinen ganzen Scheiß übernehmen würdest, würdest du auf meine Kinder aufpassen!«

Wunder Punkt, getroffen.

Sie schwiegen sich eine Weile an, vermieden es dabei, sich anzusehen.

»Okay, ich kann dir ein bisschen helfen«, sagte Mick schließlich.

»Danke, Mann.«

»Klar doch. Sag mal, diese Frau?«

»Die Lieferantin.«

»Wenn sie, wie du meinst, auch sonst politisch aktiv ist, dann finden wir sie auf diesem Weg. Die Szene ist überschaubar.«

»Mit Szene meinst du ...?«

»Drogenlegalisierer. Anti-Druxit-Kampagne.«

»Ich habe eher den Eindruck, dass sie gewachsen ist.«

»Die Konservativen haben die Gesetze verschärft, die Gegenreaktion war abzusehen, aber die Befürworter haben sich zusammengetan und organisiert. Deshalb sage ich: überschaubar. Und vor allem sichtbarer als vorher.«

»Was nicht heißt, dass sie dabei ist. Weil sie unerkannt bleiben will.«

»Was nicht heißt, dass es nicht einen Versuch wert wäre.

Ich denke an diese Anwältin, die als Strategin der Anti-Druxit-Kampagne gilt.« Er nannte Declan Name und Adresse.

Declan suchte auf dem Smartphone ihre Homepage heraus. »Wir haben da gerade echt eine ganze Menge Baustellen«, murrte er. »Diese Lieferantin, Gonzos Mörder, und dann noch Jimmy Macfarlane.«

»Der ist doch jetzt tot.«

»Und wenn er wirklich ein Polizeispitzel war?«

»Ist er jetzt tot«, wiederholte Mick. »Entspann dich. Ihr habt euch Alibis besorgt, und alle Spuren sind vernichtet.«

»So einfach?«

»Wäre nicht das erste Mal. Dad kennt Leute.«

Es gab so vieles, worüber sein Bruder nie mit ihm gesprochen hatte, vielleicht auch nie sprechen würde. Und doch erwartete er, dass er seinen Platz einnahm. Declan fragte sich, wie einfach es für Mick sein würde, ein normales Leben zu führen. Konnte er vergessen, dass er Menschen umgebracht hatte? War sein Rückzug ins Familienleben – mit seiner neuen Familie – die Reaktion darauf, dass er nicht damit umgehen konnte? Die Brüder verstanden sich gut, aber bei aller Vertrautheit stand doch viel Unausgesprochenes zwischen ihnen.

Mick stand auf und fing an, die Kinderspielsachen, die auf dem Boden lagen, einzusammeln. »Macfarlane wird nur ein Problem, wenn sich einer von euch verplappert, und das wird nicht passieren. Selbst wenn sich die Polizei sicher ist, wer ihn getötet hat ...«

»Streng genommen hat er sich ja selbst umgebracht«, warf Declan ein.

»Selbst wenn sich die Polizei sicher ist, wer an seinem Tod

beteiligt war«, formulierte Mick geduldig seinen Satz um, »müsste sie es erst beweisen. Und ich glaube nicht, dass man großes Interesse daran haben wird, uns aufzuscheuchen.« Er hatte den Arm voll mit Feuerwehr- und Polizeiautos, Krankenwagen und ein paar Pferden. »Hol mal die Kiste. Nein, die da drüben. Danke.«

Declan hielt ihm eine wäschekorbgroße Kiste hin, sein Bruder warf die Spielsachen hinein und ließ ihn mit der Kiste stehen, um weiter aufzuräumen. Er kniete sich auf den Boden und sammelte Legosteine zusammen.

»Dad und Leo und Victor sorgen dafür, dass die richtigen Leute im richtigen Moment nicht mehr so genau hinschauen. Sieh dir die Bücher im Tresor an. Dad zahlt genug dafür, dass nichts an uns kleben bleibt. Es ist ein sorgfältig austariertes System. Niemandem ist geholfen, wenn von heute auf morgen Drogenkonsum legalisiert wird. Das wären Milliardenverluste. Aus kosmetischen Gründen muss hin und wieder etwas beschlagnahmt werden, damit der Steuerzahler glaubt, der Krieg gegen Drogen wäre effizient. Der Kokainfund letztens an der Küste in Nordengland? Das war gar kein Koks. Das war eine Finte für die Presse.«

Das hatte Declan nicht gewusst, wollte es aber nicht zugeben. »Du musst mit mir nicht reden wie mit einem Kleinkind«, murrte er.

»Mit einem Kleinkind werde ich ganz sicher nicht so reden«, sagte Mick und klang sauer.

»So hab ich das nicht gemeint.«

Mick warf die Legosteine in die Kiste. »Du wirst schon noch rausbekommen, wer auf welcher Seite steht.«

»Sag es mir doch einfach.«

Er nahm seinem Bruder die Kiste ab. »Heute nicht mehr. Kümmere dich erst mal um das, was ansteht.« Mick schob sie unters Sofa. Dann setzte er sich, lud seinen Bruder ein, sich ebenfalls wieder zu setzen.

»Ich denke, heute nicht mehr?«

»Ich will über was anderes reden. Über gestern Nacht. Kommst du klar?«

»Ich hatte noch nicht sehr viel Zeit zum Nachdenken. Ich habe nicht mal geschlafen seitdem.«

Mick sah ihn so lange an, dass es seinem kleinen Bruder unangenehm wurde und er wegsah.

»Willst du reden?«

»Keine Ahnung. Nicht jetzt.«

»Aber wenn …«

»Klar.«

»Gut.«

»Danke.«

»Logisch.«

»Nein. Wirklich danke.«

Mick lächelte. »Geh rüber und schlaf. Und wenn was ist, ruf an.«

Declan nickte, stand auf. »Danke.«

Mick erhob sich ebenfalls, klopfte ihm auf die Schulter, merkte dann selbst, wie dämlich die Geste war, und umarmte seinen Bruder. »Schlaf gut. Ich hoffe, du träumst nicht.«

Er war müde, aber sein Kopf war noch zu beschäftigt, um abzuschalten. Er ging in seine kleine Küche, räumte die Sachen, die Victor und Leo benutzt hatten, in die Spülmaschine, setzte sich dann an den Küchentisch und öffnete auf dem Smartphone den Link zu der Anti-Druxit-Anwältin, den er vorhin rausgesucht hatte.

Catherine Wiltshire, neununddreißig, Oxford-Absolventin, Labour-Mitglied. Auf den professionellen Fotos ihrer Kanzlei wirkte sie streng, kühl und smart. Er sah sich ein Video an, den Mitschnitt einer Fernsehsendung, bei der über die Legalisierung von Drogen diskutiert wurde. Sie sprach mit einem unverkennbaren nordenglischen Akzent und hatte einen umwerfend trockenen Humor. Ihre Diskussionspartner hatten Schwierigkeiten, sich gegen sie durchzusetzen. Declan musste lächeln. Er versuchte, sie sich zusammen mit Gonzo vorzustellen, und wusste, wie absurd der Gedanke war. Gonzo hatte immer zu den Männern gehört, die vor intelligenten Frauen weggelaufen waren. Aber er konnte sich sehr gut vorstellen, dass sie diejenige war, die in den Darknetforen ihre Philosophie niederschrieb. Dass Catherine Wiltshire die Lieferantin war.

Declan war klar, dass es keine Möglichkeit gab, auf technischem Weg an Informationen über die Lieferantin zu kommen. Selbst die besten Hacker hätten da ihre Schwierigkeiten.

Aber er konnte etwas anderes tun: die Zwischenhändler aufscheuchen. Die Lieferantin würde sich einen neuen Händler suchen müssen, von dem sie ihre Ware bekam. Declan beschloss, die Leute auf Micks Liste abzuarbeiten. Er würde den Mitarbeitern seines Vaters (waren das nun auch seine Mitarbeiter?) sagen, sie sollten sich umhören, Anreize in Form von Geldgeschenken (er wollte nicht »Kopfgeld« dazu sagen) oder gewissen Zusagen geben, damit man ihn informierte, sobald sie mit einem Händler Kontakt aufnahm. Früher oder später gab es immer jemanden, der redete. Und es gab in London keinen einzigen Händler, den der Boyce-Clan nicht kannte.

Andererseits hatte die Lieferantin vielleicht längst mehrere Quellen. Dann würde es länger dauern, bis jemand redete. Niemand verpfiff gern lukrative Kundschaft.

Er könnte das Ganze aber auch beschleunigen, indem er die Lieferantin nervös machte. Noch nervöser, als sie durch Macfarlanes Tod ohnehin schon sein musste. Declan beschloss, eine kleine Bombe zu zünden. Einmal alles durchrütteln, um zu sehen, wer aus welchem Loch gekrochen kam.

Declan lehnte sich zurück, starrte an die Decke und dachte nach. Dann lächelte er zufrieden, legte die Hände auf die Tastatur, formulierte sorgfältig seinen Text und sorgte dafür, dass die Presse noch in dieser Nacht ein ordentliches Stück Recherchearbeit bekam.

Nirgendwo verbreiteten sich Gerüchte so effizient und hielten sich so hartnäckig wie im Internet.

13

In der Firma, in der Mo arbeitete, achtete man auf Ergebnisse, nicht auf feste Arbeitszeiten. Manche Leute kamen erst gegen Mittag und blieben dafür bis Mitternacht. Manche kamen frühmorgens und gingen dafür am Nachmittag. Manche arbeiteten an den Wochenenden und nahmen sich dafür unter der Woche frei. Es gab sogar welche, die sie noch nie gesehen hatte, weil sie fast nur von zu Hause aus arbeiteten oder erst abends kamen, wenn sie schon gegangen war.

Mo gehörte zu den wenigen, die einer festen Routine folgten. Sie fing um neun Uhr an und ging um sechs Uhr nach Hause. Sie machte eine Mittagspause und eine Kaffeepause. Sie erledigte ihre Arbeit in der Zeit, die sie sich dafür festgesetzt hatte, und die Wochenenden blieben frei. Immer wieder wurde sie gefragt, warum sie das tat. Warum sich diesen Regeln aus einem Zeitalter unterwerfen, das längst hinter ihnen lag? Regeln, auf die nicht einmal mehr die Regierung bestand? Mo wollte sich nicht damit herausreden, sie habe Familie. Sie hatte keine Lust zu lügen. Sie antwortete einfach: »Ich mag feste Strukturen.« Sie halfen ihr dabei, die Disziplin zu halten.

Vielleicht war sie deshalb auch so gut darin, Muster zu erkennen. Und alles, was davon abwich. Sie war den anderen etwas unheimlich, weil sie Dinge wusste, die sie eigentlich nicht wissen konnte, und bald nannten sie sie »Holmes«. Mo konnte gar nicht nachvollziehen, was die anderen an ihrer Beobachtungsgabe so besonders fanden.

Es hatte angefangen, als sie eine Kollegin gefragt hatte:

»Gibt's den Inder zwei Straßen weiter nicht mehr?« Sie hatte sich erklären müssen. Dass sie wusste, was die Kollegin wann gern aß, dass diese nun schon seit vier Wochen nichts mehr bei dem Inder gekauft hatte, sondern offenbar bei einem anderen, obwohl ihr das Essen dort nicht so gut schmeckte (sie aß es nie ganz auf und probierte offenbar die gesamte Karte durch, während sie vorher zwei Lieblingsessen gehabt hatte). Mo hatte ausführen müssen, woran sie all das festmachte, und am Ende hatte sie recht: Die Kollegin sagte, dass ihr indisches Lieblingslokal in dieser Gegend von einem Tag auf den anderen geschlossen gewesen war und dort bald eine landesweite Kette eines der überteuerten, langweiligen fake-italienischen Restaurants eröffnen würde.

Seitdem wurde Mo immer wieder auf die Probe gestellt. Die anderen versuchten, sie an der Nase herumzuführen, aber meistens hatte Mo recht, und deshalb war sie ihnen unheimlich. Manche hielten sich von ihr fern, wohl aus Angst, sie könne ihre Gedanken lesen. In Wirklichkeit interessierte sich Mo gar nicht für die Geheimnisse der anderen. Sie hielt sich mit ihren Bemerkungen von nun an zurück, hatte sie sie anfangs doch eigentlich nur gemacht, um mit den Kollegen ins Gespräch zu kommen. Das Take-away vom Lieblingsinder hatte sie für ein geeignetes Smalltalkthema gehalten. Die Kollegin war schwarz wie sie, und Mo hatte auf nette Art Kontakt zu ihr aufnehmen wollen. Aber schon wieder gehörte sie nicht richtig dazu. Wieder gab es sie – und die anderen.

Dabei arbeitete sie gern in dieser Firma. Die Chefin hatte sie angeworben, als Mo gerade mit ihrer Masterarbeit in Geoinformatik angefangen hatte. Sie hatte Mo per Mail kontaktiert, dann hatten sie sich per Skype ausgetauscht und schließlich in Edinburgh verabredet. Mos Kommilitonen waren vor Neid ganz blass geworden, als sie mitbekamen, dass die Chefin eines Londoner IT-Start-ups den weiten Weg nach Schottland antrat, um mit Mo ein Bewerbungsgespräch zu führen, während alle anderen noch vorsichtig sondierten, wohin sie ihre Unterlagen mailen sollten. Mo verstand nicht ganz, warum andere positive Zuwendung erfuhren, wenn sie von ihren Erfolgserlebnissen berichteten, während sie auf Ablehnung stieß. Der Unterschied war ihr nicht klar. Eigentlich hätten die anderen ihr doch gratulieren müssen, gefolgt von Ratschlägen, wo sie sich mit der Frau treffen und was sie anziehen sollte. Nichts davon geschah.

Mo zog an, was sie immer anzog, und traf sich mit der Frau bei Starbucks direkt im Bahnhof. Ihre zukünftige Chefin (sie war sicher, dass sie den Job bekam) wollte mit dem Zug kommen. Starbucks war nah und leicht zu finden. Es gab dort WiFi, alle Sorten Kaffee, aber auch Tee und ein paar Softdrinks. Es war preislich überschaubar, und wenn Mo früh genug dort war, würde sie ganz sicher einen Tisch bekommen. Im Schnitt, sie hatte es einmal ausgerechnet, wartete man zehn Minuten auf einen freien Platz oder Tisch, also ging sie eine Stunde vor dem vereinbarten Treffen hin.

Die Frau war pünktlich, weil der Zug pünktlich war. Sie hatte schon einen ausgedruckten Vertrag mitgebracht, den Mo nur noch unterschreiben musste. Mo las ihn an Ort und Stelle durch (sie hätte ihn auch mitnehmen und nach angemessener Bedenkzeit nach London schicken können, aber sie sah nicht ein, wozu diese Verzögerung gut sein sollte). Sie fand den freien Umgang mit den Arbeitszeiten etwas beunruhigend, ließ sich aber versichern, dass es kein Problem war, wenn sie zu festen Zeiten arbeitete. Das Gehalt war mehr als angemessen für eine zweiundzwanzigjährige Absolventin, und es sollte nach einer Probezeit sogar noch einmal angehoben werden. Es gab eine Geheimhaltungsklausel, die sie verpflichtete, mit niemandem über die Details ihrer Arbeit zu sprechen, auch nicht nach Beendigung des Arbeitsverhältnisses. Mit Kollegen aus anderen Abteilungen durfte sie nur über konkrete Details reden, wenn sie die Genehmigung dazu hatte. Die Strafzahlung, die bei Nichteinhaltung dieser Klausel fällig wurde, lag im hohen sechsstelligen Bereich.

Mos einzige Frage zum Vertrag lautete: »Musste schon mal jemand zahlen?«

Die Frau, die in Kürze ihre Chefin sein würde, sagte: »Ja. Einer.«

Mo unterschrieb.

Die Frau fuhr nicht, wie Mo angenommen hatte, mit dem nächsten Zug zurück nach London, sondern sagte, sie würde noch über Nacht in Edinburgh bleiben. Bevor Mo darüber nachdenken konnte, ob es angemessen war, so etwas zu sagen, platzte es aus ihr heraus: »Aber Sie haben kein Gepäck dabei.«

Die Frau, die nur ein paar Jahre älter war als Mo, hob eine Augenbraue und sagte: »Ich bleibe nur eine Nacht. Was ich brauche, passt in die Tasche.«

Mo sah auf die Laptoptasche, die tatsächlich etwas ausgebeulter war, als man von einem Laptop erwarten würde. Sie ärgerte sich, dieses Detail übersehen zu haben.

Mos Kommilitonen wollten am nächsten Tag wissen, wie es gelaufen war, und Mo sagte ihnen, dass sie unterschrieben hatte. Die Gratulationen kamen etwas zögerlich, aber sie kamen. Sie wurde gefragt, wo sie sich mit der Frau getroffen hatte, und sie erzählte es ihnen. Es wurde mit Befremden darauf reagiert: Warum war sie nicht in ein schöneres Café gegangen? Edinburgh hatte so viel zu bieten. Und sie traf sich mit ihrer zukünftigen Arbeitgeberin in der Bahnhofsfiliale einer fantasielosen Kette, die es auf der ganzen Welt gab?

Die Frau hatte zu Mo gesagt: »Gute Idee, sich hier zu treffen.«

Mo wusste, dass es richtig gewesen war, den Vertrag zu unterschreiben. Diese Frau schien sie zu verstehen. Die anderen nicht.

Gleich nachdem sie ihren Master in der Tasche hatte, zog sie aus Edinburgh weg und in eine kleine, dunkle Wohnung in Brixton. Sie hatte Glück, eine eigene Wohnung zu finden. Wer neu nach London kam, lebte in WGs, manche teilten sich sogar das Zimmer mit jemandem, weil die Mieten zu hoch waren. Sie hatte auch schon von Leuten gehört, die zwar einen Job hatten, aber auf der Straße lebten, weil es keine bezahlbaren Unterkünfte mehr gab. Mo war bereit gewesen, den Löwenanteil ihres Gehalts für Miete auszugeben. Dank ihrer Eltern und eines Stipendiums musste sie keine Studienkredite zurückzahlen. Die Wohnung selbst war außerdem in keinem besonders guten Zustand. Bad und Küche sahen aus, als wären sie in den letzten hundert Jahren nicht mehr nennenswert renoviert worden, und im Eingangsbereich des Hauses roch es aufdringlich nach Schimmel.

Mo kannte niemanden in London, abgesehen von ein paar ehemaligen Schulkameradinnen, die sie aber seit der Schulzeit nicht mehr getroffen hatte und bei denen sie sich nicht melden würde. Ihre Eltern freuten sich, dass sie nun wieder »näher an Zuhause« wohnte. Zuhause nannten sie den Ort, in dem sie immer noch lebten, ein besseres Dorf in der Nähe von Reading. Zuhause nannte Mo den Ort, an dem sie ihre Sachen untergestellt hatte. Jetzt war die Wohnung in Brixton ihr Zuhause.

Sie lernte Leute in der Nachbarschaft kennen, mit denen sie sich gelegentlich unterhielt und manchmal sogar ins Pub ging. Mo hätte ein großartiges Leben haben können, aber diese schmerzliche Sehnsucht, die sie ihr Leben lang begleitet hatte, hörte nicht auf.

Zwei Jahre arbeitete sie nun schon in der Firma, und es war seitdem nicht vorgekommen, dass jemand gegen die Vertragsklausel verstoßen hätte. Niemand sprach über die eigenen Projekte. Manchmal gab es Projekte, an denen man mit mehreren arbeiten und sich abstimmen musste. Es gab dann Meetings, bei denen die Chefin anwesend war. Der Auftraggeber wurde nie genannt. Das große Ganze wurde nie genannt. Die Klausel verhinderte, dass man bei den Gesprächen im firmeneigenen Café anfing, darüber zu spekulieren. Im Café sprach man über die neuesten Serien, über das anstehende Referendum, über Sport.

Mo konnte nichts dagegen tun. Ihr Gehirn setzte einfach die Puzzleteile zusammen. Sie wusste von Anfang an, dass sie eines Tages herausgefunden haben würde, woran sie arbeiteten, und es dauerte kein ganzes Jahr, bis sie eine sehr konkrete Vorstellung hatte. Vor etwa fünf Monaten war sie sich ganz sicher gewesen, und seitdem fragte sie sich, ob sie nun die sechsstellige Summe würde zahlen müssen. Mo entschied sich, ihrer Chefin vorerst nichts zu sagen. Noch gab es keinen Grund dafür.

Im Moment dachte sie zum ersten Mal darüber nach, doch öfter von zu Hause aus zu arbeiten. Es wäre ein empfindlicher Eingriff in ihre Routine, und sie müsste diese Veränderung gut planen, um sich schnell einzugewöhnen. Sie hatte bereits eine kleine Veränderung vorgenommen und ging nun einen anderen Weg zur U-Bahn und wieder zurück, um die Rotweißblauen zu vermeiden. Sie waren aber überall. Selbst wenn sie allein waren, fühlten sie sich stark, weil sie wussten, dass ihr Verhalten stillschweigend geduldet wurde. Erst heute war sie von einem Mann in der U-Bahn am Arm gepackt und vom Sitz gerissen worden. »Kleine Neger müssen stehen!«, hatte er gerufen und sich auf ihren Platz gesetzt.

Sie war gegen ein paar der anderen Pendler geprallt und hatte sich entschuldigt. Die Pendler hatten peinlich berührt weggesehen. Niemand hatte sich für sie eingesetzt. Der Mann, der nun auf ihrem Platz saß, hatte die Hände zufrieden in seinem Schoß gefaltet und still gelächelt.

Als ihm nach ein paar Minuten auffiel, dass sie ihn immer noch anstarrte, sagte er zu ihr: »Ach, vielleicht gibt's eines Tages eigene Wagons für euch.«

Rotweißblau. Nicht ihre Farben, obwohl sie hier geboren war.

Sie dachte darüber nach, wie sie ihre Wochen strukturieren könnte, wenn sie von zu Hause aus arbeitete. Sie musste sich etwas überlegen, das sie weiter zu Disziplin zwang. Ihre Disziplin durfte sie niemals aufgeben.

14

Manche Gerüchte brauchen etwas länger, um sich zu verbreiten. Die regierungsnahe Presse hatte den Tod des Drogenhändlers im Hafen für ihre Zwecke genutzt und finstere Geschichten verbreitet, schon bevor die Identität des Mannes festgestanden hatte. Unspezifische, nie bewiesene Berichte über Dealer, die Schulkinder auf dem Nachhauseweg abfingen und anfixten, waren im Zusammenhang mit seinem Tod aufgekocht worden. Bilder von Crystal-Meth-Zombies hatten die Artikel flankiert.

Das Gerücht, es habe sich bei James Macfarlane um einen Polizeispitzel gehandelt, knallte über Leserkommentare und die sozialen Medien in die Redaktionen. Es passte nicht ins Bild. Erst hielt man es für eine Verleumdungstaktik der Linken, für einen Versuch, die Polizei zu diskreditieren oder einfach Verwirrung zu stiften.

Am Vormittag kam die zögerliche Bestätigung einer Polizeisprecherin. Ja, der Tote hatte bereits seit neun Jahren als Informant für die NCA gearbeitet. Mehr wollte man vorerst nicht sagen.

Ein anderer Spin musste her: Die Redaktionen der konservativen Medien diskutierten, wie sie aus dem Bösewicht einen guten Kerl machen konnten, ohne selbst komplett lächerlich dazustehen. Man entschied sich dafür, schlicht zu ignorieren, was man in den vergangenen Tagen geschrieben hatte. Nichts war so alt wie die eigene Schlagzeile von gestern.

Die linke Presse freute sich. Kurz nach der Stellungnahme der Polizeisprecherin bereitete sie Artikel über das sich selbsterhaltende System des Drogenkriegs auf. Artikel darüber, wie der Staat die Dealer finanzierte, indem sie sie als »Informanten« anheuerte. Darüber, dass sich ganze Behörden, wenn nicht sogar Ministerien nur deshalb hielten, weil dieser Krieg nicht zu gewinnen war. Dass in Wirklichkeit alle wussten, was für ein brutales, zynisches Spiel gespielt wurde. Darüber, dass es Zeit für eine Liberalisierung der Drogenpolitik war. Zeit für die Legalisierung der meisten Drogen. Features über die Opfer, die der Drogenkrieg weltweit wirklich forderte, wurden überarbeitet, Statistiken aufbereitet, Fakten zusammengestellt. Die Hoffnung, dass es Menschen gab, die sich für Fakten interessierten, war immer noch nicht ganz gestorben.

James Macfarlanes Bild würde später über sämtliche Online-Startseiten der britischen Presse laufen. Er würde ab sofort der Mann sein, der die Fronten im Land noch ein wenig mehr verhärtete. Die eine Seite bemühte sich, ihn zum wackeren Helden zu stilisieren, der der Staatsmacht unter Einsatz seines Lebens geholfen hatte, die Welt besser zu machen. Die andere Seite missbrauchte ihn als Sinnbild eines kranken Systems.

15

Die Presseschlacht nahm am späten Vormittag Fahrt auf. Als Ellie am frühen Morgen in ihrem Büro im 42. Stock von 1 Undershaft saß, dem höchsten Gebäude im Finanzdistrikt, von wo aus sie über die Themse bis weit über den Süden Londons sehen konnte, war davon noch nichts abzusehen.

Bereits um sieben Uhr hatte sie mit Catherine telefoniert. Ellie hatte ihr die Situation erklärt: Sie bekam keine Ware mehr (ein sehr konkretes Problem). Die Bosse von drei großen Banden hatten bei ihr bestellt (wodurch sie sich bedroht fühlte). Die Polizei könnte vielleicht etwas finden, das von Macfarlane auf sie schließen ließ (eine eher diffuse Problematik). Catherine klang zerstreut, antwortete nur knapp: Soweit sie wusste, hatte Ellie nichts zu befürchten, hatten sie sich doch in alle Richtungen abgesichert. Diese Typen würden sie nie finden. Und was den Nachschub betraf, bat sie Ellie, sich persönlich mit ihr zu treffen.

Catherines Büro lag in einer engen, ruhigen Seitenstraße zwischen Trafalgar Square und Leicester Square in einem roten, schlichten Backsteingebäude inmitten anderer ähnlich langweiliger Gebäude. Im selben Haus befanden sich eine Organisation, die sich für die Legalisierung von Drogen einsetzte, und eine Art private Klinik, in der sich um Suchtkranke gekümmert wurde. Dort gab es saubere Spritzen und die Möglichkeit, Drogen unter medizinischer Aufsicht zu konsumieren, Erste Hilfe bei Entzugserscheinungen zu bekommen, Suchtberatung zu erhalten und so einiges mehr, was sich im Graubereich der Gesetzgebung abspielte. Zum Beispiel Diacetylmorphin, medizinisches Heroin. Catherines Kanzlei vertrat sowohl die Klinik als auch die Organisation, und sie half, beides zu finanzieren.

Indem sie Geld von Ellie bekam.

Die ihr das Geld aus den Drogenverkäufen gab.

Vor dem Gebäude war es ruhig, aber im Treppenhaus saßen und lagen Junkies, die auf ihren Termin in der Klinik oder bei der Beratungsstelle warteten. Die wenigsten unterhielten sich, und wenn, ging es um konkrete Dinge: Wie spät es war. Wie lange es dauern würde, um dranzukommen. Wo es ein Klo gab.

Junkies waren keine Gruppenmenschen.

Ein junges Mädchen bettelte Ellie an, wollte ein Pfund von ihr, ein bisschen Kleingeld, irgendwas. Ellie schüttelte den Kopf, zeigte auf das Klinikschild, sagte ihr, sie solle auf echte Hilfe warten.

Als sie die Kanzleiräume betrat, musste sie durchatmen, den Anblick der ausgezehrten Menschen im Treppenhaus abschütteln. Dann ging sie in Catherines Büro.

»Ich weiß, wie dringend du das Geld brauchst«, sagte sie zur Begrüßung. »Vor der Klinik stehen sie ja wieder Schlange.«

Catherine saß an ihrem Schreibtisch, den Kopf aufgestützt, und sah so müde aus, als hätte sie die ganze Nacht nicht richtig geschlafen.

»Ja, man merkt, dass bald abgestimmt wird. Die Leute halten den Scheiß nicht mehr aus, den die Rotweißblauen auf die Straße bringen. Und das kommt dann dabei raus.«

Auf dem Schreibtisch standen ihr Laptop und ein Festnetztelefon, ein Bleistift lag neben einem schlichten Notizblock. Sonst nichts. Dafür standen an den Wänden Regale voller Bücher und Ordner, auf dem Boden fanden sich ordentlich beschriftete Plastikwannen mit Zeitschriften und Zeitungen.

Catherine Wiltshire befand sich mitten in der Kampagnenarbeit: gegen den Druxit. Sie war ursprünglich von der Opposition beauftragt worden, die Durchführung der Kampagne juristisch zu beraten. Schnell wurde sie die wichtigste inhaltliche Beraterin der parteilichen Kampagnenleitung, und inzwischen war sie das Aushängeschild der Druxit-Gegner, das Gesicht der Legalisierungs-Befürworter. Die konservative Regierung würde in zwei Wochen durch Volksentscheid über eine Verschärfung der Drogengesetze abstimmen lassen, und die Chancen standen gut. Unzählige Skandale mit Prominenten, die sich im Drogenrausch karriereschädigend blamiert oder Straftaten begangen hatten – von Hausfriedensbruch bis schwerer Körperverletzung – waren in den vergangenen Monaten immer häufiger durch Presse und Social Media gejagt worden, dazu hatten sich die Todesfälle beim Konsum von Partydrogen angeblich drastisch erhöht. (»Angeblich«, denn Ellie traute keiner Statistik, die von der Regierung herausgegeben wurde.) Ob nun Gerüchte oder Statistiken: Die Leute glaubten daran. Und der Drogenmarkt veränderte sich. Der Verkauf von Pillen war rapide zurückgegangen. Die Partygänger hatten Angst vor den bunten Tabletten und dem damit verbundenen unkalkulierbaren Risiko bekommen und verzichteten lieber.

In den Regierungsstatistiken fand sich nichts über den

Rückgang des Konsums von Uppern, dafür eine Menge über den Anstieg bei den Downern. Die Opiumhöhlen waren zurück. Morphinist zu sein, war eine Stilfrage geworden. Heroin boomte. Die Nation beförderte sich ins Land des Vergessens. Jedenfalls ein großer Teil. Der Rest behauptete, glücklich mit der Regierung zu sein, die er gewählt hatte.

Ellies Gründe, auf diese Drogen zu setzen, waren nur teilweise merkantiler Natur. Sie verkaufte Ware, die sauber war. Sie verkaufte sie mit genauen Anleitungen. Sie wollte, dass die Menschen, die sie kauften, wussten, was sie taten. Und der Welt gerade etwas mehr Ruhe zu geben, konnte nicht falsch sein. Die Leute kauften bei ihr, damit sie guten Stoff bekamen, nicht den gestreckten Mist von der Straße, mit dem sie sich die Schleimhäute ruinierten, die Venen verstopften, die Innereien auflösten.

Sie selbst nahm keine Drogen. Sie hatte viel zu viel Angst davor, was mit ihrem Kopf geschehen würde, und fand, dass ihr natürlicher Geisteszustand schon Abenteuer genug war. Die Idee, gelegentlich etwas abzuschalten, war verlockend, aber gleichzeitig war sie zu sehr Kontrollfreak, um dieser Sehnsucht nachzugeben.

»Dass ich dringend Geld bräuchte, ist untertrieben«, nahm Catherine Ellies Bemerkung auf. »Die Kampagne geht jetzt in die heiße Phase. Laut Umfragen haben wir gute Chancen, dass die Leute gegen diese neuen Gesetze stimmen. Aber dazu müssen wir noch die Unentschiedenen einsammeln.«

»Und die Partei …«

»… kann uns nicht mehr geben. Die ist schon finanziell am Limit.«

Der Slogan der Regierung lautete: »Großbritannien wird drogenfrei!« Die Pläne sahen vor, alle Hilfsprogramme für Abhängige zu streichen. An Schulen, Universitäten und Arbeitsplätzen sollten Drogenkontrollen ohne besonderen Anlass durchgeführt werden dürfen. Ein landesweites Drogenregister sollte darüber Auskunft geben, wer schon einmal mit Drogen Kontakt hatte, selbst wenn keine Verurteilung erfolgt war. Vermieter und Arbeitgeber würden dieses Register auf Anfrage einsehen dürfen. Höhere Strafen für Handel, Besitz und Konsum waren geplant, es stand sogar im Raum, Drogenuser zwangseinweisen und entmündigen lassen zu können. Die Zwangseinweisung würden sie allerdings anschließend selbst finanziell tragen müssen. So wie alle Behandlungskosten, die direkt oder indirekt mit dem Drogenkonsum in Zusammenhang standen, von keiner Krankenkasse mehr übernommen werden dürften. Sogar der NHS würde das Recht haben, den Versicherungsschutz aufzuheben. Es wurde behauptet, der wirtschaftliche Schaden, den Drogenkonsumenten allein im Gesundheitssystem anrichteten, läge bei mehreren Milliarden jährlich.

»Die Druxiteers haben nicht nur mehr Geld, das sie in ihre Kampagne stecken können, weil sie seit Jahren an der Regierung sind. Sie haben auch die besseren Narrative. Wenn wir jetzt nachlassen, gewinnen sie garantiert. Dann können wir gleich dichtmachen.« Catherine sah Ellie müde an. »Wenn ich daran denke, wie viel Geld wir jeden Tag verlieren, wenn der Shop offline ist.«

»Ich kann ihn am Mittag wieder freischalten.«

»Hast du nicht gesagt, du hast nichts mehr, was du verkaufen kannst?«

»Ein paar Tage sind kein Problem. Ich habe bei meinen Leuten nachgefragt, die meisten können noch eine Weile liefern.«

»Warum bist du überhaupt offline gegangen?«

»Weil ich mir nicht sicher war.«

»Dir kann niemand was.«

»Das Darknet ist nicht zu hundert Prozent sicher. Und sie sind hinter mir her.«

Catherine winkte ab. »Wir sind ausreichend abgesichert. Geh wieder online.«

Ellie nickte zögerlich. »Gut. Aber es muss dann auch irgendwie weitergehen. Und ich habe keine Ahnung, wie das zu schaffen ist.« Sie sah Catherine an, die kaum noch die Augen offen halten konnte. »Was ist mit dir?«, fragte sie. »Alles in Ordnung?«

»Ich schlafe seit Tagen nicht richtig.« Sie deutete unbestimmt in Richtung Tür. »Unsere Kaffeemaschine ist kaputt.« Sie rieb sich die Augen. »Das wird schon alles gut gehen mit dem Shop.«

»Die sind hinter mir her«, wiederholte Ellie.

»Verstehe.« Catherine gähnte.

»Man will mich töten, und du gähnst.«

»Du weißt doch gar nicht, ob sie dich wirklich …«

»Catherine!« Ellie schlug auf den Tisch. »Konzentriere dich! Jimmy Macfarlane wird getötet, während er eigentlich mit mir verabredet war, und dann tauchen diese drei Typen in meinem Onlineshop auf. Doch, ich weiß ziemlich sicher, dass sie hinter mir her sind. Ich weiß nur nicht, warum ausgerechnet jetzt, aber das ist wahrscheinlich auch ganz egal. Sie sind es einfach.«

Catherine lehnte sich zurück, blinzelte umständlich, seufzte. »Wir müssen jetzt anders an Geld kommen.«

»Du meinst Ware.«

»Ich meine Geld.«

»Ja, aber um langfristig planen zu können, dürfen wir die Vertriebswege nicht zu sehr schädigen. Wenn der Shop zu lange offline ist, braucht es entsprechend mehr Zeit, ihn wieder hochzukriegen. Wer weiß, wohin die Leute abwandern, und dann ...«

»Ellie«, fiel ihr Catherine ins Wort. »Eins nach dem anderen. Erst mal geht es um die Kampagne. Der Shop ist zweitrangig.«

Ellie schnappte nach Luft. »Bitte was? Ohne den Shop hättest du die Kampagne gar nicht aufziehen können. Und ich habe jahrelang an der Drohnentechnik ...«

»Der Shop ist zweitrangig«, wiederholte sie.

»Das heißt, wir suchen jetzt nicht nach einem neuen Händler? Und was sag ich den Leuten, die für mich arbeiten, wenn die Ware endgültig aus ist?«

»Dass es dir leidtut.«

»Ach so. Na klar.«

»Diese Leute haben illegal einen Haufen Geld verdient.«

»Und wir nicht?«, sagte Ellie.

»Was soll ich deiner Meinung nach tun?«

»Du hast damals den Kontakt zu Macfarlane gemacht. Mach mir einen neuen Kontakt.«

Catherine lächelte bitter. »Das würde zu lange dauern. Darauf können wir uns nicht verlassen. Sag deinen Leuten, dass es leider nicht weitergeht.«

Ellie atmete durch. »Dann kann ich nur hoffen, dass sie freiwillig die Drohnen rausrücken, wenn es so weit ist. Schon mal dran gedacht, was passiert, wenn die in die falschen Hände geraten?«

»Ich dachte, man kann sie nicht zu dir zurückverfolgen.«

»Nicht direkt. Aber wenn man sie auseinandernimmt und genau untersucht, kann man ab einem gewissen Punkt eingrenzen, wer in der Lage ist, eine solche Technologie zu entwickeln, und dann ist es nur noch eine Frage der Zeit.«

Catherine nickte, rieb sich wieder die Augen. Dachte nach. »Na gut. Wir finden jemanden. Halte deine Leute noch eine Weile hin. Irgendwie geht das schon.« Sie klang, als hätte sie tatsächlich eine Idee. Sie klang aber nicht so, als wollte sie darüber reden. Schließlich hob sie den Blick und rang sich ein Lächeln ab, diesmal ohne Bitterkeit. »Aber zuerst brauchen wir Geld, um die Druxiteers plattzumachen.«

Ellie wartete.

»Schick mir die Videos«, sagte Catherine endlich.

Ellie brauchte einen Moment, dann verstand sie. »Nein. O nein.«

»Ellie.«

»Wir haben vereinbart, dass die Drohnenvideos nur eingesetzt werden, wenn wir in Schwierigkeiten geraten. Um etwas in der Hinterhand zu haben. Von Erpressung war nie die Rede.«

»Wir sind in Schwierigkeiten.«

»Sie waren zu unserer Sicherheit gedacht.«

»Wir sind in Schwierigkeiten, und wir brauchen sie jetzt.«

Ellie schüttelte den Kopf. »Ich glaube nicht, dass sich irgendjemand von den Leuten, an die du wahrscheinlich denkst, mal eben so erpressen lässt, ohne sich ganz übel zu rächen.«

»Erpressung klappt öfter, als man denkt«, sagte Catherine und klang zerstreut.

»Wir sollten das nicht tun.«

»Mach einen anderen Vorschlag.«

»Wie gesagt. Wir müssen den Shop weiter am Laufen halten. Wir müssen schnell jemanden finden, der uns die Ware verkauft und nicht ...« Sie hielt inne. Sie wusste, dass sie sich im Kreis drehten. »Catherine, bitte.«

»Ich fürchte, es geht nicht anders.« Sie wandte sich ab und sah zum Fenster.

»Wenn du jemanden erpresst, will er die Bilder sehen. Sobald er die Bilder sieht, weiß er, dass die von einer Drohne gemacht wurden. Von der Drohne, die ihm seine Drogen gebracht hat. Dann weiß er, dass ich hinter der Erpressung stecke.«

»Niemand kann dich finden.«

»Ach nein? Was, wenn Jimmy doch noch was vor seinem Tod gesagt hat? Was, wenn wir irgendwas übersehen?«

»Ellie, niemand kann dich finden. Ich halte mein Gesicht in die Öffentlichkeit, aber mich bringt niemand mit der Cavendish-App in Verbindung. Uns beiden kann nichts geschehen.«

»Da bin ich mir leider nicht so sicher.«

»Ich schon. Schick mir die Bilder.«

»Nein.«

»Du schickst sie mir.«

»Nein.«

Die beiden starrten sich an. Bis Ellie aufstand und ohne ein weiteres Wort Catherines Büro verließ.

Catherine rief ihr noch etwas hinterher, das Ellie nicht mehr hören konnte, weil die zuknallende Tür es verschluckte. Sie stürmte vorbei an den verwunderten Assistenten und rannte die Treppen hinunter, vorbei an den Büroräumen der Stiftung, vorbei am Eingang zur Klinik, vorbei an den wartenden Junkies. Erst als sie am letzten Treppenabsatz angekommen war und der Ausgang vor ihr lag, verlangsamte sie ihr Tempo, blieb am Fuß der Treppe stehen, setzte sich auf die unterste Stufe, unter einen dürren Mann, der sich in einen dreckigen, abgewetzten blauen Schlafsack gewickelt hatte.

Es war vorbei. Es war eine Zeit lang gut gelaufen, und von ihr aus hätte es noch Jahre so weitergehen können, aber jetzt war es eben vorbei. Sie würde den Shop nicht mehr lange offen halten können. Nur noch, um die Reste zu verkaufen. Wenn sie sich auf eigene Faust einen neuen Händler in London suchte, würden Boyce und die anderen sie eher früher als später finden.

Aber sie weigerte sich, zusammen mit Catherine Geld zu erpressen. Es musste einen anderen Weg geben.

Ellie wollte, wie Catherine, nichts mehr, als dass das Referendum in ihrem Sinne ausging. Um den Menschen wirklich helfen zu können, die dabei waren, sich von ihrer Sucht kaputtmachen zu lassen. Um eine Idee zu unterstützen, die den Drogenkrieg wenigstens in diesem kleinen Teil der Welt bekämpfen konnte. Dass sie dafür ihr Leben riskierte, war ihr noch nie so klar gewesen wie heute. Wie es aussah, war es vorbei, egal, wie sie sich entschied.

Dabei hatte sie nur gehofft, den schlimmsten Fehler ihres Lebens wiedergutzumachen.

16

Mo wollte sich einreden, dass sie stärker war. Rotweißblau – es würde vorbeigehen. So etwas kam und ging. Auf jede Bewegung folgte eine Gegenbewegung. Im Grunde musste sie nur durchhalten. Augen zu und abwarten. Beim Referendum das Richtige wählen. Mehr konnte sie nicht tun.

Es war ein Fehler gewesen, ihre Arbeitsroutine zu ändern, nur um nicht mehr an der Baustelle vorbeigehen zu müssen, wo demonstriert wurde, immer noch, jeden Tag. Sie wachte morgens zur selben Uhrzeit auf wie immer, ging laufen, duschte, zog sich an, frühstückte, wollte dann zur U-Bahn, erinnerte sich daran, dass sie von zu Hause aus arbeiten würde, blieb in ihrer Wohnung, setzte sich mit dem Laptop aufs Sofa und konnte sich nicht konzentrieren. Es war erst der dritte Tag, an dem sie es versuchte, aber Mo wusste jetzt schon, dass sie gescheitert war. Sie klappte den Laptop zu, nahm Mantel und Tasche und verließ die Wohnung, nur ein paar Minuten später als sonst. Sie ging den Weg zur U-Bahn, den sie immer gegangen war, seit sie hier wohnte, ohne den neuen kleinen Umweg, den sie ein paar Tage lang ausprobiert hatte. Sie vermied es, einen Blick auf die Baustelle zu werfen, wo die Demonstranten ihre Spruchbänder hochhalten und Fotos für die sozialen Netzwerke machen würden. Es war Freitag, die aktuellen Umfragewerte für das Referendum zeigten, dass die Regierung mit einem knappen Ja rechnen konnte, aber es waren noch zwei Wochen, und der Vorsprung lag bei zwei Prozent. Über zehn Prozent der Befragten hatten angegeben, dass sie sich noch kein Urteil gebildet hatten. Das Umfrageergebnis war im Grunde wertlos. Rotweißblau feierte trotzdem, selbstbewusst und laut.

Sie hörte sie, noch bevor sie sie sehen konnte.

Normalerweise kamen sie nicht um diese Uhrzeit. Nicht an einem Freitag. Sonst wäre sie ihnen in den letzten Wochen spätestens am Bahnsteig begegnet, an einem Freitag um diese Zeit. Sie dachte kurz daran, dass immer wieder zu lesen war, die rotweißblauen Gegendemonstranten seien organisiert und womöglich bezahlt. Nicht nur Mo hielt diese Gerüchte für recht wahrscheinlich. Wenn sie jetzt zu einer Zeit auftauchten, die nicht dem üblichen Muster entsprach, musste es einen Grund geben. Irgendwas musste geschehen sein.

Mo nahm ihr Smartphone und überflog im Gehen die Nachrichten. Sie kam nicht mehr dazu, die ersten Überschriften zu lesen. Es gab einen dumpfen Schlag, und ihr wurde einen Moment lang schwarz vor Augen. In der nächsten Sekunde hatte sich ihre Perspektive verändert: Sie sah das Pflaster des Gehsteigs vor sich. Mo stützte sich ab, richtete sich auf, spürte aber sofort einen Tritt in den Rücken und flog nach vorn. Sie hatte die Hände ausgestreckt, um sich abzufangen. Als sie sich erneut aufrappelte und es schaffte, sich hinzuknien, sah sie, dass die Handinnenflächen aufgeschürft waren und bluteten. Sie drehte sich um. Hinter ihr stand eine kleine Gruppe junger Männer. Sie sahen aus wie Studenten. Rotweißblau, dachte sie. Ihr Blick flog über den Boden. Sie konnte ihr Handy nirgendwo entdecken.

»Oh, ist das arme Äffchen gestolpert und hingefallen?«, rief einer von den Jungs höhnisch.

»Wie ungeschickt«, tönte ein zweiter.

Zwei Frauen halfen ihr auf die Beine. Fragten sie, ob sie in Ordnung war. Ob sie sie zu einem Arzt bringen sollten. Mo schüttelte den Kopf.

Die Jungs lachten. »Ach sieh an, sie hat ihre ganze Familie dabei«, spottete einer.

Die beiden Frauen, die ihr aufgeholfen hatten, waren etwas dunkler als sie und gute zehn Jahre älter. Die eine trug eine kinnlange blaue Bob-Perücke, die andere hatte lange, geflochtene Zöpfe. Sie schüttelten die Fäuste und schrien auf die Jungs ein.

Bis einer von ihnen ein Messer zog. Er holte es einfach nur aus seiner Tasche und hielt es in der Hand. Er bedrohte niemanden direkt damit. Aber es reichte. Die Frauen verstummten. Ein paar Passanten, die stehen geblieben waren, gingen eilig weiter. Vereinzelt waren Stimmen zu hören, die beruhigend auf die Jungs einsprachen. Das Grüppchen rührte sich nicht. Mo konnte die beiden Frauen, die dicht neben ihr standen, keuchen hören.

»Wir sollten gehen«, sagte sie zu ihnen.

Die Frau mit der blauen Perücke sagte: »Nein.« Sie trat einen Schritt vor und stellte sich vor Mo. Verschränkte die Arme. Ihre Freundin tat es ihr gleich. Jemand berührte Mo an der Schulter. Sie zuckte zusammen, drehte sich um. Ein älterer Mann reichte ihr ein Taschentuch. Sie bedankte sich und wischte sich die Hände so gut es ging sauber.

Niemand rief die Polizei. Nicht hier.

Die Frau mit den geflochtenen Zöpfen griff in die Innenseite ihrer Jacke und schien etwas hervorzuziehen. Mo konnte es nicht sehen. Sie hörte nur, wie sie sagte: »Ich kann damit umgehen, ihr Wichser.«

Die rotweißblauen Jungs bekamen große Augen, wurden blass und wirkten fünf Jahre jünger, mindestens. Sie stolperten ein paar Schritte rückwärts, klammerten sich dabei aneinander fest, wagten es schließlich, den Frauen den Rücken zuzukehren, und rannten eilig denen hinterher, die vor ihnen den Weg zur Gegendemonstration an der Baustelle eingeschlagen hatten. Kein Blick mehr zurück.

Als sich die Frau zu Mo umdrehte, hatte sie das, was sie den Jungs gezeigt hatte, wieder eingesteckt.

»Alles okay?«, fragte sie. Die Frau mit dem blauen Bob schritt noch den Bürgersteig ab, schien Mos Smartphone zu suchen.

Mo nickte. »Nur ein bisschen erschrocken. Sonst ist alles okay.«

Die Frau zeigte auf Mos Beine. »Willst du vielleicht erst mal nach Hause und dir was anderes anziehen?«

Sie sah an sich hinab. Am linken Knie hatte sie ein Loch. »Nein, das geht schon.« Sie wollte nicht nach Hause. Nicht vorbei an der Baustelle. Sie wollte endlich zur Arbeit, zurück in ihre gewohnten Strukturen, in ihre innere Sicherheit. »Danke«, stammelte sie. Wollte gehen.

Die Frau mit dem blauen Bob hatte ihr Telefon gefunden und reichte es ihr. Es war etwas zerschrammt, schien aber noch in Ordnung zu sein. »Kanntest du die?«, fragte sie.

Mo schüttelte den Kopf.

»Als ob die einen Anlass bräuchten«, sagte die mit den Zöpfen.

»Kennt ihr die Typen?«, fragte Mo.

Die Frau nickte. »Von den Demos an der Baustelle. Die kommen regelmäßig.«

»Wegen denen habt ihr aufgerüstet?«

Die Frau berührte unwillkürlich ihre Jacke an der Stelle, wo sich die Waffe befand, mit der sie die Jungs in die Flucht geschlagen hatte. »Es sind harte Zeiten«, sagte sie nur.

»Ich verstehe.«

»Pass auf dich auf.«

»Und ihr auf euch. Danke noch mal.«

»Keine Ursache«, sagte die mit der blauen Perücke. »Wohnst du hier?«

Mo nickte.

Die beiden Frauen warfen sich einen Blick zu, dann sagte die mit den Zöpfen mit gesenkter Stimme: »Dann solltest du vielleicht auch mal drüber nachdenken, ein bisschen aufzurüsten.«

Ihre Freundin nickte düster. »Die Typen von gerade, die wohnen nicht weit von hier. Studenten.« Sie deutete in Richtung Norden, die Straße hinauf. »Die haben sich ein paar Häuser gemietet. Wir glauben, dass sie zu irgendeiner Verbindung gehören. Oder irgendwie organisiert sind.«

»Oh, also ...«

»Überleg dir gut, welche Waffe du nimmst. Du musst damit umgehen können. Sonst geht das Ganze nach hinten los.«

Wieder wechselten die beiden Frauen einen Blick. Die mit den blauen Haaren zog schließlich einen Stift aus ihrer Tasche und schrieb etwas auf einen Zettel, reichte ihn Mo. Es war eine Telefonnummer, auf der Rückseite einer Einkaufsquittung.

»Danke«, sagte Mo. »Für alles.«

»Kein Thema.« Die Frau mit den Zöpfen klopfte ihr aufmunternd auf die Schulter, nickte ihr zu. Dann gingen sie.

Mo sah sich um. Die Leute, die vorhin noch zugeschaut hatten, waren längst weitergegangen. Um sie herum nur Menschen, die sich nicht für sie interessierten. Von den Studenten war nichts mehr zu sehen. Aber das hieß nichts. In Wirklichkeit waren sie immer da. In ihrem Kopf hörte sie ihre Parolen, sah ihre Gesichter.

Sie begleiteten Mo auf Schritt und Tritt.

17

Declan wachte an diesem Freitagmorgen nach einem erholsamen Schlaf spät auf. Als er auf sein Smartphone sah, erwarteten ihn gleich gute Nachrichten: Seine nächtliche Guerillaaktion hatte Früchte getragen, und was für welche. Mittlerweile wusste jeder, dass James Macfarlane ein Polizeispitzel gewesen war. Zufrieden stellte er sich unter die Dusche, sang sogar ein bisschen, und als er sich hinterher abtrocknete, polterte Walter in sein Badezimmer.

»Privatsphäre?«, beschwerte sich Declan und zog seinen Bademantel über.

Walter ließ sich auf den Klodeckel fallen. »Hast du die Nachrichten gesehen?«

»Wegen Macfarlane?«

»O ja. Wegen Macfarlane.«

»Das ist gut!«

»Das ist eine Scheiße.«

Declan rubbelte sich schnell die Haare trocken, damit sein Vater nicht sah, wie ihm die Gesichtszüge entglitten. »Wieso ist das eine Scheiße? Die Presse dreht es gerade so, dass die Umfragewerte für den Druxit durch die Decke gehen werden. Das ist doch gut für uns?«

Walter schnaufte ungeduldig. »Wenn ich rauskriege, dass der schwachsinnige Victor oder der verrückte Leo dahintersteckt, ich sag dir, ich …« Er brummelte etwas Unverständliches.

Declan wurde ein wenig flau. Er nahm sich die Zahnbürste und schrubbte wild drauflos, um erst einmal nichts sagen zu müssen.

»Wenn unsere lieben Freunde bei Polizei und Justiz auf die Idee kommen, wir hätten gewusst, dass Macfarlane ein Spitzel war, denken sie vielleicht, wir hätten ihn deshalb auch umgebracht, und dann kommen sie auf komische Gedanken. Weißt du, was ich meine?«

Declan spuckte aus. »Ist das nicht ein bisschen kompliziert gedacht?«

Er sah im Spiegel, wie Walter die Schultern hob. »An deren Stelle würde ich das ziemlich illoyal von uns finden.«

»Aber es weiß doch keiner, dass wir Macfarlane ... Abgesehen davon haben wir ihn gar nicht umgebracht. Er hat sich selbst umgebracht.« Er nahm einen Schluck Wasser direkt aus der Leitung und spülte sich den Mund aus.

»Mir ist das alles sehr unangenehm. Welcher Volltrottel hat denn da geplaudert?«

Declan wischte sich mit dem Handtuch den Mund ab. »Vielleicht war's einer von der Polizei?«

»Da wissen nur ganz, ganz wenige, wer als Spitzel unterwegs ist.«

»Reicht doch.«

»Die würden das nicht ausplaudern. Was hätten sie davon?«

»Man weiß es nicht«, sagte Declan vage. »Die Presse zahlt für eine gute Schlagzeile.«

Walter erhob sich mit einem lauten Seufzer. »Ich muss da mal in Ruhe drüber nachdenken. Das passt mir gerade gar nicht.« Kopfschüttelnd verließ er das Badezimmer, und Declan setzte sich auf den frei gewordenen Klodeckel.

Er hatte es sich so schön vorgestellt. Dass sein Vater begeistert sein würde von dieser Entwicklung. Dass er sagen würde: »Herrlich, so scheuchen wir diese Lieferantin auf! Jetzt bekommt sie es richtig mit der Angst!« Und dass Declan, mit dem Daumen auf sich selbst zeigend, sagen würde: »Weißt du übrigens, wer diese geniale Idee hatte?« Offenbar war er gestern doch zu müde gewesen, um die Sache richtig zu durchdenken. Verärgert stand er wieder auf und ging ins Schlafzimmer, um sich anzuziehen.

Er hatte sich schon früh damit abgefunden, nicht so zu sein, wie es sich sein Vater wünschte. Aber da war immer noch Mick gewesen, der ihm Deckung gegeben hatte. Declan hatte sich am äußersten Wahrnehmungsrand seines Vaters sicher gefühlt, aber in den letzten Jahren war ihm aufgefallen, dass ihm etwas fehlte: Orientierung, ein Ziel, und der Ehrgeiz, es zu erreichen. Sein Studium und die Doktorarbeit hatten ihn nicht wirklich erfüllt, sondern nur abgelenkt von der Tatsache, dass er keine Ahnung hatte, was er im Leben eigentlich wollte. Er wusste es immer noch nicht, aber er bekam langsam eine Vorstellung davon, wie wichtig es ihm letztlich doch war, den Stolz seines Vaters zu spüren.

In der Nacht, in der er seinen ersten Mord hätte begehen sollen, hatte Declan versagt. Walter hatte es ihm nicht einmal übel genommen, schließlich war Macfarlane tot, aber er hatte sich, anders als Mick, nicht danach erkundigt, wie es ihm damit ging, den Tod eines Menschen miterlebt zu haben. Diese Gleichgültigkeit war es wohl, die Declan nun anstachelte. Er wollte nicht derjenige sein, der mehr schlecht als recht Micks Stelle einnahm, sondern seinem Vater beweisen, dass er es draufhatte, die Geschäfte zu übernehmen – und sie mit eigenen Ideen und neuen Strategien zu modernisieren.

Er setzte sich an seinen Rechner und überlegte, was er zu tun hatte. Micks Liste mit den Zwischenhändlern wollte abgearbeitet werden. Fleißarbeit, um die Lieferantin irgendwann zu erwischen. Aber es musste doch noch etwas geben, wie man schneller an sie herankam ... Seine Hoffnung war weiterhin, dass sie einen Fehler machen würde - aus Angst, jetzt, da sie wusste, wer Macfarlane wirklich gewesen war. Reichte ihm das? Selbst wenn diese Rechnung aufging, er würde sich seinem Vater gegenüber nicht mit der Falle, die er gestellt hatte, brüsten können.

Declan stand auf und schritt schlecht gelaunt das Zimmer ab. Vor einem Fenster blieb er stehen und sah zum Park hinüber, sah, wie sich der Ast eines Baums bewegte, als ein Vogel darauf gelandet war. Er dachte an die Drohne, die ihm im Park das Heroin geliefert hatte, und an das, was sein Vater gesagt hatte: Besorg dir eins von diesen Dingern.

Walter hatte recht. Darüber könnte er Hinweise auf den Hersteller bekommen. Auf den Entwickler. Sobald er wusste, wer die Drohnen baute, würde er dem Auftraggeber auf die Spur kommen. Die Drohnen konnten ihn direkt zur Lieferantin führen.

Wenn es eine Sicherheit im Leben gab, dann diese: Geld half. Declan setzte sich wieder an seinen Rechner, öffnete den Tor-Browser, steuerte Mercatus Maximus an und hinterließ dort eine Nachricht im Forum: Er wolle eine Drohne der Lieferantin kaufen. Er sei bereit, hunderttausend Pfund zu zahlen. Man möge ihn kontaktieren.

Kurz, knapp, deutlich. Falls sie es selbst las, würde es keinen Unterschied machen. Es würde sie nur noch mehr aufscheuchen, was die Fehlerwahrscheinlichkeit auf ihrer Seite erhöhte.

Er wusste, dass viele Irre behaupten würden, so eine Drohne zu besitzen. Man würde ihm handelsübliches Zeug aus dem Technikmarkt anbieten. Er war gespannt, wann sich jemand meldete, der wirklich Zugriff auf die Drohnen hatte.

18

Der schlimmste Fehler in Ellies Leben: Sie hatte ihren Bruder Edgar sterben lassen. In der kommenden Woche jährte sich sein Todestag zum fünften Mal. Wie es angefangen hatte? Mit Schmerzen.

Eddie hatte sich beim Fußball verletzt, als er achtzehn war. Im Sommer, zwischen Schulabschluss und Universität. Er hatte die Zulassung fürs Jurastudium bekommen, samt Aussicht auf ein Stipendium. Die Eltern hatten kein Geld. Eddie war auf eine staatliche Schule gegangen, wie auch seine kleine Schwester. Ein ganz normaler Junge aus einer ganz normalen Gegend. Vielleicht war die Nachbarschaft etwas ärmer als der Durchschnitt, dafür waren Eddies Noten sehr gut. Die ganze Familie war stolz auf seinen Studienplatz.

Zu dieser Zeit arbeitete Mrs. Johnson als Hebamme. Mr. Johnson war arbeitslos, nachdem er seinen Job als Hausmeister in einem Hotel draußen am Flughafen Heathrow verloren hatte. Warum man ihn entlassen hatte, erfuhren seine Kinder nicht. Seine Frau war in den folgenden Monaten nicht sonderlich gut auf ihn zu sprechen, und er verschwand häufiger als sonst mit seinen Freunden im Pub. So weit war aber nichts außergewöhnlich oder auffällig. Es gab nichts, was die Familie schwer belastete.

Bis Eddie seinen Unfall hatte. Komplizierter Bruch der Schulter und des Schlüsselbeins. Viele Operationen, langwierige Reha. Vor allem aber: lange Wartezeiten, lange Wartelisten. Die Familie hatte keine private Versicherung. Eddies Brüche verheilten nicht so gut, wie es bei besserer medizinischer Betreuung möglich gewesen wäre, und vor allem hatte er Schmerzen. Sie gingen nicht weg. Wochenlang, monatelang sagte man ihm, irgendwann würde es ihm besser gehen. Die Bandscheibe, die verrutscht war und die Nerven schädigte, wurde erst bemerkt, als er bereits bleibende Schäden hatte. Taubheitsgefühl in einigen Fingern und chronische Schmerzen im Arm.

Zu dieser Zeit war Eddie längst abhängig von seinen Oxycodon-Tabletten. Seine Mutter hatte ihm geholfen, zusätzliche Rezepte zu bekommen, und manchmal auch ein paar Tabletten ohne Rezept. Als er studierte, organisierte er sich die Tabletten selbst, und wenn er keine bekam, besorgte er sich Morphium oder etwas anderes, er war nicht wählerisch. Seinen Bachelor schaffte er noch, den LLM nicht mehr. Er flog von der Uni, hatte hohe Schulden, fand keinen Job und rutschte völlig ab. Beschaffungskriminalität, Gefängnisaufenthalte, Entzugskliniken, und alles wieder von vorn. Seine Eltern sahen ihn zuletzt bei der Uni-Abschlussfeier seiner Schwester. Es war ein heißer Tag, aber er trug ein langärmeliges Hemd und hatte ein Tuch um den Hals geknotet. Er sah aus, als würde er nur noch fünfzig Kilo wiegen, höchstens. Er zitterte und schwitzte, war bleich und fahrig, und er blieb nicht lange.

Es war zwar das letzte Mal, dass seine Eltern ihn lebendig sahen. Aber seine Schwester Ellie würde ihn noch häufiger sehen. In den zwei Jahren bis zu seinem Tod kümmerte sie sich heimlich um ihn. Sie ließ ihn bei sich wohnen, lieh ihm

Geld, vermittelte ihm kleine Jobs. Erledigte Behördengänge für ihn. Log für ihn bei seinen Freunden, seinen Arbeitgebern, den Behörden, ihren Eltern. Sie brachte ihn ins Krankenhaus, zu Ärzten, in Entzugskliniken. Sie nahm ihn wieder bei sich auf, wenn er rückfällig geworden war. Sie versuchte, eine gute Schwester zu sein, schließlich liebte sie ihren Bruder, sogar das, was von ihm übrig geblieben war. Sie liebte ihn, selbst nachdem er sie immer wieder angelogen und bestohlen und sogar in Gefahr gebracht hatte.

Sie war diejenige, die ihm das Geld geliehen hatte, von dem er sich seinen letzten Schuss kaufte.

Es war einer dieser nebligen Oktobertage gewesen, an denen man in Themsenähe keine drei Meter weit sehen konnte. Eddie war zu dem Zeitpunkt seit sieben Wochen aus der Entzugsklinik raus, er wohnte bei Ellie, und alles schien gut. Eddie hatte geschworen, ein neues Leben anzufangen. Er ging früh zu Bett, stand morgens um sieben auf, ging eine Runde Laufen, brachte Frühstück mit. Ellie fasste gerade Pläne, sich selbstständig zu machen: Drohnensoftwareentwicklung, Projekte mit Geodaten, sie hatte ein paar sehr konkrete Ideen. Für Eddie hatte sie ein Praktikum in der Rechtsabteilung der Firma besorgt, in der sie noch arbeitete. In seinen Lebenslauf hatten sie über die letzten Jahre geschrieben, er wäre viel gereist und hätte aufgrund einer Schulterverletzung längere Klinikaufenthalte gehabt. Eddie konnte seinen Arm immer noch nicht richtig bewegen, niemand würde diese Version seiner Vita bezweifeln, und war es nicht auch egal, wann er diesen Unfall gehabt hatte?

Ellie konnte nicht damit rechnen, dass die Rechtsabteilung des großen Softwareunternehmens ihrem Bruder dabei helfen würde, wieder rückfällig zu werden. Es war nicht der Druck, es war nicht der Stress. Eddie fühlte sich nicht überfordert, es gefiel ihm sogar sehr gut. Er mochte die Kollegen. Sie mochten ihn. Sie waren allesamt begeisterte Partygänger. Eddie fing an zu trinken, und es war kaum zu vermeiden, dass er irgendwann jemandem begegnete, der ihm Oxycodon anbot, oder Heroin, und an ebendiesem nebligen Herbsttag stand er vor seiner Schwester, weinte und schwor und log und bettelte, damit sie ihm Geld gab. Er wollte zum Arzt gehen, sagte er. In eine Privatklinik. Er hatte von einer gehört, in der sie neue Therapieansätze hätten. Sie gab ihm Geld, obwohl sie wusste, wie hoch die Wahrscheinlichkeit war, dass er sie anlog, aber der kleine Funke Hoffnung, er könnte die Wahrheit sagen, ließ sie tun, was sie tat.

Noch in derselben Nacht informierte die Polizei sie darüber, dass man Eddie tot in der Toilette eines Pubs in King's Cross gefunden hatte.

Seitdem hatte sie viel gelernt. Über Sucht und Drogen. Über Politik und den Drogenkrieg. Über ihren Bruder. Sie glaubte, ihn nie richtig gekannt zu haben. Sie wusste, dass sie nie ganz verstehen würde, was er durchgemacht hatte. Manchmal dachte sie, dass sie ihn hätte retten können. Und an anderen Tagen wusste sie, dass sie schuld war an seinem Tod.

19

Leigh fühlte sich am Tod von Edgar Johnson genauso schuldig wie dessen Schwester. In fünf Jahren hatte er mit niemandem darüber gesprochen, und jedes Mal, wenn er Ellie sah, quälte ihn sein schlechtes Gewissen.

Damals, zu Schulzeiten, war Eddie sein bester Freund gewesen. Sie hatten sich etwas aus den Augen verloren, weil Leigh nicht studierte, sondern im Pub arbeitete. Dann hatte Eddie ohne Vorwarnung angerufen und gesagt, er brauche einen Job. Saubermachen, hatte er gesagt. Aufräumen. Leigh hatte ihm angeboten, er könne auch an der Bar helfen. Oder in der Küche.

Erst als Eddie vor ihm stand, verstand Leigh, warum sein alter Kumpel nicht im Schankraum arbeiten wollte. Er konnte es nicht. Er würde die Gäste verscheuchen, weil er so bleich und abgemagert war, und Leigh kapierte auch, dass Eddie nicht vorhatte, regelmäßig und längerfristig für ihn zu arbeiten. Er brauchte schnell ein wenig Geld und traute sich nur nicht, Leigh anzupumpen. Er wollte etwas dafür tun, um sein Gesicht zu wahren. Leigh drückte ihm gelegentlich einen Besen in die Hand, damit er die Lagerräume oder den Hof fegte, manchmal ließ er ihn die Toiletten wischen, obwohl das schon der Reinigungsdienst gemacht hatte, und hin und wieder ließ er ihn auch ein paar Kisten schleppen. Er gab dem Freund zu viel Geld für diese kleinen, überflüssigen Jobs, was beiden klar war, aber keiner von ihnen aussprach.

Leigh fühlte sich erleichtert, wann immer Eddie im Krankenhaus war, und sein letzter Entzug schien tatsächlich erfolgreich gewesen zu sein. Er machte einen gesunden Eindruck, hatte einen Praktikumsplatz, wirkte ausgeglichen.

Eines Abends hörte Leigh auf der Straße eine Meute angetrunkener Männer. Dann sah er durch die großen Restaurantfenster, wie sie über den Gehsteig schlenderten. Sie lachten zu laut, machten junge Frauen an. Kommt bloß nicht hier rein, hatte Leigh gedacht, und dann kamen sie auch schon rein: Anzugträger mit Geld und einem viel zu großen Ego. Verwundert entdeckte er Eddie in der Gruppe. Er grölte nicht ganz so laut und lachte nicht ganz so grell, aber er gehörte zu ihnen.

Ohne zu fragen, schoben sie zwei freie Tische zusammen, ließen sich nieder und brüllten nach Wein. Eddie kam zu Leigh und entschuldigte sich bei ihm. Kollegen, sagte er und versprach ihm, dass sie sehr viel Geld hierlassen würden.

Als Eddie aufs Klo ging, fing Leigh ihn ab und fragte: »Ist das eine gute Idee? Darfst du überhaupt trinken? Wie lange bist du jetzt aus der Klinik raus?«

Eddie ließ ihn einfach stehen und sprach den Rest des Abends nicht mehr mit ihm.

Zwei Wochen später tauchte er wieder auf. Er sah nicht gut aus, wirkte, als hätte er eine Erkältung.

»Lass uns reden«, sagte er.

»Ist was passiert?«

Eddie schüttelte den Kopf. »Einfach reden. So wie früher.«

Das Restaurant war noch gut besucht, er bat Eddie, sich

zu setzen und etwas zu warten, bis er gehen konnte. Eddie setzte sich an die Theke, bestellte ein alkoholfreies Bier und wartete. Er wirkte ein wenig unheimlich, weil er so still und ruhig dort saß, den Blick ins Nichts gerichtet. Manchmal sah es aus, als wäre er eingeschlafen. Sein Kopf war gesenkt, die Augen geschlossen. Als nur noch wenige Tische besetzt waren, beschloss Leigh, ausnahmsweise nicht bis zum Schluss zu bleiben, und sagte seinen Mitarbeitern, es handele sich um eine Familienangelegenheit.

»Wollen wir raufgehen?«, fragte er Eddie.

»In deine Wohnung?«

»Du wolltest reden. Da haben wir Ruhe.«

In Leighs Wohnzimmer stellte sich Eddie ans Fenster und sah auf die Straße. Es herrschte kaum noch Verkehr, die Pubs und Restaurants leerten sich, ein paar junge Männer taumelten in den kleinen Laden gegenüber von Leighs Restaurant und kauften Zigaretten.

»Den Laden gibt's immer noch«, sagte Eddie, er klang nostalgisch.

»Willst du was trinken?«, fragte Leigh auf dem Weg in die Küche.

»Hast du eine Cola?«

»Eine Cola?«

Eddie nickte ernst.

»Na gut, dann eine Cola.«

Er kam mit zwei Dosen Cola zurück, reichte seinem alten Schulfreund eine. Sie prosteten sich zu.

»Du siehst eher aus, als könntest du einen Kamillentee vertragen. Bist du okay?«

Eddie winkte ab. »Nur ein bisschen wenig geschlafen die letzten Nächte.« Und dann fügte er schnell hinzu: »Viel Arbeit, weißt du.«

»Klar, versteh ich«, sagte Leigh und glaubte ihm kein Wort. Er stellte sich neben Eddie und sah ebenfalls auf die Straße.

»Gehört der Laden noch dem alten Irzam?«

Leigh lachte. »Der ist wirklich, wirklich alt! Einer seiner Söhne hat ihn übernommen.«

Eddie nickte, sagte aber nichts. Er ging vom Fenster weg und setzte sich auf den Sessel, hielt sich die Coladose an die Stirn, wie um sie zu kühlen.

»Du siehst fertig aus.«

»Ich weiß.«

Leigh ließ sich auf sein Sofa fallen. »Worüber wolltest du mit mir reden? Ist was passiert?«

Eddie nickte langsam. »Diese Typen, mit denen ich mal hier war?«

»Deine Kollegen? Ziemliche Schnösel, was?«

»Ich wurde gefeuert.«

»Was? Warum denn?«

Sein Freund antwortete nicht. Er senkte den Kopf und schwieg, aber dann merkte Leigh, dass seine Schultern zitterten. Er weinte.

»Okay, Kumpel, was ist los?«, fragte Leigh leise. »Hast du was angestellt? Kopierpapier geklaut?« Es sollte ein Scherz sein.

Eddie sah zu ihm auf, die Augen gerötet, das Gesicht nass. Mit dem Ärmel seines Anzugs wischte er sich die Tränen weg. »Ich hab Geld gebraucht. Es war gar nicht viel. Und es lag … es lag einfach rum. Ich wollte es zurückgeben. Ich hab mir heute Geld von Ellie geliehen, ich wollte es wirklich zurückgeben.«

»Aber man hat dich vorher erwischt.«

Eddie nickte, ließ den Kopf hängen und fing wieder an zu weinen. Leigh seufzte.

»Lass dir Zeit. Wir müssen schließlich beide nicht früh raus.«

Immerhin schien Eddie ein bisschen zu lachen. Er schniefte, sammelte sich einen Moment, sagte dann: »Die haben mich reingelegt. Jemand hat mir das Geld auf den Tisch gelegt. In einem Umschlag. Und hinterher hat er gesagt, er hätte es dahingelegt mit einem Zettel, dass ich das Geld unverzüglich bei der Buchhaltung abzugeben hätte, aber da war kein Zettel, ich schwöre es!«

Leigh schüttelte den Kopf. »Wie viel Geld war in dem Umschlag?«

»Fünfhundert Pfund.«

»Warum bist du damit nicht zu deinem Vorgesetzten gegangen? Oder hast deine Kollegen gefragt? Das war doch kein Fünf-Pfund-Schein, den du zufällig auf der Straße findest.«

»Warum! Warum! Weil ...« Eddie presste die Lippen aufeinander, Tränen in den Augen.

»Weil du das Geld gebraucht hast.«

»Wenn man dazugehören will, muss man richtig gekleidet sein! Anzüge, Hemden, Schuhe ...«

»Und die richtige Uhr.« Er deutete auf Eddies Handgelenk. »Du hast geglaubt, dass du da als Praktikant mithalten musst? Du hast das Geld genommen, weil du dir teure Klamotten kaufen wolltest?«

»Und weil ich noch ein paar Rechnungen offen hatte.«

Leigh stand auf, ging ans Fenster und sah zu dem kleinen Laden. »Aber du bist clean?«

»Klar.«

Leigh glaubte ihm nicht, und gleichzeitig wollte er ihm glauben. »Cool. Das bleibt hoffentlich so.«

»Hab nichts anderes vor.«

»Du schaffst das.« Lächelnd hob er die Coladose. »Auf dich.«

»Danke, Mann.«

»Was hast du jetzt vor?«

»Arbeit suchen.« Eddie sah ihn an. »Deshalb wollte ich dich sprechen.«

»Willst du wieder bei mir arbeiten?«

»Ich will einsteigen.«

Leigh dachte, er hätte sich verhört.

»Du brauchst einen Geschäftsführer«, fuhr Eddie fort. »Ich hab mir das genau überlegt. Jemand, der Ahnung von Marketing und Finanzen und so was hat. Damit du dich um alles andere kümmern kannst. Was meinst du?«

Fassungslos fing Leigh an zu lachen. »Du hast gar keine Ahnung von Gastronomie.«

»Kumpel, entschuldige, aber ich hab Jura studiert. Ich habe einen Uniabschluss, du nicht.«

Leigh merkte jetzt, wie er wütend wurde.

»Erzählst du mir gerade, dass du dich für qualifizierter hältst, weil ich nicht studiert habe?«

»Hey, ich will dir nur helfen. Arbeit abnehmen.«

»Du würdest das keine drei Wochen aushalten. Für diesen

Job braucht man Erfahrung und Disziplin, keine teuren Klamotten.«

Eddie stellte die Coladose auf der Fensterbank ab und wandte sich zum Gehen. »Ich wollte nur helfen«, wiederholte er.

»Helfen? Du brauchst Geld! Du kommst hierher und beleidigst mich, bietest dich für einen Job an, in den du in fünf Jahren nicht mal reinwachsen würdest, und spielst dich auf. Aber weißt du was, ich will nicht, dass du für mich arbeitest. Egal in welcher Position. Ich habe nämlich keine Lust, mir jeden Tag Sorgen darüber zu machen, ob noch was in der Kasse ist, wenn du hier arbeitest.«

Das war das Letzte, was Leigh zu seinem alten Schulfreund sagte. Eddie verließ die Wohnung, verließ das Haus, ging die Straße hinunter, vorbei an dem kleinen Laden. Leigh war stinksauer. Er war angewidert von Eddies überheblichem Getue und seiner Ignoranz.

Als er wenige Tage später erfuhr, dass Eddie ein paar Stunden später an einer Überdosis gestorben war, brach er fast zusammen. Seitdem quälte ihn das schlechte Gewissen. Hatte er einen Hilferuf überhört? Hätte er netter zu Eddie sein müssen? Hätte er nicht merken müssen, dass er längst wieder Drogen nahm? Er wusste es nicht. Er fühlte sich beschissen. Er dachte bis heute über diese Nacht nach, ging das Gespräch Satz für Satz im Kopf durch.

Manchmal dachte er, es könnte helfen, mit Ellie darüber zu reden. Aber er hatte Angst, sie könnte ihm Vorwürfe machen. Deshalb behielt er es für sich. An manchen Tagen wünschte er sich, dass sie vorbeikam und sie sich aussprachen. An anderen Tagen wünschte er, sie würde nie wieder bei ihm auftauchen, damit er endlich diese Nacht vergessen konnte.

Er war nur froh, dass Ellie nichts mit Drogen zu tun hatte.

20

Während Ellie noch auf den Stufen vor dem Eingang der Drogenklinik saß und nicht wusste, wie es weitergehen sollte, kam einer von Catherines Assistenten die Treppe heruntergerannt. Er stolperte fast über die campierenden Junkies und stürmte an Ellie vorbei, telefonierend, und Ellie hörte, wie er sagte: »Aber die Umfragewerte können nicht stimmen! Sie müssen das überprüfen!«

Ellie nahm ihr Smartphone und öffnete eine Nachrichten-App. Die erste Meldung, die angezeigt wurde, verkündete:

> Blitzumfrage: Fast 70 % würden für neue Drogengesetze stimmen.

Fast siebzig Prozent. Irgendwas musste passiert sein.

Sie scrollte durch die Schlagzeilen und fand den Grund für den Stimmungsumschwung.

> Polizeiinformant im Kampf gegen die Drogenflut gestorben!

Das meldeten die konservativen Blätter. Rechtsaußen hieß es:

> Drogenmafia richtet V-Mann hin!

Und so ging es weiter. Noch vor wenigen Tagen war Jimmy Macfarlane selbst einer von den Bösen gewesen, jetzt war er der Held. Die Boulevardpresse hatte ihre Geschichte gefunden: ein mutiger Mann, der sein Leben riskierte und schließlich verlor – im Kampf für das Gute, für eine Welt ohne Drogen.

Anders die Schlagzeilen der liberalen Presse:

Toter in der Themse war Polizeiinformant

Das war nicht emotional, das ging nicht unter die Haut. Die Volksseele kochte nicht vor Wut darüber, dass – wie eine Zeitung berichtete – die Steuergelder, die für Informanten ausgegeben wurden, meist nur dabei halfen, die organisierte Kriminalität zu unterstützen.

Es war klar, dass Catherine jetzt noch viel dringender an Kampagnengeld kommen musste als vor einer halben Stunde.

Aber Ellie stand vor allem unter Schock, weil Jimmy Macfarlane, der Mann, den sie gemocht, dem sie vertraut hatte – für die Polizei gearbeitet hatte.

Sie rannte nach oben, ließ sich von niemandem aufhalten, stieß die Tür zu Catherines Büro auf. Catherine telefonierte, aber als sie Ellie sah, unterbrach sie das Gespräch und legte auf.

»Wenn er ihnen was über dich erzählt hätte, wären sie längst bei dir gewesen«, sagte sie.

»Vielleicht beobachten sie mich.«

»Dann haben sie noch nichts gegen dich in der Hand.«

»Was mach ich jetzt?«

»Hinsetzen.«

Catherine deutete auf das durchgesessene, abgewetzte grüne Plüschsofa an der Wand. Es war mit Kartons und Ordnern überhäuft. Sie stand auf, um wenigstens einen Teil der Sitzfläche freizuräumen.

Ellie setzte sich nicht. Sie ging nervös auf und ab, die Hände an den Schläfen. »Das hätte ich nie gedacht«, sagte sie immer wieder.

»Jetzt setz dich hin.«

»Was soll ich machen? Wie kann ich rausfinden, ob er ihnen Informationen über mich weitergegeben hat?«

»Was konnte er über dich wissen?«

Sie schüttelte den Kopf. »Fingerabdrücke, DNA.«

»Dürfen sie nicht verwenden, jedenfalls nicht vor Gericht. Und dazu müssten sie erst etwas haben, wo deine Fingerabdrücke drauf sind, was dich verdächtig macht, sodass es verwertbar ist. Was noch?«

»Keine Ahnung.« Sie blieb stehen. »Die SIM-Karte, von der aus ich ihn zuletzt kontaktiert habe, ist vernichtet. Mit den anderen Nummern lässt sich auch kein Profil von mir erstellen. Über das Netz sowieso nicht, würde ich jedenfalls annehmen. Aber ich wusste zum Beispiel, wo er wohnt.«

»Woher?«

»Ich bin ihm einmal gefolgt.«

»Hätte er dir folgen können?«

»Ich möchte mir einbilden, dass ich immer sehr vorsichtig war. Aber das hat er von sich garantiert auch gedacht.«

»Okay. Die App ist offline. Die größten Schwachstellen sind die fünfzehn Leute, die noch Ware zu Hause haben, zusammen mit den Drohnen.«

»Ja.«

»Niemand von denen kennt dich?«

»Nein.«

»Kennen sie sich untereinander?«

»Nein. Aber ich habe ihre echten Namen und Adressen.«

»Über unsere Buchhalterin?«

»Nein.«

»Okay, ich frage nicht nach.« Catherine deutete ein Lächeln an. »Ich überlege, was besser ist. Die Drohnen einzusammeln oder alles überall verteilt zu lassen.«

»Ich mache mit dem Shop weiter.«

»Du wirst keinen Nachschub bekommen.«

Ellie sagte: »Ich schätze, eine Woche bekommen wir noch hin. Ich lehne zwischendurch ein paar Kaufangebote ab. Technische Probleme. Bis dahin habe ich vielleicht etwas organisiert. Ich habe eine Idee.«

»Was?«

»Wir wollten sowieso expandieren.«

»Das ist jetzt nicht ganz der richtige Zeitpunkt, um …«

»Nein. So meinte ich das nicht. Aber wir wollten expandieren und haben über andere Städte geredet. Ich habe recherchiert, wo wir am besten an Ware kommen können. Macfarlane hat mir …«

»Der Polizeispitzel hat dir Tipps gegeben? Ellie!«, rief Catherine.

»Macfarlane hat mir nie Mist erzählt. Wenn er gewollt hätte, dass ich ins Messer laufe – du hast es selbst gesagt. Dann wäre die Polizei längst hier.«

»Also was?«

»Edinburgh.«

»Was ist damit?«

»Er sagte, da lässt sich am leichtesten Ware beschaffen.«

»Hat er dir Kontakte genannt?«

»Ja.«

Catherine schüttelte den Kopf. »Das Risiko ist zu hoch.«

»Haben wir eine Wahl? Die App muss weiterlaufen. Wir finanzieren damit mehr als nur die Referendumskampagne.« Die Drogenklinik. Die Kanzlei.

»Du weißt, dass wir andere Möglichkeiten haben«, sagte sie.

»Die sind nicht nachhaltig. Im Gegenteil, sie machen alles kaputt, was wir uns aufgebaut haben.«

»Quatsch. Der redet mit niemandem darüber. Verlass dich drauf.«

»Ich kann sofort nach Edinburgh fahren.«

»Nein. Lass uns ...« Sie schüttelte den Kopf. »Fast siebzig Prozent«, murmelte sie. »Ich muss sofort hohe Summen investieren.«

»Catherine, das war eine Blitzumfrage, direkt nachdem die Eilmeldung rausgegangen ist.«

Aber Catherine sah sie nicht einmal an.

»Ich fahre nach Edinburgh und sehe zu, dass ich neue Ware bekomme. Ein paar Tage, und dann läuft alles wie vorher. Ich bekomme das hin.«

»Du weißt nicht, worauf du dich da einlässt«, sagte Catherine ernst.

»Macfarlane hat gesagt, er kennt den Kontaktmann dort schon ewig.«

»Und dieser Kontakt hat natürlich nicht mitbekommen, dass Macfarlane ein Polizeispitzel war, weshalb er sich freudigst mit dir treffen wird. Weil sie in Schottland kein Internet haben und auch sonst keine Nachrichten aus dem fernen England bringen.«

»Catherine, ich muss es versuchen.«

»Und wenn er dir nur den Namen eines anderen Polizeispitzels gegeben hat?«

»Ich muss es versuchen.«

»Nein. Wir machen es auf meine Art. Ich brauche heute noch ein bestimmtes Foto von dir.«

»Das werde ich nicht tun.«

»Ich habe schon jemanden ausgesucht.«

Ellie schluckte. »Wen?«

»Robert Gardner.«

»Den Gesundheitsminister? Warum nicht gleich die Premierministerin?«

»Weil die nicht bei dir kauft«, erwiderte Catherine trocken.

»Der Gesundheitsminister.«

»Ja.«

»Du verhebst dich.«

»Wir brauchen Geld.«

»Es geht hier nicht um Geld. Er vertritt die Gegenseite. Du spielst nicht mit dem Feuer, du übergießt dich gerade mit Benzin und verteilst gleichzeitig Streichhölzer!«

»Von allen, die bei dir gekauft haben, hätte Gardner den größten Schaden. Es wäre sein Ende als Politiker und das Ende dieser Kampagne. Er kann nicht anders, als zu zahlen.«

Ellie setzte sich endlich auf das Sofa. Schlaff sank sie gegen die Rückenlehne. »Mach es öffentlich, ohne ihn zu erpressen. Ich leake das Foto, Gardner tritt zurück, wir gewinnen. Das ist viel einfacher. Und ehrlicher. Dann ist der Shop zwar Geschichte, weil niemand mehr bei jemandem kauft, der seine Kundschaft filmt, aber wenigstens begibst du dich nicht in Gefahr.«

Catherine sagte: »Ich habe mir das gut überlegt. Er wird mit niemandem darüber reden! Wir werden Gardner nur ein

Foto schicken und ihm sagen, dass es noch mehr gibt. Er wird zahlen. Glaub mir.«

»Es wird sich in gewissen Kreisen herumsprechen. Man wird wissen, dass mein Shop nicht mehr sicher ist.«

»Er zahlt.« Catherines Stimme klang schneidend.

Ellie seufzte. »Wie viel?«

»Zwei Millionen. Erstmal. Ich werde ihm bis Sonntag Zeit geben. Ellie, das ist ein guter Plan!«

»Nein. Ich fahre heute noch nach Edinburgh und sehe, was ich tun kann.« Ellie erhob sich.

»Das dauert zu lang. Du wirst mir ein Foto von Gardner schicken.«

Ellie verließ das Büro. Wieder schlug sie die Tür hinter sich zu, wieder stürmte sie an Catherines Team vorbei, rannte die Treppen hinunter. Aber diesmal verließ sie das Gebäude und ging vor zur Charing Cross Road, bestellte ein E-Shuttle und ließ sich zu 1 Undershaft bringen. Auf der Fahrt dorthin ging sie im Kopf ihren Trip nach Edinburgh durch, überlegte, was sie brauchte, wie viel Geld sie mitnehmen würde, welche digitalen Spuren sie dabei hinterlassen würde und wie sich diese bei Bedarf erklären ließen. Sie dachte darüber nach, ob sie ihre Waffe an den Bahnhofskontrollen, die mittlerweile so streng waren wie an Flughäfen, vorbeischmuggeln könnte, und entschied sich, sie besser zu Hause zu lassen. Sie dachte auch darüber nach, wen sie mitnehmen würde.

Ihre Firma befand sich im 42. Stock. Sie fuhr mit dem linearmotorbetriebenen Aufzug hoch und ging nicht in ihr Büro. Ellie sah auf dem Bildschirm im Eingangsbereich nach, wer gerade wo arbeitete. Sie fand die Person, die sie suchte, und ging zu ihrem Arbeitsplatz.

Mo sah anders aus als sonst. Als hätte sie geweint. Ellie bemerkte ein Loch in ihrer Hose, direkt am Knie, wie bei einem Kind, das hingefallen war.

»Alles okay?«, fragte sie.

»Klar«, sagte Mo.

»Können wir kurz sprechen?«

Mo nahm die Hände von der Tastatur. Ellie bemerkte die Schrammen an den Handinnenflächen.

»Was ist passiert?«

»Nichts«, sagte Mo. »Worum geht's?«

Ellie schloss die Tür hinter sich. Mo war allein in dem Büroraum. Nicht ungewöhnlich an einem Freitag. Nicht ungewöhnlich vor zwölf Uhr. »Ich muss verreisen. Ich möchte, dass du mitkommst.«

Mo sah sie verwundert an. »Wohin?«

»Edinburgh. Ich brauche jemanden, der sich auskennt. Und diskret ist. Niemand erfährt, wohin wir fahren.«

»Okay …?«

»Ich das ein Problem? Musst du dich bei jemandem abmelden?«

»Nein.«

»Ich vermute, du weißt, worum es geht.«

Mo schüttelte den Kopf. Sah ehrlich verwundert aus.

Ellie wurde ungeduldig. »Du bist viel zu klug, um nicht zu wissen, woran du arbeitest.«

Mo schwieg.

»Weil du die Verbindung hergestellt hast. Du hast als Einzige die Drohnen da draußen im Einsatz gesehen. Ich weiß, dass du die Verbindung gezogen hast. Weil du so was kannst.«

Mo schwieg immer noch, biss sich aber auf die Unterlippe.

»Die Drohnen haben eine Kamera«, erklärte Ellie, ihre Ungeduld wuchs. »Ich weiß, wann und was du bestellt hast.«

»Oh. Ich rauche nur. Kontrolliert. Bist du mit meiner Arbeit unzufrieden?«

»Was? Nein. Darum geht es nicht.«

»Muss ich die Strafe zahlen, weil ich jetzt weiß, was wir hier ...«

»Unsinn«, unterbrach sie sie. »Mo, wann können wir los? Ich habe es wirklich eilig. Ich weiß nicht, wie lange wir bleiben werden. Zwei, drei Tage. Vielleicht weniger. Du willst vielleicht ein paar Dinge einpacken und dich umziehen.« Sie zeigte auf Mos kaputte Hose.

Mo schüttelte den Kopf, und Ellie versuchte, nicht genervt zu klingen, als sie sagte: »Irgendetwas stimmt nicht. Was ist los?«

Mo hob abwehrend die Hände, wollte etwas sagen, aber dann standen ihr Tränen in den Augen, und sie bekam kein Wort heraus.

Ellie erschrak. Sie fühlte sich schlecht, weil sie die junge Frau so überrollt und dabei nur an sich gedacht hatte. Sie hockte sich neben Mo, legte die Hand auf die Stuhllehne. »Sprich mit mir.«

Mo wandte sich von ihr ab, räusperte sich, zog die Nase hoch. »Schon in Ordnung. Es war nur etwas hektisch heute Morgen.«

»Wer war das?«

»Nein, wirklich, das ...« Und dann schien in Mo etwas aufzubrechen. Tränen liefen über ihr Gesicht, und sie schluchzte.

Ellie sah sich rasch um, ob jemand in der Nähe war, wollte nicht, dass jemand sie so sah. Sie ließ die Jalousien an der Glastür herunter.

»Wer war das?«, wiederholte sie.

»Rotweißblau«, flüsterte Mo, als sie sich ein wenig beruhigt hatte.

Ellie nickte, dachte nach und fasste einen Entschluss. Sie sagte zu Mo: »Bleib hier sitzen, ruh dich ein wenig aus. Ich komme sofort wieder.«

Dann ging sie in ihr Büro, griff auf den verschlüsselten Server zu, auf dem sämtliche Drohnendaten gespeichert waren, ließ ein Video laufen, machte einen Screenshot, in dem der Gesundheitsminister besonders gut zu sehen war, und mailte ihn an Catherine.

21

Das Foto, das den Gesundheitsminister Robert Gardner beim Drogenkauf zeigte, wurde anonym an sein privates Smartphone geschickt. Er sah es nicht sofort, weil er gerade einer Gruppe von Bloggern ein Interview in der Cafeteria einer Musikschule im Londoner Westen gab. Gardner sprach darüber, wie wichtig die neue Drogenpolitik sei. Er erklärte, wie viele Milliarden Pfund kriminelle Organisationen jedes Jahr mit Drogenschmuggel verdienten, wie elend die Menschen am Drogenkonsum zugrunde gingen, wie hoch der volkswirtschaftliche Schaden sei. Er zeigte Statistiken, an denen abzulesen war, wie viel Geld Drogenabhängige monatlich im Durchschnitt für ihre Sucht ausgaben, Geld, das sie sich auf kriminellem Weg beschafften, und wie viel sie den Staat und die Krankenkassen kosteten, weil sie behandelt und versorgt werden mussten.

Keiner der Blogger wusste die Argumente des Gesundheitsministers zu entschärfen oder konnte etwas dagegenhalten. Keiner wollte es. Die Blogger waren im Vorfeld sorgfältig ausgewählt worden, ihre konservative Haltung, die Affinität zu Rotweißblau war bekannt. Sie blickten ernst und nickten viel, während sie das Interview mit ihren Handys filmten. Die kritischste Nachfrage kam von einer blonden, sehr streng schauenden jungen Frau und lautete: »Aber was ist mit Alkoholikern und Rauchern? Sie schaden dem Gesundheitssystem ebenfalls.«

Und Robert Gardner, der diese Frage erwartet hatte, nickte und sagte ernst: »Unsere Pläne gelten für alle Drogen. Wer fahrlässig mit seiner Gesundheit umgeht, wird seinen Versicherungsschutz verlieren. Das gilt auch für Alkoholiker und Raucher.«

»Bedeutet das Zero Tolerance jedem Drogenkonsum gegenüber?«, hakte sie nach.

»Ab wann der Konsum einer Droge als fahrlässig gilt, haben wir von einer Expertenkommission festsetzen lassen. Sie finden die Details in den Unterlagen, die wir anlässlich des Referendums für jeden einsehbar in allen Rathäusern und Bürgerämtern ausgelegt haben. Wir haben Ihnen diese Unterlagen auch zugemailt.«

»Das sind mehrere tausend Seiten!«, wagte es ein anderer Blogger, er sah aus wie ein Mathematikstudent im ersten Semester.

»Und wir legen großen Wert auf diese Transparenz«, bestätigte Gardner zufrieden.

Fast rebellisch gab der Mathematikstudent zurück: »Niemand liest sich so viele Seiten durch!«

Gardner war ein PR-Profi. Er hatte die Harrow School besucht, in Cambridge studiert, war Präsident des Debating Clubs gewesen. Er war Politiker in der vierten Generation, seine Frau reich und adelig. Gardner wusste, was die Presse wollte, und er wusste, wie die Öffentlichkeit tickte.

»Deshalb …« Er zögerte kaum merklich, um rasch auf das Dokument zu schauen, das die Fotos der Blogger mit ihren Vornamen zeigte. »… Sam, stehen wir jederzeit für Fragen zur Verfügung. Es gibt natürlich auch die Möglichkeit, sich Passagen vorlesen zu lassen, es gibt eine Version in vereinfachter Sprache, und so weiter. Wir sind da vollkommen barrierefrei rangegangen. Hochtransparent. Ich danke Ihnen!« Er strahlte, schüttelte jedem die Hand, sagte ein paar persönliche Worte, was er konnte, weil man ihm vorher die Lebensläufe der Blogger vorgelegt hatte.

Sein Team hatte anschließend ein paar Erfrischungen auf Kosten des Ministeriums organisiert, und Gardner sollte sich zusammen mit seiner Entourage wenigstens noch zehn Minuten dort aufhalten und interessiert wirken. Sobald er verschwunden war (»wichtige Anschlusstermine«), würden noch zwei seiner Mitarbeiter vor Ort bleiben, bis der letzte Blogger gegangen war.

Der Gesundheitsminister checkte noch vor Ablauf der zehn Minuten seine persönlichen Nachrichten, die nicht über seine Referenten liefen. Er sah das Foto, bekam Herzrasen, versuchte zu begreifen, packte dann einen seiner Sicherheitsleute am Arm und verschwand mit ihm vor die Tür. Der Sicherheitsbeamte, John Allan Bragg, ehemaliger Elitesoldat mit zahlreichen Auslandseinsätzen und enger Vertrauter von Robert Gardner, betrachtete das Foto auf dem Smartphonedisplay seines Chefs und ließ sich von ihm bestätigen, dass es sich leider nicht um eine Fälschung handelte. Bragg fragte die Umstände ab, unter denen es zu dieser Aufnahme gekommen war, wollte wissen, warum er erst jetzt davon erfuhr, erkundigte sich, wer noch davon wusste, und versprach, sich um die Sache zu kümmern. Dann brachte er Gardner wieder in die Cafeteria der Musikschule, drückte ihm eine Limonade in die Hand (»Sie brauchen jetzt Zucker, gegen den Schock«), gab seinen Kollegen die Anweisung, den Minister schnell wegzubringen und ab sofort nicht mehr aus den Augen zu lassen, nicht einmal auf der Toilette. Er ließ sie wissen, dass er in den nächsten Stunden nur per Textnachricht zu erreichen war.

Bragg deaktivierte das GPS seines Smartphones, schaltete ein anderes Gerät ein und lokalisierte das nächste E-Shuttle. Während er wartete, sandte er eine Nachricht an den Mann, den er treffen würde. Über kleine Umwege und mit mehrfachem Umsteigen erreichte er nach ungefähr einer Stunde Temple Station. Er stieg aus, betrat die Garden Bridge, ging bis zur Hälfte und traf dort unter ein paar Birken den alten Boyce, der sich in einen Wintermantel gewickelt hatte, als seien die Temperaturen längst unter den Gefrierpunkt gesunken. Dabei war es ein herrlich sonniger Oktobertag.

»Ich hasse es hier«, sagte Boyce. »Es zieht.«

»Mr. Boyce, danke, dass wir uns treffen.«

»Warum ist es auf dem Wasser immer so viel kälter? Wenn man draußen auf dem Meer ist, von mir aus. Aber das ist nur ein verschissener Fluss«, meckerte Boyce.

Bragg, der keinen dramatischen Temperaturunterschied feststellen konnte, ignorierte das Thema. »Ich hatte die Hoffnung, Sie könnten uns in einer Angelegenheit helfen, Sir.«

»Aha. ›Wir‹ bedeutet Gardner, nehme ich an. Oder hat man Sie jemand anderem zugewiesen?«

»Nein, Sir, es geht um Mr. Gardner.«

»Was hat er diesmal für ein Problem?«

Bragg zeigte ihm den Screenshot.

»Was soll das sein?«, fragte der alte Boyce.

»Unser Gesundheitsminister beim Kauf illegaler Substanzen.«

Boyce hob die Schultern. »Man erkennt kaum was. Ich würde mir keine Sorgen machen. Ein undeutliches Handyfoto mit irgendeinem Typen, der vielleicht ein bisschen wie Gardner aussieht und irgendwo irgendwas in der Hand hält. Völlig uninteressant. War's das? Ich dachte, eure PR-Abteilung kann so was regeln.«

»Wir werden erpresst.«

»Das ist mir klar. Lasst euch einfach nicht erpressen. Das Foto beweist gar nichts.«

»Es gibt einen Film.«

»So?«

»Darauf ist er vermutlich wesentlich deutlicher zu erkennen. Ich finde, er ist bereits auf diesem Bild schon mehr als gut zu erkennen. Auf dem Video sieht man wohl auch, was er tut. Selbst wenn es nicht eindeutig ist, könnte so ein Video großen Schaden anrichten, gerade jetzt vor dem Referendum. Die Leute lassen sich leicht verunsichern.«

Boyce holte Handschuhe aus seiner Manteltasche und zog sie an. »Was wollen die?«

»Zwei Millionen.«

»Dabei wird es nicht bleiben. Jeder weiß, was bei den Gardners zu holen ist.«

»Ganz genau.«

»Was hab ich damit zu tun?«

»Es geht darum, über wen die Transaktion abgewickelt wurde.«

Boyce verdrehte die Augen. »Meine Leute sind nicht so dumm, alberne Videos zu drehen. Die wissen, was passiert, wenn sie so etwas machen. Ich dulde das nicht.«

»Es war niemand von Ihren Leuten, Sir«, sagte Bragg.

»Na dann ...« Boyce sah den großen, durchtrainierten Mann, der vom Alter her sein Sohn sein könnte, misstrauisch an. »Also, was hab ich damit zu tun?«

»Sehen Sie sich das Bild bitte noch einmal an, Sir.«

Boyce tat es, dann verstand er, worauf Bragg hinauswollte. »Hat das jemand aus einem Hochhaus aufgenommen? Oder ... aus einem Baum?«

»Nein, Sir. Mit einer Drohne.«

Boyce sah sich um, entdeckte eine Bank, setzte sich. Bragg folgte ihm und setzte sich zu ihm. Ein paar russische Touristen machten Selfies mit der Waterloo Bridge und dem London Eye im Hintergrund. Die beiden Männer warteten ab, bis die Touristen weitergezogen waren.

»Er hat bei den Neuen gekauft. Warum? Er bekommt doch bei uns alles, was er will.«

»Er wollte es ausprobieren. Er hat es nicht mit mir abgesprochen. Er sagte, er brauchte dringend etwas zum Runterkommen und hatte gehört, dass die Lieferzeiten dort sehr kurz seien.«

»Seit wann ist das denn ein Thema? Wir liefern bei Stammkunden auch schneller. Er kann jederzeit alles bekommen.«

»Ich weiß, Sir. Ich weiß. Aber er hat es nun mal getan. Er fand die Idee mit der App wohl zu verlockend.«

Boyce stöhnte. »Ich will gar nicht wissen, was er sonst noch alles treibt. Ich dachte, Sie hätten ihn im Griff.«

»Bestimmt war es eine Ausnahme.«

»Die filmen also mit ihren beschissenen Drohnen«, sagte Boyce nachdenklich. »Ich frage mich, wen sie noch alles erpressen.«

»Das weiß ich nicht, Sir.«

»Und jetzt? Wollt ihr zahlen?«

»Nein, Sir.« Er machte eine kleine Pause. »Nicht an diese Leute.«

Boyce sah ihn nicht an, fixierte das London Eye in der Ferne. »Verstehe. Ich kümmere mich darum. Versuchen Sie, etwas Zeit rauszuschinden.«

»Es wurde uns mitgeteilt, dass die Abwicklung der finanziellen Forderungen am Sonntag stattfinden soll.«

»Eine gute alte Geldübergabe? Sehr gut. Das wird leicht.«

»Nein, es wird in Bitcoin gezahlt.«

Jetzt seufzte Boyce. »Früher waren diese Dinge irgendwie einfacher.«

»Ja, Sir.«

»Wie könnt ihr euch überhaupt sicher sein, dass es davon nicht längst hundert Kopien gibt, die gleich am Montagmorgen im Netz landen?«

»Eine Kopie würde schon reichen.«

Boyce legte den Kopf zurück, streckte eine Hand nach oben aus und riss ein Blatt von der Birke. »Wie auch immer. Mit diesem Digitalkram kann man sich gar nicht mehr sicher sein.« Er hielt das Blatt gegen das Sonnenlicht und inspizierte es. »Früher, da gab es Sie noch gar nicht, also früher hatte man Negative. Die konnte man verbrennen, und falls es doch noch irgendwo Abzüge gab, hat man einfach behauptet, es seien Fälschungen.« Er warf das Blatt achtlos über die Schulter.

»Ja, Sir.«

Boyce rempelte ihn gereizt mit dem Ellbogen an. »Dieses Sir-Getue kann ich Ihnen nicht abgewöhnen, oder?«

»Entschuldigung.« Das »Sir« schluckte er gerade noch runter.

»Wie viele Bäume gibt es eigentlich auf dieser albernen Brücke?«

»Zweihundertsiebzig.«

»Zweihundertsiebzig? Haben Sie die gezählt?«

»Ich habe es gelesen.«

»Sie haben es gelesen, aha.« Boyce' Blick wanderte nach rechts und links, er brummte abfällig, sagte dann: »Haben Sie irgendwelche Informationen über den Erpresser? Irgendwelche Anhaltspunkte?«

»Nein. Wir werden noch einmal prüfen, ob sich die Nachrichten zurückverfolgen lassen, aber ich bezweifle es. Wissen Sie denn, wer hinter diesem ... Drohnenlieferdienst steckt?«

»Meine Söhne haben da so eine Idee.«

»Sie können sich jederzeit bei mir melden.«

»Gut, Junge. Hören Sie, wir sehen mal, wie weit wir kommen.« Er machte eine kleine Pause, fuhr dann etwas düster fort: »Im Zweifel müssen Sie erst mal den Erpresser bezahlen, und wir folgen dann dem Geld.« Boyce stand auf und nickte dem Mann knapp zu. »Zweihundertsiebzig, sagten Sie?«

»Jawohl.«

»Wissen Sie was? Diese alberne Brücke wäre nie gebaut worden, wenn ich nicht nachgeholfen hätte. Die Verkehrsministerin tat mir leid. Ihr Mann ist ein guter Freund. Ich habe hier einiges an Geld reingesteckt.« Er wedelte mit der Hand herum. »Ließ sich alles von der Steuer absetzen. Scheußliches Ding, diese Brücke. Also dann. Grüßen Sie schön.«

»Sehr gern, Sir.«

»Ja, ja.« Boyce ging die Brücke in südliche Richtung hinunter. Bragg sah ihm hinterher, beobachtete, wie er im Gehen Blätter von den Bäumen zupfte.

Bragg bot seinen Platz auf der Bank zwei älteren Chinesinnen an, die sich dankbar mit ihren Coffee-to-go-Bechern hinsetzten. Er stellte sich an das Geländer, sah auf das Wasser der Themse und dachte: So ist es also, wenn man seinen ersten Mord in Auftrag gegeben hat.

22

Sie kamen am frühen Abend in Edinburgh an. Nach zwei Jahren und einem Monat befand sich Mo wieder in der schottischen Hauptstadt. Beim Aussteigen wurden sie kontrolliert, fast so streng wie vor der Abfahrt in London. Die Passkontrolle wurde auch hier per Gesichtserkennungssoftware abgewickelt. Alles lief schnell und geordnet ab. Die Briten hatten sich daran gewöhnt, seit dem Brexit noch intensiver überwacht zu werden als zuvor.

Ihre Chefin hatte auf der Fahrt nicht darüber gesprochen, warum sie hergefahren waren. Zu viele Ohrenzeugen. Sie hatte online zwei Hotelzimmer gebucht und sich von Mo erzählen lassen, wo man gut essen konnte. Dann sprachen sie nur noch über das Nötigste. Ellie las auf ihrem Smartphone, Mo sah aus dem Fenster und machte ab und zu ein Handyfoto. Ihre Chefin besorgte ein paar Sandwiches und Getränke. Der Zug war nicht besonders voll, die Fahrt verlief ruhig, draußen schien die Sonne. An der Grenze wehten die blauen Flaggen mit dem weißen Andreaskreuz auf den sanften grünen Hügeln. Mo merkte, wie sich mit jedem Kilometer, den sie sich Edinburgh näherten, ihre Stimmung veränderte.

Sie checkten in ein Hotel auf der Princes Street ein, keine drei Minuten vom Bahnhof. Es gehörte zu einer großen Kette und hatte nichts Persönliches, nichts Individuelles. Sie trafen sich in Mos Zimmer, und Ellie erklärte ihr, was es mit dieser Reise auf sich hatte.

»Ich habe den Namen des Kontaktmanns. Zwei Dinge sind wichtig: Was sagt man über ihn, gilt er als zuverlässig und so weiter? Und natürlich – wo finden wir ihn?«

»Das wird nicht ganz einfach.«

Es war ein winziges Zimmer mit zwei getrennt stehenden, schmalen Betten. Mo hatte sich auf das Bett gesetzt, das näher am Fenster stand. Ellie saß auf dem einzigen Stuhl im Zimmer.

»Deshalb habe ich dich mitgenommen. Du kennst hier Leute. Du weißt, wo wir anfangen müssen.«

»Ich war zwei Jahre nicht mehr hier. Aber ich kann es versuchen.«

Ellie deutete auf Mos Knie, das Loch in der Hose. »Willst du jetzt drüber reden?«

Mo wandte den Blick ab und sagte nichts.

»Du wohnst in Brixton?«

Sie nickte.

»In der Nähe der Großbaustelle mit der Dauerdemo?«

»Es ist auf dem Weg zum Bahnhof passiert.«

»Rotweißblau, hast du gesagt?«

»Ein paar von ihnen wohnen auch in Brixton.«

»Es gibt studentische Verbindungshäuser, habe ich gehört.«

»Da haben sie es nicht so weit, um als Gegendemonstranten anzutreten.«

»Angeblich werden sie dafür bezahlt.«

Mo hob die Schultern. »Sie sehen aus, als kämen sie mindestens aus der Mittelschicht, aber wer würde im Studium schon Nein zu einem kleinen Nebenverdienst sagen?«

Ellie fragte: »Ist es hier besser?«

»Andere Regierung, andere politische Ausrichtung, aber Arschlöcher gibt es hier auch.«

»Hast du hier Angst?«

Mo dachte nach, wie sie darauf antworten sollte. »Ich habe Angst. Weniger davor, dass man mir etwas antut. Sondern davor, was die Stadt mit mir macht.« Sie sah Ellie nicht an. »Ich weiß, wie sich der Schmerz abschalten lässt. Ich weiß auch, dass er wiederkommt, aber das ist in diesen Momenten egal.« Als Ellie nichts erwiderte, fuhr sie fort: »Ich bin extrem diszipliniert. Und extrem suchtgefährdet.«

»Ich nicht. Ich habe da offenbar großes Glück. Drogen haben mich nie gereizt. Aber mein Bruder war abhängig.«

»Wie geht es ihm jetzt?«

»Er ist tot.«

Mo erschrak. »Tut mir leid.«

»Es ist fünf Jahre her.«

»Warum ...«

»Warum ich Drogen verkaufe, obwohl mein Bruder an einer Überdosis gestorben ist?«

Mo nickte.

»Genau deshalb. Weil er an einer Überdosis gestorben ist. Das System ist so beschissen, es kriminalisiert kranke Menschen, und es zwingt sie, beschissenen Stoff zu kaufen, bei dem sich niemand sicher sein kann, was drin ist, und heimlich zu konsumieren, sodass sie im Notfall nicht gerettet werden können.« Ellie atmete tief durch. »Aber wem erzähl ich das.«

Mo nickte, und ihre Gedanken wanderten langsam ab.

»Hör zu, Mo. Ich werde dafür sorgen, dass man dir nichts

nachweisen kann. Es wird alles über mich laufen. Du wirst nichts anfassen, nichts transportieren, bei keiner Transaktion dabei sein. Du hilfst mir nur, jemanden zu finden, aber du wirst mit demjenigen keinen Kontakt haben. Okay?«

Sie hatte Ellie zugehört, aber ohne großes Interesse. In ihr stieg eine Wärme auf, die sie nur vom H kannte. Wohlige Erinnerungen an die Frau, mit der sie zum ersten Mal in einer Opiumhöhle gewesen war und zum ersten Mal H geraucht hatte, mischten sich mit einem dumpfen Schmerz. Der Abschied von ihr war ohne Vorwarnung gekommen, sie hatten miteinander geschlafen, alles war wie immer, aber am nächsten Tag war sie fort gewesen. Nach einem Jahr hatte sie sie verlassen, war einfach gegangen, ohne sich zu erklären, ohne sich jemals wieder zu melden.

»Mo?«

»Gehst du jetzt was essen?«, fragte Mo, wieder ganz aufmerksam.

»Ich dachte, wir gehen zusammen …«

»Kann ich dir ein paar Sachen aufschreiben, die ich für die Übernachtung brauche? Falls du noch einkaufen gehst?«

»Klar, aber …« Ellie wirkte überrumpelt.

»Ich muss erst mal allein losziehen.« Sie sagte nicht, dass in ihrem Inneren ein Kampf zwischen Sehnsucht und Disziplin tobte, zwischen der unsinnigen Hoffnung, diese Frau heute Nacht zu finden, und der Gewissheit, sie nie mehr wiederzusehen.

»Bis morgen irgendwann«, sagte sie, ignorierte Ellies fragenden Blick, steckte die Schlüsselkarte von ihrem Zimmer ein und machte sich auf den Weg zu den alten Orten.

23

Während der alte Boyce über die Garden Bridge in Richtung Süden ging und Ellie mit Mo noch im Zug nach Edinburgh saß, machte sich Leigh Sorsby Sorgen. Natürlich machte er sich jeden Tag Sorgen, seit er Gonzo in seinen Boden einbetoniert hatte, aber heute sorgte er sich ganz besonders. Er hatte nämlich das Gefühl, verfolgt zu werden.

Schon am Morgen, als er mit Sunny und Bilal auf dem New Covent Garden Market einkaufte, fiel ihm bei einem Gemüsehändler ein Mann auf, der ihn unentwegt anstarrte. Der Mann kam ihm vage bekannt vor, aber er konnte ihn nicht einordnen.

Der Mann war um die fünfzig, groß und drahtig, seine Nase war gerade und spitz, das Kinn etwas schwach, das Haar dicht, kräftig, dunkel mit ein paar grauen Fäden. Er trug ein schwarzes T-Shirt und schwarze Jeans, dazu lächerliche hellblaue Sneaker. Leigh konnte nicht sehen, ob er ebenfalls einkaufte oder einfach nur herumstreifte. Er bemerkte ihn eine Weile später wieder im Parkhaus vorne beim Blumenmarkt. Der Mann hatte auf derselben Ebene geparkt wie Leigh und stieg in einen dunkelgrünen Audi SUV. Er zögerte beim Einsteigen, starrte wieder in Leighs Richtung.

Auf der Fahrt zurück nach Clapham ertappte sich Leigh dabei, wie er im Rückspiegel nach dem dunkelgrünen SUV Ausschau hielt, während Sunny und Bilal fröhlich plauderten.

Einmal glaubte er, den Wagen hinter sich entdeckt zu haben, aber dann war er wieder verschwunden.

Leigh machte sich also Sorgen und wälzte unsinnige Gedanken, die seine Stimmung nur noch verschlechterten. Er war zerstreut und fahrig, fast wie in den Tagen, nachdem er Gonzo zum Fundament dieses Hauses hinzugefügt hatte. Als er dann sah, wie ein dunkelgrüner SUV am Nachmittag auf der Straßenseite gegenüber parkte und ebendieser Mann mit den hellblauen Sneakern ausstieg, wurde er so nervös, dass er sich einen Schluck Whisky gönnte, obwohl er sonst immer erst nach Feierabend trank.

Der Mann ging in den kleinen Laden und kam nach zwei Minuten mit einer Schachtel Zigaretten heraus. Er zündete sich eine an, überquerte die Straße, blieb vor Leighs Restaurant stehen und rauchte die Zigarette zu Ende. Dann kam er herein. Leigh stand hinter der Bar, sein Herz raste, und der Whisky hatte ihm nicht gutgetan. Ihm war schwindelig geworden. Er warf einen Blick über die Schulter, wo Bilal gerade leere Kisten in den Lagerraum brachte.

Der Mann kam direkt auf Leigh zu und setzte sich auf einen Barhocker. Er grüßte, bestellte ein Bier. Leigh betätigte sich am Zapfhahn und fing an zu schwitzen. Natürlich war es nur eine Frage der Zeit gewesen. Sie hatten ihm einen neuen Gonzo geschickt. Und der würde nun noch mehr Geld verlangen. Oder wusste der Mann, was er mit Gonzo gemacht hatte, und war gar nicht auf Geld aus, sondern auf Rache? Wie auch immer, Leigh war geliefert. Blieb nur noch die Frage, in welchem Ausmaß.

Er stellte dem Mann das Bier hin, und der fragte sofort, was er dafür bekam.

»Oh, wir sind kein Pub, Sie können zahlen, wenn Sie gehen«, sagte Leigh und musste sich mehrmals räuspern, damit er die Worte herausbekam.

»Klar, sorry«, sagte der Mann, trank mit einem Zug fast das halbe Glas leer und sah Leigh wieder mit demselben intensiven Blick an wie schon am Morgen.

»Alles in Ordnung?«, fragte Leigh und versuchte, ganz unbeschwert zu klingen.

Der Mann sah sich kurz um, wie um sicherzugehen, dass ihnen niemand zuhörte. »Heute Morgen«, sagte er. »Im Großmarkt.«

»Ja?«

»Haben wir uns da nicht gesehen?«

»Kann sein«, sagte Leigh und zwang sich zu einem Lächeln. »Ich war da, mit meinen Leuten.« Er zeigte mit dem Daumen über die Schultern, um zu signalisieren, dass »seine Leute« jetzt ebenfalls anwesend waren, auch wenn man sie gerade nicht sah.

»Zwei Pakis, richtig?«, fragte der Mann.

»Zwei Briten. Ich glaube, Sunny war noch nie in Pakistan«, antwortete Leigh sanft. »Bilal zwei oder drei Mal, um irgendwelche Verwandten zu besuchen.«

»Schon gut.« Der Mann hob abwehrend die Hände. »Ich wollte nur sagen, dass ich Sie gesehen habe.«

»Wie schön. Was haben Sie gekauft?« Er wollte ihn provozieren.

Der Mann erwiderte: »Kartoffeln.« Als Leigh nicht reagierte, fuhr er fort: »Selbstgemachte Pommes. Der Burgerladen oben beim Friedhof?« Der Mann griff wieder nach seinem

Bierglas, leerte es fast vollständig, ließ nur einen kleinen Schluck übrig.

Endlich fiel Leigh ein, wer da vor ihm saß: Teddy Gibbs. Er hatte schon viel über ihn gehört und ihn vermutlich auch gelegentlich bei irgendwelchen Messen oder anderen Anlässen gesehen. Man erzählte sich über ihn, dass seine Geschäfte nicht ganz astrein waren, dass der Burgerladen vor allem eine Front für illegale Wetten und Glücksspiel darstellte und sich hervorragend zur Geldwäsche eignete.

»Ich höre nur Gutes«, sagte Leigh und bereitete unaufgefordert ein zweites Bier für den Mann vor.

»Ich hör auch nur Gutes über Ihren Laden«, sagte Gibbs und ließ wie zur Bekräftigung den Blick über die Einrichtung wandern.

»Wollen Sie was essen?«, fragte Leigh und überschlug im Kopf, wie viel er als monatliche Schutzsumme zahlen konnte, ohne sich zu ruinieren. Vielleicht konnte man mit Gibbs eher reden als mit Gonzo.

»Danke, nein, ich bin nur hier, um zu plaudern. Sind wir irgendwo ungestört?«

»Ungestört?« Leigh sah sich um. Es war um diese Zeit recht leer, nicht einmal die Hälfte der Tische war besetzt. Leigh zeigte auf einen Tisch ganz hinten in einer Ecke. »Wir können uns da …«

Gibbs schüttelte den Kopf. »Ich weiß, das klingt jetzt ein bisschen … Aber sind Sie sicher, dass uns da niemand hören kann?«

»Worüber wollen Sie denn reden?« Leigh tat immer noch völlig unbedarft.

Der Mann senkte die Stimme. »Es wäre sehr wichtig, dass uns niemand … Verstehen Sie?«

»Wollen Sie vielleicht später wiederkommen?«, bot Leigh an und hoffte, auf Zeit spielen zu können.

»Es dauert nicht lange. Bitte. Ich bin in einer schwierigen Situation, es würde mir wirklich sehr helfen.«

Jetzt war Leigh verwirrt. Das klang nicht nach Schutzgelderpressung. Oder es war eine ganz perfide Masche. Er stellte dem Mann das frisch gezapfte Bier hin. Der nahm es dankend entgegen.

»Wir können raufgehen, in meine Wohnung.«

Leigh wusste nicht, worauf er sich gerade einließ. Der Mann, von dem er gehört hatte, dass er seit Jahrzehnten unsaubere Geschäfte machte, könnte gefährlich sein. Er musste sich irgendwie absichern. Er ließ ihn vorgehen, schickte ihn die Treppe hinauf, verschwand dann kurz in der Küche, um seinen Leuten Bescheid zu geben.

»Teddy Gibbs ist hier«, sagte er zu George, dem Kellner. »Er will mit mir unter vier Augen reden.«

»Oha«, sagte George.

»Ja, ich weiß auch nicht, worum es geht, aber …«

»Ich komm nachher mal hoch und sehe nach dir, okay?«, sagte George.

»Danke.«

Leigh ging rauf zu seiner Wohnung, wo Gibbs vor der Tür wartete, das Bierglas in der Hand.

»Darf man bei Ihnen rauchen?«

»In der Wohnung?« Leigh schüttelte den Kopf. »Ungern. Ich hab vor nem halben Jahr mühsam aufgehört.«

»Dann muss das warten«, sagte Gibbs und trat ein.

Sie setzten sich ins Wohnzimmer, und Leigh musste daran denken, dass hier alles seit Jahren immer noch unverändert war. Er hatte selten Besuch in seinen Privaträumen. Mit seinem Freund hatte er sich immer in dessen Wohnung verabredet, er hatte nur ein paar Straßen weiter gewohnt, und Leigh hatte es gefallen, woanders als in seinem Haus zu sein. Vor zwei Monaten hatte er mit Leigh Schluss gemacht, weil ihm seine Arbeitszeiten doch mehr zusetzten, als er anfangs geglaubt hatte. Als Gibbs sich nun in einen der alten Sessel setzte, dachte Leigh darüber nach, die gesamte Einrichtung zu erneuern. Die Möbel stammten noch von seinen Eltern. Er hatte schon als Kind auf diesem Sessel gespielt, war auf diesem Sofa eingeschlafen. Es war Zeit, mehr in seinem Leben zu ändern als nur die Speisekarte.

Gibbs hatte kein Interesse an der Einrichtung. Er stellte das Bierglas auf den Couchtisch und spielte mit seiner Zigarettenschachtel.

»Das ist jetzt ein delikates Thema«, sagte er.

»Wir sind hier ganz unter uns.«

Gibbs nickte, sammelte sich noch einen Moment, inspizierte dabei die Horrorbildchen auf der Schachtel, als sähe er sie zum ersten Mal. »Okay, es geht um … Kennen Sie einen Typen, der sich Gonzo nennt?«

Leigh musste unwillkürlich aufseufzen.

»Aha«, sagte Gibbs sofort. »Dachte ich mir.«

»Ich kenne ihn aber nicht besonders gut«, sagte Leigh schnell.

»Ja, ja. Ich weiß.« Gibbs nickte. »Er ist verschwunden.«

»Ach!« Leigh gab sich überrascht. »Wie denn das? Also nicht, dass ich ihn vermissen würde.« Er betrachtete Gibbs genau, um nichts von seiner Reaktion zu verpassen.

»Da sind Sie nicht der Einzige.« Gibbs hob seine Zigarettenschachtel. »Und wenn ich mich ans Fenster stelle?«

Leigh sah, dass er kleine Schweißperlen auf der Stirn hatte. Er nickte zögerlich, aber als der Mann aufstehen und zum Fenster gehen wollte, hielt er ihn zurück und holte eine Untertasse aus der Küche.

»Ich lüfte nachher. Kein Problem.«

»Ich kann mich doch ans Fenster stellen. Das macht mir nichts aus.«

»Es ist wirklich okay.«

»Danke, Mann«, sagte Gibbs, zog eine Kippe aus der Schachtel und zündete sie sich an. Nach dem ersten tiefen Zug lehnte er sich zurück und wirkte etwas ruhiger. »Sie verstehen jetzt, warum ich mit Ihnen unter vier Augen sprechen wollte?«

Leigh sog den Geruch der brennenden Zigarette ein und nickte. »Gonzo war also auch bei Ihnen regelmäßig ... zu Besuch?«

»Einmal im Monat. Jedenfalls am Anfang.«

Leigh bemerkte, dass der Mann ihn immer noch vorsichtig beäugte. Und erst jetzt verstand er, dass Gibbs gar nicht hier war, um Gonzos Geschäfte zu übernehmen: Er war ebenfalls von ihm erpresst worden.

»Und dann kam er öfter?«

Gibbs nickte, zog wieder an der Zigarette. »Bei Ihnen auch?«

»Nein, er hat nur ...« Er suchte nach einer unverfänglichen

Formulierung. »… den Umsatz erhöht. Also seinen. Nicht meinen. Vor einer Weile schon.«

»Bei mir kam er irgendwann mehrmals im Monat.« Gibbs beugte sich vor, nahm das Bierglas und trank einen großen Schluck. »Sorry, ich bin echt nervös«, gab er zu.

»Ist denn was passiert?«, fragte Leigh.

»Ich weiß es nicht«, war die seltsame Antwort. »Hören Sie, Sorsby, ich muss wissen, ob ich Ihnen vertrauen kann.«

Verwirrt sah Leigh ihn an. »Klar, also ich denke schon.« Er stutzte. »Wie meinen Sie das?«

»Sie sind der Einzige hier in der Gegend, der … Also die anderen, sagen wir mal, Kunden von diesem Gonzo kenne ich nicht. Das sind nicht mal Engländer. Bei Ihnen weiß ich, dass Sie meine Sprache sprechen. Ich kannte noch Ihre Eltern. Ich mochte die beiden sehr gern.«

Leigh wartete ab.

»Die beiden waren ja ungefähr mein Alter, klar, dass man da eher miteinander zu tun hatte. Viel zu früh gestorben, alle beide. Tut mir echt leid.«

»Danke«, sagte Leigh.

»Ihr Vater war ein toller Kerl. Der konnte mit jedem gut. Und Ihre Mutter, eine unheimlich kluge Frau. Mit einem fantastischen Geschäftssinn. Das hab ich immer bewundert.« Er lächelte gedankenversunken. »Wussten Sie, dass Ihre Mutter mir mal den Arsch gerettet hat? Das ist schon ewig her, da steckten Sie noch in den Windeln. Das meine ich wörtlich. Ich hatte meinen Laden gerade erst übernommen. Der gehörte meinem Opa.«

Leigh versuchte, sich zu entspannen, nickte, machte zustimmende Geräusche und versuchte, sich von den Nikotinschwaden nicht in Versuchung bringen zu lassen.

»Meine Buchführung war eine Katastrophe, das Finanzamt machte mir die Hölle heiß. Ihre Mutter kam vorbei und setzte sich zwei Tage lang an die Bücher. Ich habe keine Ahnung, was sie da gemacht hat. Sie muss gezaubert haben. Ich musste nicht mal halb so viel abdrücken, wie auf dem Steuerbescheid stand, das Finanzamt ließ sich auf irgendeinen Deal ein, ich konnte meinen Laden behalten … Ich bin dieser Frau wirklich ewig dankbar. Viel zu früh ist sie gestorben, und Ihr Vater auch.« Er hob das Bierglas und prostete ihm zu. »Auf Ihre Eltern.«

Leigh hatte nichts zum Anstoßen. Er murmelte nur: »Auf die beiden.«

»Okay, Sorsby. Wegen Gonzo. Er ist von jetzt auf gleich verschwunden.«

»Wirklich? Er kam ja nur einmal im Monat bei mir vorbei.«

»Wann haben Sie ihn zuletzt gesehen?«

»Oh, ich … weiß es nicht genau, das ist aber erst vielleicht noch nicht ganz zwei Wochen her …«

»Und ist Ihnen was aufgefallen? Hat er irgendwas gesagt? Irgendeine Andeutung gemacht?«

Leigh tat so, als müsste er überlegen. »Wir hatten nun nicht gerade die Art Verhältnis, bei der man über Urlaubspläne spricht. Eigentlich war alles wie immer.«

Gibbs sah ihn scharf an. »Er war wie immer?«

»Er hat meinen teuersten Rotwein getrunken und sich wichtig gemacht. Aber sonst …« Leigh hob die Schultern. »Meinen Sie irgendwas Bestimmtes?«

Er hörte George auf der Treppe. »Chef?«, rief er.

»Entschuldigung.« Leigh stand auf und ging zur Wohnungstür. »George, was gibt's?«, fragte er, laut genug, dass man ihn drinnen hören konnte.

George deutete über Leighs Schulter und sah ihn fragend an. Leigh gab ihm mimisch zu verstehen, dass alles in Ordnung war. Dann polterte George die Treppe hinunter, und Leigh ging zurück zu seinem Gast. Gibbs hatte das Fenster geöffnet und sah auf die Straße. Er hatte sich mittlerweile eine neue Zigarette angesteckt.

»Ich halte Sie auf, oder? Tut mir leid.«

»George kommt klar.« Leigh machte das Fenster zu und deutete ihm an, sich wieder zu setzen. Dann fragte er: »Sagen Sie mir jetzt, was los ist?«

Gibbs rieb sich die Nase, drückte die nur halb gerauchte Zigarette auf der Untertasse aus. »Er war bei mir, er wollte zweihundertfünfzigtausend Pfund haben. Ich sagte, dass ich so viel nicht habe. Er sagte, na gut, dann zahle ich eben auf Raten. Er hat sich hunderttausend abgeholt, und eigentlich wollte er vor einer Woche wiederkommen. Aber er ist nicht aufgetaucht.«

»Warum wollte er eine Viertelmillion? Ich meine, wofür? Sie haben doch wahrscheinlich wie ich jeden Monat gezahlt?«

Gibbs fuhr sich mit der Hand über das Gesicht. »Er weiß ein paar Dinge über mich.«

Leigh hob abwehrend die Hände. »Okay, das geht mich nichts an. Ich verstehe schon.«

Der Mann warf ihm einen dankbaren Blick zu.

»Er ist also nicht wieder aufgetaucht, und Sie haben jetzt

Angst, dass er sich nicht an Ihre Vereinbarung hält und das, was er über Sie weiß ...«

»Das dachte ich erst. Aber dann sind diese Typen aufgetaucht.«

»Welche Typen?«

»Sie haben nach ihm gefragt.«

»Nach Gonzo?«

»Sie haben gesagt, dass er für sie arbeitet und dass sie ihn länger nicht mehr gesehen haben, und jetzt suchen sie nach ihm.«

Leigh merkte, wie ihm schlecht wurde. »Sie suchen nach ihm?«

Gibbs nickte.

»Bei Ihnen?«

»Die wussten, wann er bei mir war.«

»Wie bitte?«

»Na ja, Sorsby, wenn einer rumläuft und für seine, ähm, Organisation Geld einsammelt, dann muss er bestimmt auch irgendwie Buch darüber führen, oder? Die Typen haben gesagt, dass er für sie arbeitet. Die müssen doch wissen, wer zahlt und wer nicht. Wo irgendwann mal die Küche brennen oder die Fenster eingeschmissen werden sollen, und wo nicht.«

Leigh stand auf. »Möchten Sie noch ein Bier? Ich hole mir auch was zu trinken.«

»Gern. Klar. Danke.«

Er ging in seine Küche, nahm eine Dose Bier aus dem Kühlschrank und hielt sie sich an die Schläfe. Seine Hand zitterte. Seine Knie zitterten. Er atmete ein paar Mal tief durch, nahm eine zweite Dose und ging zurück ins Wohnzimmer.

»Jedenfalls«, fuhr Gibbs fort, als wäre Leigh gar nicht weggewesen, »sie meinten, ich sei einer der Letzten gewesen, bei denen er war. Ich weiß nicht, woher sie das wissen und mit wem sie noch gesprochen haben. Waren die bei Ihnen?«

Leigh schüttelte den Kopf und fummelte am Verschluss seiner Dose herum. »Gibbs, was wollen Sie von mir?« Er merkte, wie hart es klang, und fügte schnell hinzu: »Gibt es etwas, wobei ich Ihnen helfen kann?«

Der Mann hob die Schultern und starrte weiter an die Wand. »Ich hab ihm hunderttausend Pfund gegeben. Und er wollte noch mal hundertfünfzig. Aber diese Typen haben einfach nur gesagt: Prima, du hast immer pünktlich gezahlt, das machen wir in Zukunft auch so. Die wollten die hundertfünfzigtausend gar nicht haben.«

»Sie denken, dass Gonzo in die eigene Tasche …?«

Er nickte. »Was hat das zu bedeuten? Ist er mit meinem Geld abgehauen?«

»Haben Sie es diesen Leuten gegenüber erwähnt?«

»Nein.«

»Warum nicht?«

»Ich wusste doch gar nicht, was die von mir wollen! Da hab ich erst mal nur zugehört. Ist ja nicht so, dass ich wahnsinnig scharf drauf wäre, denen das Geld hinterherzuwerfen. Wenn sie nicht danach fragen …«

»Auch wieder wahr.«

»Sorsby, hören Sie. Wenn die Typen zu Ihnen kommen, seien Sie vorsichtig. Lassen Sie die reden. Warten Sie ab, was die wollen.«

»Sie sind hier, um mich zu warnen?«

Gibbs lächelte leicht. »Auch. Aber eigentlich ... Ich suche diesen Gonzo. Seine Leute suchen ihn auch. Irgendwo sitzt der mit meiner Kohle, und er weiß Dinge über mich. Ich muss ihn finden. Ich dachte, Sie könnten mir vielleicht helfen.«

»Leider nein«, sagte Leigh bedauernd.

Gibbs stand auf, trank im Stehen noch die Bierdose aus. »Mich macht das alles völlig wahnsinnig. Kann ich mich auf Sie verlassen?«

»Was? Natürlich!« Leigh hatte keine Ahnung, was Gibbs meinte.

»Ihre Eltern, das waren tolle Leute«, sagte Gibbs. »Wir zwei, wir sollten uns öfter austauschen.«

»Klar«, sagte Leigh und ließ sich zum Abschied die Hand schütteln.

»Wenn Sie was von den Typen hören ...«

»Sofort.«

»Oder wenn Sie Gonzo sehen ...«

»Logisch.«

»Es gibt sonst niemanden, mit dem ich ...«

»Versteh ich.«

»Ich kann ja schlecht zur Polizei.«

»Auf keinen Fall.«

»Danke, Mann.«

»Kein Thema.«

Gibbs nickte, dankbar. »Wir sehen uns.« Es klang wie eine Frage.

»Bis bald.« Er konnte George unten im Gang hören. »George? Bringst du Mr. Gibbs bitte nach draußen? Ich muss noch schnell, äh, was machen.«

»Mach ich, Chef«, rief George von unten, und Gibbs huschte die Treppe hinunter.

Leigh schloss die Wohnungstür, ging zurück ins Wohnzimmer und blieb am Fenster stehen, bis er Gibbs wegfahren sah.

Er schloss die Augen und lehnte sich mit der Stirn an die kühle Glasscheibe. Sie würden kommen, dachte er. Irgendwann würden sie auch bei ihm im Lokal stehen und fragen, wann er Gonzo zuletzt gesehen hatte. Und wenn er auch nur ein falsches Wort sagte, würden sie misstrauisch werden. Vielleicht würden sie die Wahrheit sogar aus ihm herausprügeln. Leigh spürte, wie sein ganzer Körper leise zitterte.

Wenn es ganz still war, konnte er den Mann unter seinem Fußboden von nun an wieder hören.

24

Keira hörte nichts. Nichts von Ellie, nichts von der App. Normalerweise würden jetzt die Bestellungen reinkommen, es war Freitagabend, für die meisten ein guter Zeitpunkt, sich ins Vergessen zu rauchen, zu sniefen oder zu drücken, aber – nichts. Die Cavendish-App blieb tot.

Keira klickte sich durch die Angebote im Mercatus Maximus, sah sich die anderen Shops an, las die Beschreibung der Ware. Sie musste zugeben, dass es wirklich keinen Besseren gab als Cavendish. Die Fotos waren ästhetisch herausragend. Die Texte klar und nüchtern, keine billigen Werbesprüche, keine Illusionen. Und sie waren fehlerfrei, eine Seltenheit im Netz. Ohne Cavendish fehlte hier etwas. Es rührte sich wieder Stolz in ihr, dass sie für diesen Shop arbeitete.

Wenn er denn online war.

Sie erneuerte die Seite mit der Shopübersicht immer wieder, was zäh und langwierig war. Manchmal blieb alles hängen, die Verbindung brach zusammen, der nächste Versuch dauerte wieder eine halbe Ewigkeit.

Keira beschloss, der Lieferantin noch einmal zu schreiben. Zu fragen, wie lange die »technischen Schwierigkeiten« andauern würden. Sie las die Mail durch, bevor sie sie abschickte, fand, dass sie zu drängelnd und zu fordernd klang, formulierte sie um und klickte dann auf »Senden«.

Die Antwort kam nach zwanzig Minuten. Leider würde

es am Wochenende noch Wartungsarbeiten geben, und ihr sei auch bewusst, wie unangenehm es sein musste, dass ausgerechnet das Wochenendgeschäft ausfiel, aber Anfang der Woche würde es dann weitergehen. Die Lieferantin forderte sie auf, ihr mitzuteilen, falls sie dadurch irgendwelche signifikanten Nachteile hätte. Man könne über alles reden.

Das klang nett und zuvorkommend, so wie Keira es gewohnt war. Sie schrieb zurück, dass sie sich wegen der Einbußen Sorgen machte und Angst hatte, einige Stammkunden würden wegen der langen Ausfallzeit abspringen. Im Mercatus-Maximus-Forum wurde schon wild spekuliert, was mit Cavendish los war, einige vermuteten, dass die Polizei die Lieferantin hochgenommen hätte. Keira bot an, etwas im Forum zu posten, um die Gerüchte einzudämmen.

Diesmal war Keira von der Antwort weniger begeistert. Die Lieferantin schrieb ihr schlicht:

> Das wird sich alles in den nächsten Tagen regeln. Bitte nur mitteilen, dass es sich um technische Schwierigkeiten handelt. Unbedingt anonym bleiben.

Keira wollte sich damit nicht zufriedengeben. Sie antwortete:

> Kann ich mich darauf verlassen, dass es am Montag weitergeht?

Sie hatte noch hinzufügen wollen, dass sie auf das Geld angewiesen war, traute sich dann aber doch nicht, es so direkt zu formulieren. Sie wollte nicht bedürftig klingen.

Die Antwort brauchte diesmal etwas länger, und sie klang noch unverbindlicher als zuvor:

> Wir arbeiten mit Hochdruck daran, dass die App bald wieder läuft.

Keira fand, dass sich dies gar nicht gut las. Keira fand aber auch, dass sie sich einen freien Abend verdient hatte. Wenn sie schon mal ausnahmsweise nicht auf Abruf sein musste, konnte sie auch etwas unternehmen, und zwar mehr als nur mit Freunden ins Pub um die Ecke zu gehen, um möglichst schnell in der Werkstatt sein zu können, wenn ein Auftrag reinkam. Sie beschloss, sich bei ein paar Leuten aus Unizeiten zu melden.

Sie sollte in einen Club in Soho kommen, ja, schon so früh, nein, nicht erst im Pub vorglühen. Als sie im Kleiderschrank nach etwas Passendem zum Anziehen wühlte, wurde ihr klar, wie lange sie nicht mehr in einem Club gewesen war. Es hatte ihr nicht wirklich gefehlt – die laute Musik, die schwitzenden Menschen, das Gedränge auf der Tanzfläche, die sinnlosen, gebrüllten Gespräche –, aber jetzt spürte sie die Vorfreude und zog die Stiefel mit den Pfennigabsätzen an, für die es sonst kaum Gelegenheit gab. Sie schminkte sich auffälliger als üblich, wählte einen teuren und wie sie hoffte verführerischen Duft, zog den eleganten Wollmantel über (nachts war es schon sehr kühl, und sie trug nur ein dünnes Oberteil) und ging zur U-Bahn-Station. Zweimal umsteigen (Canada Water und Waterloo), dann war sie endlich am Piccadilly Circus und musste nur noch durch ein paar Seitenstraßen laufen, vorbei an den Bühneneingängen der Theater und den Schaufenstern der Sexshops, bis sie den Club erreicht hatte.

Die Clubkultur musste sich in den letzten Monaten deutlich verändert haben, oder man hatte sie in einen seltsamen Club bestellt. Hier gab es keine Tanzfläche, überall standen große Sofas und bettenähnliche Möbel. Keira glaubte zuerst, in einem Erotikclub gelandet zu sein, aber die Leute waren normal gekleidet, so als wären sie in ihrem eigenen Wohnzimmer. Niemand war so aufgedonnert wie sie. Im Hintergrund lief melancholischer Trip-Hop aus den 1990ern. Ihre Freunde lagen mehr, als sie saßen, und waren ein wenig zu entspannt für einen Freitagabend.

Keira brauchte einen Moment, um zu verstehen, dass sie vor ihrer eigenen Kundschaft stand. Sie versuchte, sich mit den alten Kommilitonen zu unterhalten, schaffte es aber nicht, sich auf deren Tempo runterzudimmen. Die Langsamkeit machte sie wahnsinnig. Sie überlegte sogar, ob sie nicht einfach zurückfahren und ein paar Gramm von dem Stoff holen sollte, um ihn hier zu verticken. Sie könnte sehr viel mehr Geld machen als online, weil sie sich nicht an die Preise der Lieferantin halten musste. Sie würde nur hinterher mit ihr abrechnen müssen. Aber die Fahrt nach Hause dauerte über eine Stunde, sie wäre erst in drei Stunden zurück. Andererseits waren hier alle so träge, dass sie wahrscheinlich in drei Stunden immer noch genauso daliegen würden.

Jetzt sehnte sie sich nach schneller Musik, schwitzenden Menschen, gebrüllten Gesprächen auf einer übervollen Tanzfläche und einer Nase Koks. Das verstand sie unter einem guten Abend im Club.

»Natürlich gibt es das noch«, sagten ihre Freunde, »aber woanders. Da geht man nicht hin.«

»Warum geht man da nicht hin?«

»Das sind die Rotweißblauen.«

»Was hat denn Politik mit Feiern zu tun?«

»Eine Menge. Denk an das Referendum«, lautete die Antwort, und ihre Freunde verschwanden wieder in einer Wolke der Glückseligkeit, zu der sie keinen Zugang hatte. Frustriert stellte sie sich an die Bar, orderte einen Gin Tonic, merkte an der Reaktion der Barkeeperin, dass niemand außer ihr so etwas trank. Die Leute bestellten vor allem Absinth, wohl wegen der morbid-romantischen Attitüde.

Keira beobachtete, wie immer wieder Gäste in einem Hinterzimmer verschwanden. Sie fragte die Barkeeperin, was es damit auf sich hatte.

»Laudanum«, raunte sie ihr lächelnd zu.

»Kann ich da mal reinschauen?«

»Kostet extra Eintritt, und nur mit Codewort.«

»Wo bekomm ich das Codewort her?«

Die Barkeeperin deutete auf Keiras Freunde. »Frag dich durch.«

Keira erkundigte sich bei den anderen nach der Zutrittslosung. Dann ging sie zu der geheimnisvollen Tür, öffnete sie und stand in einem Flur, in dem es noch dunkler war als in den Clubräumen, aus denen sie gerade kam. Eine schöne Frau Anfang dreißig mit langen schwarzen Haaren saß an einem Tischchen, ließ sich das Zauberwort sagen, kassierte den Eintritt und verpasste ihr einen Stempel. Sie ging durch den dunklen Flur, musste ein paar Stufen hinauf und stand wieder vor einer Tür. Diesmal konnte sie ohne Codewort und Eintritt durchgehen.

Es sah aus, als wäre sie in einer Privatwohnung gelandet. Auch hier lief Trip-Hop, im Flur standen Menschen und tranken aus Champagnerschalen. Die Türen zu allen Zimmern standen offen. Es war überall voll, auch in Küche und Bad.

Jeder, den sie ansah, hatte diesen strahlend-entrückten Gesichtsausdruck. Sie fragte eine ältere Frau, die wie für eine Charleston-Party gekleidet war.

»Wo bekommt man denn hier was zu trinken?«

»Küche«, sagte die Frau und lächelte sie verzückt an.

In der Küche fragte sie sich weiter durch, bis sie den Mann fand, der offenbar nicht nur für die Ausgabe der Getränke, sondern aller Substanzen zuständig war. Freundlich ratterte er die Liste herunter. Laudanum heute zum Sonderpreis, und zum Rauchen Heroin und Opium. Sniefen und Drücken bitte nicht hier, zu gefährlich. Oh, und ansonsten natürlich Wasser, Champagner und was sonst noch so im Kühlschrank zu finden war. Keira bedankte sich freundlich, entschied sich für ein Glas Champagner, zahlte dafür einen horrenden Preis (»Wie im Bordell«, dachte sie), nahm ihr Glas und wanderte über den Flur in eins der Zimmer.

Ein Schlafzimmer, in der Mitte stand ein riesiges Bett, an der Seite ein großzügiges Sofa. Vor einer altmodischen Frisierkommode standen zwei Stühle. Alles, worauf man sitzen konnte, war besetzt, und auch auf dem Boden lagen Menschen herum, teils auf Kissen, teils einfach so. Die Luft war schwer und stickig, einige rauchten Heroin, ein paar von denen, die auf dem Boden lagen, Opium. Keira seufzte, drehte sich um, kippte den Champagner runter und gab das Glas in der Küche ab.

»Noch einen, oder lieber was anderes?«, fragte der Mann freundlich.

»Ich muss weiter«, sagte sie und hoffte, nicht so gelangweilt zu klingen, wie sie sich fühlte. Es gab schließlich keinen

Grund, unhöflich zu sein. Sie verschwand auf demselben Weg, den sie gekommen war, und freute sich fast, wieder im Club zu sein.

An der Theke bestellte sie einen zweiten Gin Tonic.

»Hat es dir nicht gefallen?«, fragte die Barkeeperin.

»Nicht meine Welt«, seufzte Keira.

»Vielleicht musst du dich nur mal drauf einlassen.«

Keira schüttelte den Kopf. Kurz überlegte sie, sich einen anderen Club zu suchen, in dem ihr die Stimmung eher zusagte, aber allein wollte sie nicht. Sie verließ den Club, ohne sich von ihren Freunden zu verabschieden, und fuhr nach Hause.

Frustriert darüber, dass das Aufregendste an diesem Freitagabend die U-Bahn-Fahrten gewesen waren, warf sie sich auf ihr Sofa, ließ eine Serie laufen und klickte lustlos auf einigen Websites herum. Dabei langweilte sie sich noch mehr und überlegte, ob sie sich nicht doch irgendwo eine Prise Koks besorgen sollte. Ihr persönlicher Vorrat war so gut wie aufgebraucht. Sie suchte ihren Stammverkäufer im Mercatus Maximus auf, Sally4U, bestellte sich die übliche Menge, die ihr dann in den nächsten Tagen per Post kreativ unauffällig verpackt zugeschickt werden würde. Sie wollte den Browser schon schließen, als sie auf der Forumsseite einen Eintrag entdeckte: Jemand suchte eine Drohne.

Nicht irgendeine Drohne. Der Verfasser des Eintrags wollte eine Drohne der Lieferantin. Er sagte es ohne Umschweife, so direkt und offen, wie es nur das Darknet zuließ:

> Ich suche eine der Drohnen, die die Lieferantin zum Ausliefern benutzt. Ich biete dafür 100 000 Pfund in Bitcoin oder Gold.

Dahinter stand eine Mailadresse.

In Gold. Es war, als wäre Keira gemeint und niemand sonst. Sie hatte drei Drohnen. Es würde erst mal gar nicht auffallen. Sie könnte sagen, dass eine Drohne kaputtgegangen sei. Oder verschwunden. Niemand würde es bemerken.

Aber was, wenn es eine Falle war? Wenn die Lieferantin selbst diesen Eintrag verfasst hatte? Was, wenn sie mehr über Keira wusste und sie ködern wollte, weil sie am Nachmittag noch so drängende Fragen gestellt hatte?

Würde die Lieferantin, falls sie es war, denn jemals herausfinden, dass die Drohne von ihr kam? Natürlich würde sie das. Seriennummer, GPS-Tracker, was auch immer. Aber warum sollte sie so etwas tun?

Keira beschloss, es zu riskieren. Sie schrieb von einem anonymen Account aus eine verschlüsselte Mail an die Adresse. Wenig später antwortete man ihr, wollte ein Beweisfoto. Sie schickte mehrere. Nach fünf weiteren Minuten war der Sucheintrag im Forum gelöscht, und Keira wusste, dass sie im Geschäft waren.

25

Die alten Orte, sie waren immer noch da. Und es fühlte sich an, als wäre sie nie weggewesen. Da waren die Leute von früher, manche sahen noch aus wie vor zwei Jahren, manche waren abgemagert und bleich. Von einigen hieß es, sie seien fortgegangen, was auch bedeuten konnte, dass sie gestorben waren.

Die alten Orte in dieser alten Stadt, in der man sich verlaufen konnte, innen wie außen, und die in jedem Winkel ein dreckiges Geheimnis barg, dreckig und schön. Die Geister der Vergangenheit warteten hinter Mauern und saßen auf Treppenstufen, und sie alle hatten zwei Gesichter, waren wie Tag und Nacht, Jekyll und Hyde, kannten den Rausch und die Sünde und das Erwachen und Bereuen.

Mo wurde begrüßt, als hätte man sich gestern zuletzt gesehen. Sie wurde wiederaufgenommen in den Kreis der Eingeweihten, und niemand stellte Fragen. Man nannte ihr die aktuellen Codewörter und sagte ihr, wo sie aufpassen musste. Sie hatte die freie Wahl, wie sie diese Nacht verbringen würde, und eigentlich hatte sie sich schon im Zug entschieden, was sie tun würde. Es gab sie noch, die geheime Höhle. Mo hatte sie vermisst. Dort war sie mit der Frau immer gewesen, bis sie sie verlassen hatte. Danach war sie allein dorthin gegangen und hatte auf sie gewartet, vergeblich, hatte den Schmerz betäubt und in Träumen gelebt.

Sie ging die Treppe hinunter in die Kellerräume, von denen nur die Eingeweihten wussten. Sie setzte sich auf eine der Matratzen, ließ sich eine Pfeife bringen, wärmte sie über dem Feuer an, ließ das Opiumklümpchen schmelzen und klebte es in den Pfeifenkopf. Dann drehte sie die Pfeife nach unten, hielt den Kopf über das Feuer und nahm ein paar tiefe Züge.

Es würde eine Weile dauern, bis sie die Wirkung spürte, und so schwer es auch fiel, sie würde das wundervolle Gefühl hinauszögern müssen. Erst musste sie noch etwas erledigen.

26

Der alte Boyce wusste, dass sein jüngster Sohn dabei war, für viel zu viel Geld ein Stück fliegende Technik zu kaufen, und er ließ es zu. Er wusste aber auch, dass ihn das nicht schnell genug weiterbringen würde, was den Erpressungsversuch anging. Walter Boyce hatte seit über fünf Jahrzehnten seine eigene Methode: bestechliche Menschen in strategisch günstigen Positionen.

Das Problem dieser Methode bestand darin, dass es sich um fragile Strukturen handelte. Beziehungen, die über Jahre aufgebaut worden waren, Feindschaften, die gepflegt und genutzt wurden, Strippen, die nur dann gezogen werden konnten, wenn die anderen wussten, was wirklich für sie auf dem Spiel stand. Alles das stand und fiel mit Walter Boyce, und er konnte nur hoffen, dass sein Jüngster sich in diese Strukturen einfand, nachdem sich sein Ältester aus dem Geschäft zurückziehen wollte, obwohl er noch so jung war. Mick, das stand außer Frage, hatte sehr viel mehr Geschick, er kam ganz nach seinem Vater. Declan hingegen dachte zu kompliziert und musste noch viel lernen. Vor allem, dass dieses Geschäft nur funktionierte, wenn man gewisse Regeln befolgte. Eine Regel besagte: Menschen, die dir im Weg sind, beseitigst du entweder mit Geld oder Gewalt. Declan brauchte noch Erfahrung, um das zu begreifen. Deshalb hatte Walter Boyce ihn mit Victor Thrift und Leo Hunter losgeschickt, um sich um

Macfarlane zu kümmern. Und deshalb nahm er seinen Sohn in dieser Nacht mit.

»Nach Bletchingley?«, fragte Declan und war deutlich verwundert. »Wo Mum aufgewachsen ist?«

»Dort lebt ein sehr zuvorkommender Herr, der mir gern sein wundervolles Landhäuschen zur Verfügung stellt. Du musst aber dein Handy ausmachen. Also, richtig ausmachen. Und wir können das Navi nicht benutzen. Oh, und achte darauf, dass der Wagen voll aufgeladen ist, damit wir unterwegs keinen Strom tanken müssen.«

»Aber du weißt, wo wir langfahren müssen?«

»Natürlich. Und falls wir uns verfahren, haben wir das hier.« Walter Boyce hielt eine Landkarte hoch. »Keine Sorge. Ich kann so was lesen. Und ich war da schon öfter.«

Sie nahmen einen der Wagen, die nicht auf einen Boyce zugelassen waren, und fuhren in südliche Richtung aus der Stadt heraus. Walter war voll und ganz damit beschäftigt, seinem Sohn den Weg zu erklären. Sie fuhren über enge Landstraßen, die rechts und links so gut wie gar nicht befestigt waren, und manchmal mussten sie stehen bleiben, um Gegenverkehr vorbeizulassen. Gelegentlich kommentierte Walter die Gegend, machte seinen Sohn darauf aufmerksam, woran sie gerade vorbeifuhren. »Hier ist die Firma, die unseren Safe gebaut hat«, sagte er, oder »Hier in diesem Waldstück mussten wir mal einen Bullen abknallen lassen, so vor dreißig Jahren.«

Als sie über die Brücke kamen, die über die M25 führte, den London Orbital, versicherte er seinem Sohn, dass es nicht mehr weit sei. Declan stand schon Schweiß auf der Stirn.

»Würde ich nicht selbst fahren, müsste ich wahrscheinlich kotzen«, sagte er, und Walter antwortete: »Deshalb lasse ich dich fahren.«

»Warum sind die Straßen hier so beschissen eng? Hätten wir nicht woanders langfahren können?«

Walter winkte ab. »Die anderen Strecken sind auch nicht sehr anders. Außerdem merkt man hier schneller, ob man verfolgt wird.«

Declan schwieg für den Rest der Fahrt, vielleicht, weil er beleidigt war, vielleicht, weil er sich konzentrieren musste. Walter dachte an den Mann, den sie treffen würden, und an seine Geheimnisse, die ihn so verwundbar machten.

Sie parkten in Bletchingley vor einem Pub, das noch geöffnet war und sehr gut besucht zu sein schien, gingen aber nicht hinein, sondern in eine kleine Gasse neben dem Gebäude. Nach ein paar Metern ging es unerwartet bergab, die Gasse wurde zu einem Feldweg. Declan fragte, ob sie sich möglicherweise verlaufen hätten, aber Walter versicherte ihm, genau zu wissen, was er tat.

»Ich bin nicht zum ersten Mal hier«, wiederholte er.

Zwischen dem dichten Gestrüpp, das den Feldweg säumte, fand sich schließlich ein Holztor. Walter öffnete es und ging den Fußweg entlang zu einem großzügigen Landhaus im viktorianischen Stil. Der Gartenweg war gerade so gut beleuchtet, dass man nicht stolperte, und im Haus selbst brannte zwar Licht, aber die schweren Vorhänge im Erdgeschoss waren zugezogen. Walter musste nicht klopfen, die Tür wurde in dem Moment geöffnet, als sie davorstanden.

Als er Declans Verwunderung bemerkte, lachte er und

sagte: »Bewegungsmelder.« Dann begrüßte er den Gastgeber. »Colin, mein Freund. Wie schön, dich zu sehen.« Er umarmte den Mann, der in seinem Alter war, aber sportlicher und fitter wirkte, dann stellte er ihm seinen Sohn vor. »Mein Jüngster, Declan.«

Declan schüttelte dem Alten die Hand.

»Den Namen hat dir natürlich deine Mutter gegeben. Irisch-katholisches Erbe, man sieht es dir auch an, Junge. Kommst ganz nach ihr.« Colin Quincy grinste wohlwollend.

»Du meinst, der Junge ist nicht so hässlich wie sein alter Vater, was?«, nörgelte Walter gut gelaunt.

»Das hast du jetzt gesagt.« Colin führte die beiden durch die holzgetäfelte Eingangshalle in ein rustikales Kaminzimmer und bat sie, Platz zu nehmen.

»Wer von euch beiden fährt?«, fragte er.

»Ein Bier darf der Junge aber!«, protestierte Walter.

»Für dich wie immer?«

»Aber unbedingt. Ist ...«

»Nein, noch nicht, ihr seid früh dran.« Colin verschwand, und Walter machte es sich auf dem mit grünem Samt bezogenen Sofa bequem, das so alt zu sein schien wie das Haus. Declan stand unschlüssig neben dem Kamin und wusste offensichtlich nichts mit sich anzufangen.

»Colin Quincy«, sagte sein Vater. »Wir kennen uns eine Ewigkeit.«

»Nie von ihm gehört.«

»Weil du dich nie für irgendwas interessiert hast«, sagte Walter.

»War er mal bei uns zu Hause?«

»Nein. Wenn, dann komme ich zu ihm. Ich will nicht, dass ihn jemand bei mir sieht.«

»Woher soll ich ihn dann kennen?«

»Manchmal erzähle ich von ihm.«

»Vielleicht Mick, aber nicht mir.«

»Wie gesagt ...«

Declan winkte ab und setzte sich auf ein unbequem aussehendes Stuhlungetüm etwas abseits des Tisches, um den das Sofa und die Sessel gruppiert waren.

»Wer hat sich denn diese Einrichtung ausgedacht?«, fragte er und ließ den Blick über die mittelmäßigen Ölschinken wandern.

»Das Haus ist schon ewig in Familienbesitz. Ich glaube nicht, dass Colin sehr viel verändert hat. Sanfte Modernisierung, das schon. Die Bewegungsmelder draußen, eine ausgezeichnete Alarmanlage, und du solltest mal die Bäder sehen! Das Beste ist aber die Küche, da werde ich jedes Mal neidisch.«

»Und woher kennst du ihn?«

»Er wollte deine Mutter heiraten.« Walter ließ den Satz in der Luft hängen, um den Effekt auszukosten. Als er das leicht angeekelte Gesicht seines Sohns sah, lachte er. »Da haben die beiden noch miteinander im Sandkasten gespielt. Er hat recht schnell gemerkt, dass Mädchen nichts für ihn sind. Aber ich kenne ihn, seit ich deine Mutter kenne. Auf eine Art habe ich ihn mitgeheiratet.«

Declans Gesicht war ganz rot geworden, jetzt beruhigte er sich wieder. »Und was machen wir jetzt hier?«

»Wir treffen jemanden.«

»Colin.«

»Nein.«

Colin kam mit einer Flasche Bier zurück. »Ich habe noch ein Alkoholfreies in der Speisekammer gefunden«, sagte er stolz und reichte sie Declan, der ohne Begeisterung zugriff, sich aber immerhin bedankte. Dann ging der Gastgeber zu einem kreisförmigen, grün-goldenen Servierwagen und goss Walter einen Whisky ein.

»Neu?«, fragte Walter und zeigte auf die mobile Bar.

Colin strahlte. »Das ist dir gleich aufgefallen? Ein Sammlerstück, 1920er Jahre. Hab ich gefunden, als ich bei einem Antiquitätenhändler in ...« Ein Piepton unterbrach ihn. »Moment.« Er verließ das Kaminzimmer.

»Jetzt kommt der Mann, wegen dem wir hier sind«, erklärte Walter.

»Und wer ist das?«

»Sir Frederick Rutland.«

»Nie gehört.«

»Natürlich nicht. Er arbeitet für unseren geschätzten Inlandsgeheimdienst.«

»Auch das noch.«

»Tu jetzt einfach so, als wüsstest du genau über alles Bescheid, okay?«

Die Tür ging auf, noch bevor Declan nicken konnte, und Colin ließ einen kleinen, drahtigen Mann um die fünfzig mit lichter werdendem blondem Haar hinein.

»Walter«, sagte er knapp zur Begrüßung.

Walter stand nicht auf, nickte ihm nur zu. »Fred. Setz dich doch.«

Colin zog sich diskret zurück, er würde erst wiederkommen, wenn Rutland gegangen war. Die Abläufe des Abends waren nur Declan neu.

»Was trinkst du?«, fragte Walter in Gastgebermanier, nachdem sich der Mann vom Geheimdienst auf der vorderen Kante eines Sessels niedergelassen hatte.

»Nichts, wie immer.«

»Ich dachte, ich frage trotzdem.«

»Ganz lieb.« Herablassende falsche Höflichkeit, gepaart mit dem Oberklasseakzent einer teuren Privatschule westlich von London. Sein Blick wanderte zu Declan.

»Mein Sohn. Der Kleine«, erklärte Walter.

»Das war so nicht besprochen.«

»Ich werde nicht jünger.«

»Wer wird das schon.«

Walter lachte. »Du hast gehofft, dass ich bald sterbe und du dann deine Ruhe hast. Tut mir leid, wir legen viel Wert auf Familientradition. Declan, das ist also der von mir viel gepriesene Sir Frederick Rutland vom MI5.«

»Viel von Ihnen gehört«, sagte Declan und stand auf, um dem Mann die Hand zu geben.

Guter Junge, dachte Walter.

Rutland reagierte nicht, sah Declan nicht mal an. Declan blieb einfach stehen, die Hand ausgestreckt. Er sagte: »Sir, ich bin sicher, wir werden in Zukunft noch genug Gelegenheit haben, unhöflich zueinander zu sein. Wenn wir aber gleich damit anfangen, können wir uns nur schwer steigern.«

Rutland starrte Declan entgeistert an, dann schüttelte er ihm wie ferngesteuert die Hand.

Walter war stolz auf seinen Sohn.

»Also, Fred, mein Lieber, was hast du für uns?« Er sagte extra: für uns. Declan setzte sich nicht wieder auf den unbequemen Stuhl, sondern neben seinen Vater auf das Sofa.

Sir Frederick Rutland blieb steif auf der Sesselkante sitzen. »Die Nachrichten an Gesundheitsminister Gardner wurden von einem Handy aus verschickt, das sich zum Zeitpunkt der Kontaktaufnahme in dem Gebäude befand, in dem auch die Kanzlei von Rechtsanwältin Catherine Wiltshire ihre Räume hat.«

Declan rutschte ein Stück nach vorn, aber sein Vater gab ihm ein Zeichen: ruhig bleiben. »Man weiß aber nicht, wem das Handy gehört?«

»Nun, außer der Kanzlei sind dort natürlich noch die Räume der Anti-Druxit-Kampagne, der sie vorsteht. Dann gibt es dort eine Organisation, die sich für die Legalisierung von Drogen einsetzt, und eine Privatklinik, die sich hauptsächlich um Drogenabhängige kümmert. Das alles wird von Ms. Wiltshire mitfinanziert und in jeder Form unterstützt. Aber weshalb ich Ms. Wiltshire erwähne: Die entsprechende SIM-Karte wurde noch ein weiteres Mal lokalisiert, diesmal in dem Haus, das Ms. Wiltshire bewohnt, und ich werde dich jetzt nicht mit technischen Details langweilen, aber ich denke, Ms. Wiltshire ist damit eine heiße Kandidatin.«

»Und verrätst du uns auch die Adresse des Hauses, das von der guten Ms. Wiltshire bewohnt wird?«

Rutland nannte sie ihm. Declan wollte sie sich in sein Handy notieren, steckte es aber gleich wieder weg, als er den Blick seines Vaters sah. Dann griff er nach einem Notizblock, der auf dem Tisch vor dem Sofa lag. Walter sagte: »Declan, wir machen das wie die Profis vom Geheimdienst. Niemals Notizen, weder digital noch analog. Wir müssen alles im Kopf abspeichern.«

Declan bat Rutland, die Adresse zu wiederholen, nickte dann und murmelte sie noch zweimal halblaut vor sich hin.

»Vielen Dank, Fred«, sagte Walter. »Wie geht es der Familie?«

»Hervorragend. Kann ich jetzt gehen?«

»Dass du es immer so eilig hast.«

Rutland stand auf, musterte Boyce und seinen Sohn kalt und ging grußlos zur Tür.

»Bis bald!«, rief Declan ihm hinterher.

Walter grinste. »Das ist doch gut gelaufen, findest du nicht?«

»Ist er immer so gesprächig?«

»Er war noch nie eine Plaudertasche«, sagte Walter.

»Warum triffst du ihn hier draußen? So was kann er dir doch im Vorbeigehen irgendwo sagen.«

»Hier draußen ist keine Überwachung. Hier gibt es kaum CCTV. In London bist du nirgendwo wirklich sicher. Und er ist nun mal beim Geheimdienst. Er ist paranoider als wir zwei zusammen und hoch zehn genommen.«

»Warum redet er mit uns?«

»Zwei Gründe: Angst und Geld.«

»Du bezahlst ihn, okay. Und wovor hat er Angst? Dass du ihn zusammenschlagen lässt?«

»Oh, das würde in seinem Fall nicht viel helfen. Diese Geheimdienstler sind zäh. Es hat viel banalere Gründe. Ein paar dreckige Sexskandale. Ich kann dir die Fotos zeigen, wenn wir zu Hause sind.«

Declan verzog das Gesicht. »Will ich die sehen?«

»Mein lieber Junge, wir werden uns nach und nach noch eine Menge Dinge zusammen ansehen müssen, damit du weißt, was wir gegen wen in der Hand haben. Leider gehört es auch zum Geschäft, wenig ästhetische Menschen in sehr unästhetischen Posen ansehen zu müssen.« Walter lachte, als Declan den Mund immer noch verzogen hatte. »Und du dachtest, Blut sei das Schlimmste, was?«

Declan schüttelte sich.

»Blut und Sperma«, sinnierte Walter. »Blut und Sperma.«

»Ich dachte mir schon, dass Wiltshire was mit den Neuen zu tun hat«, wechselte Declan das Thema. »Gut möglich, dass sie die Lieferantin ist.«

»Zwischen Macfarlane und ihr gibt es bisher keine offensichtliche Verbindung.«

»Woher weißt du das?«

»Jemand von der Kriminaltechnik hat mir erzählt, dass in seinem Haus keine nennenswerten Hinweise auf andere Personen gefunden wurden. Er war entweder ein Sauberkeitsfanatiker, oder er hatte so gut wie nie Besuch. Keine DNA, keine Fingerabdrücke, nichts. Natürlich hat man auch keine Notizen gefunden, keine Telefonnummern oder E-Mail-Adressen. Gar nichts.«

»Es kann auch einfach nur bedeuten, dass Macfarlane besonders vorsichtig war.«

»Auf jeden Fall. Das war er ganz bestimmt.« Walter trank von seinem Whisky. »Colin hat immer ganz wunderbare Getränke«, schwärmte er. »Willst du einen Schluck?«

Declan nahm das Glas seines Vaters entgegen und probierte. Er nickte. »Was passiert jetzt?«, fragte er.

»Wir trinken in Ruhe aus und fahren zurück.«

»Das meinte ich nicht.«

»Ich weiß.«

»Also?«

Walter setzte sich so, dass er seinen Sohn direkt ansehen konnte. »Wenn Wiltshire die Lieferantin ist, dann arbeitet sie sicherlich nicht allein. Wir müssen an ihre Hintermänner herankommen. Ihre Mitarbeiter. Und wir werden die Dame davon überzeugen, uns das Material auszuhändigen, das Gardner in Schwierigkeiten bringen könnte.«

»Sie wird Sicherheitskopien haben. Mit ein bisschen Pech hat sie sogar schon was im Netz hochgeladen.«

»Das müssen wir herausfinden. Und dann werden wir ein deutliches Zeichen setzen für alle, die meinen, sie könnten das auch versuchen.« Walter lächelte vage. »Ich denke, es darf wie Selbstmord aussehen. Enttäuschung über den Verlauf der Kampagne. Der Stress, dieser ganze Druck, das war einfach zu viel, und dann noch die schlechten Umfragewerte. Was meinst du?«

Sein Sohn sah ihn nicht an, sondern pickte am Etikett der Bierflasche herum. »Wer macht das?«

Walter legte ihm die Hand auf den Arm. »Keine Sorge. Diesmal musst du nicht dabei sein. Diesmal geht es um etwas anderes, dafür haben wir hervorragende Leute. Außerdem muss es jemand mit Erfahrung erledigen.«

»Und wer stellt die Fragen?«

Er sah seinen Sohn neugierig an. »Du willst dabei sein?«

Declan zuckte die Schultern. »Ich weiß nicht, ich dachte …«

»Junge, das sind Spezialisten. Mach dir keine Gedanken.«

Wieder zuckte Declan nur die Schultern. Er schien längst über etwas ganz anderes nachzudenken.

27

Siebenhundert Kilometer weiter nördlich, in einem anderen Land, wartete Ellie die ganze Nacht auf Mo. Sie schickte ihr Nachrichten, versuchte sie anzurufen, ließ sogar jemanden vom Hotel Mos Zimmer überprüfen, ob sie da war. (Sie mache sich Sorgen, sagte Ellie, ihre Cousine – sie hoffte auf einen Verwandtschaftsbonus – sei Diabetikerin und werde gelegentlich ohnmächtig.) Mo blieb verschwunden, und Ellie versuchte, die Ruhe zu bewahren. Sie hatte genug damit zu tun, die Mails von den fünfzehn Leuten zu beantworten, die für die Cavendish-App arbeiteten und ihre Drohnen fliegen ließen. Die meisten waren relativ gelassen und schienen kein Problem damit zu haben, bis Montag zu warten. Einige freuten sich sogar über das »freie Wochenende«, wie sie es nannten. Eine hakte allerdings intensiver nach, und Ellie hatte ein schlechtes Gefühl. Sie antwortete so neutral wie möglich, fragte sich dann aber, ob sie nicht anders auf die Fragen hätte eingehen müssen. Fürsorglicher, verbindlicher. Aber dann bekam sie eine Nachricht von Catherine und dachte nicht mehr daran. Catherine schrieb ihr, der Minister wolle im Gegenzug das Originalmaterial und die Versicherung, dass es keine Kopien gab.

Wie stellt er sich das vor, schrieb Ellie zurück.

Er will die Originalspeicherkarte. Mit allem, was drauf ist, antwortete Catherine.

Was will er damit? Und wie willst du das mit den Kopien beweisen?

Ich habe ihn gefragt, ob ihm mein Ehrenwort reicht, und er schrieb, er überlege sich etwas, fände es aber gut, dass ich grundsätzlich einverstanden sei.

Seltsam, schrieb Ellie zurück. Pass auf dich auf. Da stimmt was nicht.

Was soll da nicht stimmen? Läuft doch alles nach Plan?, wollte Catherine wissen.

Nenn es Bauchgefühl, war ihre Antwort.

Wie komm ich an die Originalspeicherkarte?, fragte Catherine.

Ich schicke dir bis Sonntag was, das so aussieht, als wäre es die Karte aus der Drohne, versicherte Ellie.

Danach konnte sie nicht mehr im Hotelzimmer bleiben. Sie musste an die Luft. Ellie zog eine Beanie über das kurze Haar, setzte eine Brille auf, die sie gern immer dann benutzte, wenn sie es der Gesichtserkennungssoftware etwas schwerer machen wollte. Sie trug eine weite schwarze Jeans, eine schwarze Wolljacke und Turnschuhe. In der Dunkelheit und mit etwas Abstand konnte man sie auch für einen Mann halten. Sie wechselte zum fünften Mal an diesem Tag die SIM-Karte im Handy und verließ das Hotel, ohne spezielles Ziel.

Diese Stadt war so anders als London. Sie war erst einmal hier gewesen, vor über zwei Jahren, als sie das Vorstellungsgespräch mit Mo geführt hatte. Damals war sie noch einen weiteren Tag geblieben, um sich umzusehen. Sie war sich vorgekommen wie ein Zaungast, als würde sie nicht wirklich teilnehmen am Leben in dieser Stadt. Egal was sie tat, es war ihr fremd erschienen. Auch jetzt, in dieser Oktobernacht, wirkte alles wie ein großes Museum, in dem die Wege vorgegeben waren und an jeder Ecke jemand darüber wachte, dass sie keinesfalls die Räume betrat, die nicht für die Öffentlichkeit bestimmt waren. Sie streifte in der Old Town durch enge Gassen, über steile Treppen und unebenes Kopfsteinpflaster, und sie konnte sich gut vorstellen, dass hinter den alten Mauern die dunkelsten Geheimnisse lauerten.

Sie begegnete betrunkenen Touristen und berauschten Studierenden, fragte sich, wo die echten Menschen waren und ob es die hier überhaupt gab. Wahrscheinlich nicht hier, nicht in dieser Gegend. Zwei Mal wurde ihr Ausweis von einem Polizisten kontrolliert. Als sie wieder in die Princes Street einbog, winkte sie einem Taxi und fragte den Fahrer: »Wo ist jetzt noch was los?«

Er sah sie abschätzig an und antwortete: »Was wollen Sie?«

»Irgendwas, wo man um diese Zeit noch was erleben kann?«

»Einen Club?«

»Hm.«

»Casino?«

»Ja, vielleicht.«

»Sie sind nicht richtig angezogen«, sagte er.

»Ich bin nicht richtig angezogen?«

Er musterte sie von oben bis unten. »Na, vielleicht kommen Sie rein. Sind ja saubere Sachen, und Sie sind auch nicht betrunken. Wir werden sehen. Welches?«

»Schlagen Sie was vor.«

Er überlegte, dachte wahrscheinlich darüber nach, welche Strecke sich für ihn am ehesten lohnte und wo er Kundschaft für den Rückweg bekommen würde. »Leith?«, fragte er schließlich.

»Wenn Sie das sagen.« Sie stieg ein.

Das Casino war trotz der nächtlichen Stunde gut besucht, und man ließ sie herein, nachdem sie ein dickes Bündel Pfundnoten vorgezeigt hatte. Sie tauschte dreihundert Pfund in Jetons, suchte sich einen Pokertisch, spielte ein paar lustlose Runden mit schweigsamen älteren Damen und Herren, gewann ein bisschen. Sie zog weiter zu den Spielautomaten, nicht weil sie darauf stand, sondern weil dort eine Frau in ihrem Alter saß, die an zwei Automaten gleichzeitig spielte und Ellie merkwürdig fasziniert von ihr war.

Die Frau zeigte keinerlei Emotionen, warf neue Jetons ein, drückte ihre Tasten, verlor, verlor, verlor, gewann, verlor und veränderte niemals ihren gleichgültigen Gesichtsausdruck. Ihre Handtasche stand auf dem Boden, ein teures Designerteil, aber aus einer Kollektion, die schon Jahre zurücklag. Die Tasche stand offen, Ellie sah ihre Brieftasche, Schminksachen und einen Schlüsselbund mit einem Schlüsselanhänger, der ein Foto von zwei lachenden, lockigen Kindern zeigte. Ellie musste an ihren Bruder denken, daran, wie sehr sich die liebsten Menschen verändern konnten, wenn sie krank waren.

Ellie sammelte die Jetons ein, die sie gewann, und ging hinauf an die Bar. Sie bestellte ein Bier, rief den Barkeeper gleich wieder zurück und bestellte stattdessen ein Glas Wein. Ein Mann Ende fünfzig mit kurzem grauem Haar und fliehendem Kinn setzte sich zwei Barhocker weiter neben sie, und sie zählte innerlich bis zehn. Die meisten Männer verschwendeten keine Zeit. Auch dieser nicht.

»Sie sind nicht von hier«, sagte er.

»Urlaub«, sagte sie, ohne ihn anzusehen.

»Schön«, sagte er. »Willkommen in Edinburgh.«

»Danke«, murmelte sie betont desinteressiert und nahm Blickkontakt mit dem Barkeeper auf, der ihr beruhigend zunickte: Ja, er hatte ein Auge darauf.

»Sie spielen regelmäßig?«, fragte der Mann.

»Nein, und ich gehe auch gleich wieder. Allein.« Sie sah ihn kühl an, trank dann einen Schluck von ihrem Wein, stellte das Glas ab und stand auf. Sie ging die Treppe hinunter, vor zur Kassiererin, um sich die Jetons zurücktauschen zu lassen, dann raus in die kalte Nachtluft. Sie sah sich um, ob ein Taxi in der Nähe war, aber die Straßen waren leer, der Taxistand einsam. Sie nahm ihr Smartphone und wollte sich über die Taxi-App einen Wagen bestellen, als sie zu Boden gerissen wurde und hart mit dem Kopf aufprallte.

Ellie hatte die Männer nicht einmal gehört. Der eine riss sie herum, sodass sie auf dem Bauch lag, und drückte ihr den Kopf runter, das Gesicht auf den Asphalt. Der andere kniete sich auf ihre Beine und zog ihr die Jacke aus, klopfte ihre Hosentaschen ab. Dann spürte sie, wie sich der Druck auf Beine und Kopf löste. Die beiden rannten weg, mit ihrer Jacke als Beute.

Sie hatte keine Gesichter gesehen, keine Details, nur Schwarz. Stöhnend richtete sie sich auf, sah ihnen hinterher, wie sie zwischen zwei Gebäuden in der Dunkelheit verschwanden.

»Ihr Drecksarschlöcher!«, brüllte sie ihnen nach.

Ihr Kopf schmerzte, und ihr war schwindelig. Sie schaffte es nicht, ihnen zu folgen. Die Brille lag neben ihr auf dem Boden, beide Gläser waren zerbrochen. Sie sah ihr Handy zwei Meter entfernt auf der Straße. Sie hatte es bei dem Angriff fallen lassen, es war weggerutscht. Die beiden Männer hatten es zum Glück nicht bemerkt. Ellie hob es auf und ging zurück ins Casino.

Der Türsteher reagierte sofort. Er stützte sie und führte sie in einen kleinen Raum hinter dem Empfang. Damit mich niemand sieht, dachte Ellie. Sie ließ den Blick durch den Raum wandern. Keine Überwachungskameras wie sonst überall im Casino. Was ist das für ein Raum?, fragte sie sich.

Fast sofort kam ein anderer Mann in einem smarten dunklen Anzug und dunklem Hemd mit einem Erste-Hilfe-Koffer herbeigeeilt, eine junge Frau im Schlepptau. Er stellte sich als Assistent des Managements vor. Die junge Frau schien keine Berufsbezeichnung zu haben.

Wo kommen die so schnell her?, fragte sich Ellie. Es musste Kameras für den Außenbereich geben, und der smarte Assistent hatte den Überfall beobachtet.

Der Assistent sagte, er heiße John, und sah sich ihren Kopf an. Die junge Frau blieb namenlos.

»John, haben Sie Kameras vor der Tür?«, fragte Ellie.

»Das sind nur Abschürfungen, Sie haben Glück«, antwortete er ausweichend. »Und vielleicht bekommen Sie eine Beule. Das ist uns sehr unangenehm. Normalerweise passiert hier so etwas nie.«

»Wenn Sie das aufgenommen haben, würde ich es mir gern ansehen, geht das?«

»Wir haben außen keine Kameras«, behauptete er. »Wollen Sie, dass wir Sie zu einem Arzt bringen, oder in ein Krankenhaus? Wir können auch jemanden herkommen lassen.«

Ellie schüttelte den Kopf, was sie sofort bereute. Es pochte nur noch schlimmer. Sie fragte sich, warum er das mit den Kameras abstritt. Waren die Kameras nicht genehmigt? Sie ließ sich die Schürfwunden säubern und anschließend mit etwas einsprühen, das entsetzlich medizinisch roch und ekelhaft brannte.

»Ich muss zur Polizei«, sagte sie. »Mein Ausweis war in der Jacke.«

Geld, Ausweis, die Zimmerkarte vom Hotel. Mehr nicht.

»Ja, einen Ausweisdiebstahl muss man melden, sonst kommt man in Schwierigkeiten«, sagte John, und es klang irgendwie altklug.

»Was für eine Scheiße.«

»Und Ihr Geld …«

»Und mein Geld. Scheiße.« Jetzt merkte sie, wie müde sie war. Wenigstens hatte sie noch ihr Handy. Sie umklammerte es, als würde gleich wieder jemand kommen, um es ihr abzunehmen. »Wo ist die nächste Wache? Das ist Ihnen wahrscheinlich lieber, als wenn hier gleich die Streife anrückt, oder?«

»Ma'am, Sie glauben gar nicht, wie leid uns das tut.« John war wachsweich. »Können wir irgendetwas für Sie tun? Sie bekommen einen ganz falschen Eindruck von unserem Haus.«

»Sie haben wirklich keine Kameras da draußen?«, hakte Ellie nach.

Er bot ihr an, das gestohlene Geld zu ersetzen, und versicherte ihr, dass sich seine Vorgesetzten im Laufe des Tages bei ihr melden würden. Die ärztliche Versorgung würde selbstverständlich von der Versicherung des Casinos gezahlt, ob sie ihm vielleicht Name und Telefonnummer aufschreiben wolle?

Ellie verstand: Er dachte, sie wolle das Casino verklagen. Die schweigende Frau, die neben der Tür stand und sich die ganze Zeit nicht bewegt hatte, war als Zeugin anwesend, damit Ellie hinterher keine falschen Anschuldigungen erheben konnte. Sie ließ noch einmal ihren Blick durch das Zimmer wandern, konnte aber immer noch keine Kameras entdecken. Vielleicht deshalb die lebendige Zeugin.

»Ich melde mich bei Ihnen, falls noch was ist«, sagte Ellie nur. »Schicken Sie mich einfach in Richtung der nächsten Polizeistation. Ich komm schon klar.«

»Sind Sie sicher?«

»Ja.«

»Wenn Sie uns noch unterschreiben würden, dass wir Ihnen medizinische Erstversorgung geleistet und darüber hinaus weitere Hilfe angeboten haben, die Sie aber ablehnen?«

Die junge Frau löste sich aus ihrer Ecke, setzte sich an einen Laptop und tippte flink etwas ein.

»Für Ihre Versicherung?«

John nickte. »Das schützt nicht nur uns, sondern auch Sie. Wie viel Geld wurde Ihnen entwendet?«

»Insgesamt an die fünfhundert.«

Die Frau tippte. Ein Drucker brummte. Zwei Blätter wurden Ellie vorgelegt. Sie unterschrieb mit einem falschen Namen.

Man konnte nie wissen.

»Ich mache Ihnen keine Schwierigkeiten«, sagte sie und sah John ruhig an. »Ich hätte nur gern die Aufnahmen gesehen.«

»Ms. …« Er sah auf ihre Unterschrift. »Ms. Baker«, las er vor, und sie wusste, dass er wusste, dass der Name falsch war. »Es gibt keine Aufnahmen, so leid es mir tut.«

»Danke«, sagte Ellie. »Ich geh dann mal.« Sie nickte John und der namenlosen Frau zu.

Vor dem Casino blieb sie stehen, atmete tief durch und sah sich um. Jetzt zur Polizei. Erklären, wie ihr der Ausweis gestohlen wurde. Per Fingerabdruck ihre Identität beweisen. Noch mehr Spuren ihres Aufenthalts in Edinburgh hinterlassen.

Die Frau, die an zwei Automaten gleichzeitig gespielt hatte, trat aus dem Casino und ging grußlos an ihr vorbei. Sie verschwand um eine Ecke. Ellie konnte ihre Absätze noch eine Weile auf dem Asphalt hören und fragte sich, warum sie ihre Angreifer nicht gehört hatte. Es war totenstill in dieser Gegend.

Jetzt hörte sie andere Schritte. Leisere Sohlen. Der Mann, der in der Bar neben ihr gesessen hatte, kam über die Straße auf sie zu. Er musste nach ihr das Casino verlassen haben, als sie sich von John hatte verarzten lassen.

»Ellie Johnson?«, fragte er.

Sie sah, dass er ihre Jacke in der Hand hielt, und trat einen Schritt zurück, bereit, sich ins Casino zu flüchten. »Was soll das?«

»Oh, ich habe diese Jacke auf der Straße gefunden und gedacht, die kenn ich doch. Es ist Ihre, richtig?« Er hielt sie ihr hin.

Sie sah ihn misstrauisch an, riss ihm die Jacke aus der Hand, untersuchte die Taschen. Ihr Geldbeutel war noch drin, ohne Geld, aber mit Ausweis und Zimmerkarte. Immerhin.

»Freut mich, dass ich Ihnen helfen konnte«, sagte der Mann.

»Das Geld fehlt.«

Er schüttelte den Kopf. »Wie furchtbar. Sind Sie schlimm verletzt?«

Ellie fasste sich an den Kopf, merkte, wie sie an der Seite, auf die sie gefallen war, eine Beule bekam. »Geht schon.«

»Na dann. Ich wünsche Ihnen eine gute Nacht.«

»Danke.«

»Wir sehen uns dann morgen«, rief er im Weggehen, und sie glaubte, sich verhört zu haben.

28

Leigh hatte die ganze Nacht kaum geschlafen, und wenn er kurz weggenickt war, hatten ihn Albträume geplagt. Ein blutverschmierter Gonzo hatte in seinem Wohnzimmer gesessen und mit ihm über eine Erweiterung seines Restaurants diskutieren wollen. Ständig war neues Blut aus ihm herausgequollen, und er hatte versucht, es wegzuwischen. Leigh fand sein Unterbewusstsein nicht sonderlich subtil.

Er stand morgens früh auf, weil er es nicht mehr aushielt, aber unten im Restaurant bekam er Herzrasen und konnte kaum atmen. Sein Puls pochte in den Ohren, und manchmal glaubte er, es sei Gonzo, der gegen den Betonboden klopfte. Leigh dachte darüber nach, ein paar Tage Urlaub zu machen. George kam allein zurecht, es wäre kein Problem. An die Küste fahren, Brighton vielleicht. Oder nach Norden, Blackpool. Ins Ausland fliegen, bevor das Pfund noch weiter an Wert verlor. Er versuchte, sich für diesen Gedanken zu begeistern. Schaffte es nicht.

Den Tag verbrachte er erst auf dem Großmarkt, obwohl er dort gar nichts dringend brauchte, aber irgendetwas fand sich schließlich immer. Nachmittags bot er sich dem Küchenchef an, weil ein Hilfskoch krank geworden war, aber der warf ihn nach einer halben Stunde raus, weil er nur im Weg herumstand und ständig das Gemüse fallen ließ. Hinter der Theke richtete er zwar keinen Schaden an, war aber deutlich nicht in Form, sodass George ihm befahl, sich ins Bett zu legen, er vergraule sonst die Gäste.

»Du siehst aus, als wäre eine Grippe im Anmarsch. Das ist nicht gut fürs Geschäft, und für deine Gesundheit schon gar nicht. Also verzieh dich. Kurier dich aus.«

Leigh wollte nicht allein in der Wohnung sitzen. Er hatte Angst vor seinen Gedanken und Angst davor, einzuschlafen und zu träumen. Er rief ein paar Leute an, aber niemand hatte Zeit für ihn, das kostbare Wochenende war bereits verplant. Momente, in denen man merkte, dass man keine Freunde hatte. Er rief auch Ellie an, aber ihr Telefon schien erst gar nicht eingeschaltet zu sein. Er dachte darüber nach, ausnahmsweise nach Hampstead Heath zu fahren und zu cruisen, aber auch dazu hatte er keine Lust.

Also beschloss er, sich zu betrinken. Er ließ eine Serie auf seinem Laptop laufen, irgendwas mit Zombies, stellte zwei Flaschen Wein neben das Sofa und goss sich ein großes Glas ein. Nach ein paar Schlucken merkte er, dass er nichts mit Zombies sehen wollte, und wechselte zu einer Comedy-Serie, hielt keine halbe Folge aus und wählte etwas mit ein bisschen Drama, aber ohne Blut und vor allem ohne Humor.

Er sah den Schauspielern zu, ohne der Handlung wirklich zu folgen. Nach dem zweiten Glas fing er an zu weinen, weil er ständig an Gonzo denken musste, wie er tot unter seinem Fußboden lag, und dass es nichts gab, was er daran ändern konnte. Wenn er das Haus verkaufte, bestand die Gefahr, dass der Boden aufgerissen und Gonzo entdeckt wurde. Wenn er das Haus in Brand setzte (auch darüber hatte er schon mehrfach nachgedacht), würde man seine Leiche finden, wenn das

Haus abgerissen wurde, und wahrscheinlich wäre Gonzo dabei nicht mal verbrannt, weil Leigh ihn ja einbetoniert hatte. Er würde also den Rest seines Lebens mit der sprichwörtlichen und buchstäblichen Leiche im Keller leben müssen. Es sei denn – und hier war es Zeit für das dritte Glas –, Leigh stellte sich der Polizei, was er aber nicht vorhatte. Er hatte sich nur gewehrt. Dafür ins Gefängnis zu gehen, sah er gar nicht ein. Er leerte die Flasche und kam für einen kurzen euphorischen Moment (die Hauptdarstellerin freute sich gerade über ein tolles Ereignis in ihrem Leben) zu der Überzeugung, dass man ihm nichts anhaben konnte, und bestimmt gewöhnte er sich eines Tages an den toten Mitbewohner. Schließlich war er genau das, nämlich tot, und konnte ihm schlecht etwas tun.

Bei der zweiten Flasche heulte er schon wieder wie ein Schlosshund, weil in der Serie jemand im Sterben lag, und es war ein Gefühl, als handele es sich um einen alten Bekannten, wahrscheinlich weil er den Schauspieler schon aus anderen Serien kannte. Er musste an Eddie denken, an seine Eltern und natürlich wieder an Gonzo, und es fielen ihm noch ein paar Bekannte ein, die mittlerweile verstorben waren, sein Ex-Freund Jonathan zum Beispiel, der sich vor über zehn Jahren vor einen Zug geworfen hatte, oder das eine Mädchen aus der Schule, er hatte ihren Namen vergessen, sie war von einer Brücke in die Themse gesprungen, welche Brücke das war, hatte er auch vergessen. Er fühlte sich, als hätte ihn die ganze Welt verlassen. Er dachte darüber nach, ob es für ihn nicht das Beste wäre, sein Leben zu beenden. Wie einfach alles wäre. Welche Erleichterung, wenn alles vorbei wäre. Er würde sich nie an den Toten im Fußboden gewöhnen, sein Gewissen würde ihn langsam und unnachgiebig umbringen, da konnte er die Sache auch gleich selbst in die Hand nehmen und sich die Quälerei ersparen.

In seinem Selbstmitleid hörte er das Klopfen an der Tür erst gar nicht, weil er sich die Nase geputzt hatte. Dann rief jemand laut seinen Namen, und es war nicht George, jedenfalls nicht als Erster. Georges Stimme erklang später. Vor der Tür schien ein ziemliches Durcheinander zu sein. Leigh wankte schniefend zur Wohnungstür, öffnete sie, und zwei sehr große, sehr an Kraftsport interessierte und durchaus attraktive Männer sahen ihn an. Hinter ihnen war George kaum zu sehen. Er jammerte: »Chef, ich hab denen gesagt, dass du krank bist.«

Leigh schnäuzte sich wie zur Bestätigung noch einmal die Nase, dann lallte er: »Was is los?«

»Wir müssen etwas Geschäftliches mit Ihnen besprechen«, sagte einer der beiden und drängte sich an Leigh vorbei in die Wohnung. Sein Kollege folgte ihm, und Leigh starrte auf George, der verzweifelt die Schultern hob: »Ich hab denen gesagt, sie können nicht einfach hier rauf, aber was sollte ich machen?«

»Schon gut«, sagte Leigh und klopfte George auf die Schulter, überlegte es sich dann anders und umarmte den erstaunten Mann. »Danke«, sagte er. »Du bist ein echter Freund.«

»Hast du getrunken?«, fragte George.

»Hustensaft.« Er ließ ihn stehen und folgte den Fremden in seine Wohnung.

Sie durchschritten gerade sein Wohnzimmer und schienen in jede Ecke zu schauen.

»Suchen Sie was Bestimmtes?«

»Können wir hier in Ruhe reden?«, fragte einer der beiden. Er wirkte etwas jünger als sein Kollege, hatte rötliches Haar und weiche braune Augen, während der Ältere schwarze Haare und stechend blaue Augen hatte.

»Klar, ich hab's nur ganz gern, wenn man sich vorher anmeldet.« Leigh versuchte, sich zusammenzureißen und nüchtern zu wirken. Die beiden hatten aber längst die angebrochene Flasche gesehen. Und daneben die leere. »Wollt ihr auch was?«, fragte er deshalb.

»Danke. Können Sie den Rechner runterfahren? Und Ihr Handy ausmachen?«

»Ho, ho, ho, seid ihr vom Geheimdienst?«

»Ganz sicher nicht«, sagte der Schwarzhaarige.

»Sondern?«

Der Rothaarige kam auf ihn zu, stellte sich dicht neben ihn und sagte leise: »Es geht um Gonzo.«

Leigh nickte. Ging zum Couchtisch, fuhr den Rechner runter, schaltete sein Smartphone aus und fühlte sich gar nicht gut, als er sich auf das Sofa fallen ließ. Er bot den beiden erst gar nicht an, sich zu setzen. Er ging davon aus, dass sie ohnehin tun würden, was sie wollten.

»Sie kennen Gonzo, richtig?«

Leigh nickte, wollte nach seinem Glas greifen, überlegte es sich aber anders. Er war schon betrunken genug. »Seid ihr von der Polizei?«

»Wieso Polizei?«

»Was weiß ich«, murmelte Leigh.

»Also, Sie kennen Gonzo?«

Leigh versuchte, souverän zu wirken. »Vielleicht.«

Der Schwarzhaarige ging in den Flur. Als Leigh ihm nachgehen wollte, stieß der andere ihn zurück aufs Sofa. »Warum fragen Sie, ob wir von der Polizei sind?«

Leigh konzentrierte sich. »Na, weil ganz so legal war das ja nicht, was Gonzo da …« Er wedelte unbestimmt mit der Hand.

»War? Wieso war?«

Scheiße. »Weil, äh … Hey, ich hab schon was getrunken, ich mein das nicht so. Ich mein doch nur, weil ihr jetzt da seid, und Gonzo nicht, und …«

»Wo ist Gonzo?« Der Rothaarige packte Leigh am Hemdkragen, riss ihn vom Sofa hoch, schleuderte ihn herum und warf ihn auf den Boden. Leigh stöhnte vor Schmerz. »Du weißt doch irgendwas.«

Leigh hustete, versuchte, sich aufzurichten. Sein Angreifer trat ihm gegen die Brust, und Leigh sackte zurück auf den Boden.

»Ich weiß gar nichts! Er war vor zwei Wochen oder so hier, ganz normal!«

»Vor zwei Wochen? Welcher Tag war das?«

»Montag.«

»Sicher?«

»Ja! Sicher!« Trotz des Alkoholdunsts in seinem Hirn dämmerte ihm, dass er gerade dabei war, sich ein ganz tiefes Grab zu schaufeln. »Nein, Sonntag, er war Sonntag da. Ich hab mich vertan. Sonntag!«

Der Mann tippte ganz sanft mit der Schuhspitze gegen Leighs Bauch. »Sonntag oder Montag?«

»Sonntag.«

»Du hast Montag gesagt. Am Montag hast du hier schon renoviert. Das musst du dir gemerkt haben.«

»Sonntag!« Woher sie wussten, wann er renoviert hatte, erschloss sich ihm nicht, aber er kam auch nicht dazu, sie danach zu fragen. Der Mann trat ihm fest in die Seite.

»Er lügt«, sagte der Schwarzhaarige, der jetzt im Türrahmen stand und zusah.

»Ich weiß. Montag also. Und Sonntag war er auch schon da. Sonntag steht nämlich in seinem offiziellen Bericht an uns. Was wollte er am Montag?«

»Es war Sonntag, ich bin besoffen, ich hab mich vertan«, jammerte Leigh.

»Er lügt«, sagte der Schwarzhaarige wieder, und Leigh sah, dass er ein Fleischmesser aus der Küche geholt hatte. Als er Leighs Blick bemerkte, deutete er mit dem Daumen über die Schulter. »Oh, ich hab von innen abgeschlossen. Uns stört erst mal niemand.«

Leigh war kein Held. Ihn hatte das Gerempel beim Fußballspielen schon immer wahnsinnig gemacht, und die einzigen Erfahrungen mit physischer Gewalt waren die als Zuschauer bei Kneipenschlägereien gewesen, als sein Vater noch das Pub geführt hatte. Man hatte ihn gelegentlich mit schwulenfeindlichen Sprüchen angepöbelt, aber anders als einige seiner Bekannten war er nie körperlich angegriffen worden. Leigh hatte nicht gelernt, wie man sich verteidigte, und er wusste nicht, wie viel Schmerz er auszuhalten bereit war. Er konnte auch nicht einschätzen, wie viel Schmerz die beiden bereit waren, ihm zuzufügen. Er vermutete aber, dass beides in keinem guten Verhältnis zueinander stehen würde. Als ihn nun der Rothaarige vom Boden hochriss und ihm die Arme hinter dem Rücken festhielt, sodass er sich kaum mehr bewegen konnte, und der Schwarzhaarige sich mit dem Fleischmesser näherte und grinsend mit der Messerspitze zwischen Leighs Beine deutete (»Das tut nicht nur weh wie das Höllenfeuer, man verblutet auch schneller, als man die Rettung anrufen kann«), beschloss Leigh, dass ihm sein Leben sehr viel wichtiger war, als er noch vor einer halben Stunde geglaubt hatte. Also rief er mit einer Stimme, die ihm selbst ganz fremd war: »Ich sag euch alles, wenn ihr mich in Ruhe lasst!« Das amüsierte die beiden offenbar, und der Schwarzhaarige nickte gutmütig seinem Kollegen zu und meinte: »Na dann soll er sich mal hinsetzen, der Ärmste.«

Leigh bekam einen Stoß und flog nach vorn, stolperte in Richtung Sofa und landete dort mit dem Gesicht in einem Kissen. Mühsam richtete er sich auf, setzte sich hin und versuchte, seine Würde wiederzuerlangen. Seine ungebetenen Gäste standen mit verschränkten Armen im Zimmer. Ihre Blicke verrieten, wie erbärmlich sie ihn fanden.

»Also, Gonzo war hier. Sonntag, und dann noch mal am Montag. Richtig?«

Leigh nickte, weil es das war, was sie hören wollten. »Er wollte mehr Geld«, sagte er.

»Aha. Wie viel?«

»Er wollte schon die ganze Zeit mehr Geld. Am Anfang waren es fünfzehnhundert.«

»Am Anfang? Nicht die ganze Zeit?«

»Er hat immer wieder erhöht. Und das letzte Mal, als ich ihn gesehen habe, wollte er eine große Summe. Auf einen Schlag«, log er.

»Wie viel?«

»Ich habe ihm nichts gezahlt, er war seitdem nicht mehr hier.«

Der Rothaarige setzte sich auf die Armlehne des Sofas, beugte sich zu ihm. »Er war am Sonntag bei dir, du hast deine monatliche Zahlung abgedrückt, und dann ist er am Montag wiedergekommen, um den Rest zu holen, richtig?«

Leigh schüttelte den Kopf, hoffte, dass er seine Lüge wasserdicht und überzeugend hinbekam. »Ich hab total gestaunt, als er einen Tag später wieder hier war. Er meinte, er bräuchte, ähm, hunderttausend. Ich sagte, was soll das, ich hab gestern bezahlt, so war das nicht ausgemacht, und er sagte, es hätten sich gewisse Umstände ergeben, deshalb bräuchte er Geld, und zwar bald, und dann wollte er in einer Woche wiederkommen. Aber er ist nicht wiedergekommen. So. Das war's.«

Die Männer wechselten einen Blick. Der Rothaarige fragte: »Hast du dich nicht gewundert, dass er nicht wieder aufgetaucht ist?«

»Doch, klar, aber ich war auch froh, logisch.«

»Hättest du das Geld denn gehabt?«

»Na ja, ich musste es schon irgendwie zusammenkratzen.«

»Und jetzt hast du das Geld hier?«

»Was? Nein, ich hab es wieder weggebracht, als er nicht aufgetaucht ist.«

»Weggebracht?«

»Also, ich hab es mir geliehen, und als er nicht kam, hab ich es schnell wieder zurückgegeben.«

»Geliehen?«

»Ja.«

»Einfach so mal hunderttausend geliehen?«

»Natürlich nicht einfach so.«

»Von wem?«

Leigh dachte schnell nach, traf eine Entscheidung. »Gibbs. Der wurde auch ... Ach scheiße, von Gibbs weiß ich, dass Gonzo verschwunden ist und ihr nach ihm sucht!«

»Gibbs, soso. Was hat der denn so erzählt?« Der Schwarzhaarige piekte mit dem Messer in die Sessellehne.

»Der hat ihm viel mehr gezahlt, die ganze Zeit. Ich weiß nicht, was Gonzo euch erzählt hat, was Gibbs zahlt oder was ich abdrücke, aber der hatte sein eigenes Ding am Laufen, und bei Gibbs ist er ständig vorbei und hat ihm dauernd Geld abgenommen, und dann wollte er eine Viertelmillion«, jetzt schwemmte der Alkohol Leigh eine neue Idee ins Hirn, »oder noch mehr, und Gibbs war stinksauer, weil er dachte, erst mal hunderttausend, das reicht, aber offenbar hat Gonzo den Hals nicht vollgekriegt, und jetzt ...« Leigh hielt inne, als er merkte, was er gerade tat.

Die beiden starrten ihn an. Wechselten wieder Blicke. Der Rothaarige kam ihm unangenehm nah und sagte: »Noch mal von vorn und ganz in Ruhe. Gibbs hat dir also erzählt, dass Gonzo verschwunden ist. Und dass er den Hals nicht vollgekriegt hat. Was hat er genau gesagt?«

Der Schwarzhaarige hielt das Messer fester in der Hand und wirkte sehr konzentriert.

Leigh schluckte und schloss die Augen. »Er hat mir gesagt, dass er Besuch von euch hatte, weil Gonzo verschwunden ist.«

»Okay. Weiter.«

»Und dass ihr offenbar keine Ahnung habt, wie viel Geld Gonzo wirklich einkassiert hat. Gibbs meinte, Gonzo hätte sein eigenes Business am Laufen gehabt.«

»Was noch?«

»Dass Gonzo von ihm nicht nur hunderttausend wollte, so wie von mir, sondern noch eine Menge mehr.«

»So weit waren wir schon. Weiter.«

Leigh öffnete die Augen, sah von einem zum anderen. Vielleicht war es die Mischung aus Adrenalin und Alkohol, vielleicht war er aber auch ein viel schlechterer Mensch, als er immer von sich geglaubt hatte. Er sagte: »Gibbs meinte, er würde ganz sicher nicht mehr zahlen und er würde sich auch seine hunderttausend irgendwann zurückholen. Und dass Gonzo so schnell nicht mehr auftauchen würde.«

Der Rothaarige stand abrupt auf und gab dem anderen ein Zeichen. Der stieß das Messer in die Sessellehne und ging zur Tür. Bevor sie verschwanden, sagte der Rothaarige: »Ab sofort tausend jeden Monat, weil du so ein netter Kerl bist. Zahlbar an uns. Wir sehen uns.« Dann verschwanden sie.

Leigh hörte den Schlüssel im Schloss, ihre Schritte auf der Treppe. Er rollte sich auf dem Sofa zusammen und versuchte, nicht zu hyperventilieren. Bald darauf hörte er, wie George nach oben kam, um nach ihm zu sehen. Er fragte: »Chef, was ist los?«

Leigh hob vorsichtig den Kopf. »Das bleibt unter uns«, sagte er.

»Klar.«

»Schutzgeld.«

»Scheiße. Wie viel?«

»Egal. Nicht dein Problem.«

»O scheiße. Hey, du musst zur Polizei gehen.«

»Vergiss es.« Mühsam setzte er sich auf, stöhnte vor Schmerz. Er glaubte, dass eine Rippe angebrochen war oder wenigstens böse geprellt. Mindestens eine. »Du gehst nicht zur Polizei, versprich mir das.«

»Das ist ein Fehler.«

»Versprich mir das.«

George atmete hörbar aus. »Wenn du's dir anders überlegst ...«

»Sag ich Bescheid. Ja. Aber bis dahin kein Wort.«

»Okay.«

Leigh hielt ihm die Hand hin. »Schlag ein.«

Georges Blick fiel auf das Messer, das in dem Sessel steckte. Er wollte etwas sagen, aber Leigh wiederholte: »Schlag ein.«

George reichte ihm die Hand.

»Kein Wort«, beschwor ihn Leigh.

»Kein Wort. Versprochen.«

»Danke, Mann.«

29

Ellie verschlief das Frühstück und erwachte gegen Mittag, weil ihr Zimmertelefon klingelte und Mo sie anrief. Sie sagte ihr, wann und wo sie sich mit dem schottischen Schmuggler treffen würde.

Zwei Stunden später lief sie mit ihm über zugige Hügel im Holyrood Park. Er wollte Fritz genannt werden, und Jimmy Macfarlane hatte ihr damals gesagt, dass er angeblich wirklich Fritz hieß, aber keiner seinen Nachnamen kannte.

Was Ellie aber viel mehr beschäftigte als die Frage, ob der Mann nun einen Nachnamen hatte, war die Tatsache, dass sie ihn schon kannte: Er war der Mann aus dem Casino.

»Tut mir leid wegen gestern«, sagte er. »Die Jungs sollten eigentlich aufpassen, dass sie dir nicht wehtun.«

»Und mein Geld?«

Fritz lachte leise. »Verstehst du, ich musste wissen, mit wem ich es zu tun habe. Ob du wirklich du bist. Deine Freundin Mo hatte ich schnell überprüft, dann warst du dran.«

»Wie erfreulich, dass ich den Test bestanden habe.«

»Jimmy war ein Spitzel. Man muss vorsichtig sein.«

»Hast du ihn nicht überprüft?«

»Ich kannte ihn seit zwanzig Jahren. Und ich dachte, ich wüsste, mit wem ich es zu tun habe.«

»Wie hast du mich gefunden?«

»Das ist meine Stadt. Ich finde alles raus, was hier passiert.«

»Der Taxifahrer?«

Fritz hob die Schultern. »Du willst mir also was abkaufen?«

Sie besprachen Lieferbedingungen und wie sie miteinander Kontakt aufnehmen würden. Sie redeten darüber, ob es sinnvoll war, das Drohnengeschäft in Edinburgh zu starten, einer Stadt, die »the windy city« genannt wurde. Hier versagten je nach Windstärke auch die deutlich größeren Drohnen der Paketzusteller.

»Meine Drohnen können einiges mehr an Wind ab als andere. Aber eben auch nicht alles«, sagte sie. »Sie sind so gebaut, dass sie auf Wetterlagen selbstständig reagieren können. Wir müssten es ausprobieren.«

»Wäre schade, wenn es ausgerechnet in Edinburgh nicht klappt«, sagte Fritz.

»Warum ausgerechnet?«

»Wir haben hier eine lange und intensive Tradition, was Opiate angeht.«

»Trainspotting?«

Er winkte ab. »Die 1980er, 90er Jahre. Als Edinburgh die Heroinhochburg und HIV-Hauptstadt Europas war. Das ist nur ein ganz kleiner Teil einer langen Geschichte. Edinburgh hat schon mindestens seit dem Ende des 17. Jahrhunderts ein durchaus positives Verhältnis zu Opium. Es wurde als Schlaf- und Schmerzmittel gebraucht, als wahres Gottesgeschenk gepriesen, es war die Droge der Mittel- und Oberschicht, und bis ins 19. Jahrhundert hinein war es in Form von Laudanum so gebräuchlich wie heute Aspirin.«

»Das war auch in England so.«

»Aber hier in Edinburgh gab es die Ärzte. Im 19. Jahrhundert gab es auf der ganzen Welt keine bessere medizinische Versorgung als hier. Niemand hatte ein höheres Ansehen als schottische Ärzte. Kein anderes Land bildete mehr Ärzte aus. Von hier aus fuhren sie in die ganze Welt. Sie brachten auch Opium mit zurück und versuchten, die Pflanzen in Schottland heimisch zu machen. Das klappte natürlich nicht. Aber die Handelsbeziehungen zu Indien waren ja bekanntermaßen gut. Und in Edinburgh verschrieben die Ärzte ab den 1830er Jahren Morphium und ein paar Jahrzehnte später Heroin.«

»Das in Deutschland hergestellt wurde.«

»Nein, die haben es nur weiterentwickelt und sich den Namen ›Heroin‹ schützen lassen. Mit Diacetylmorphin hat vorher schon ein englischer Arzt herumprobiert. Aus London. Charles Romley Alder Wright. Heroin war viel wirkungsvoller als Opium und Laudanum und Morphium. Es war eine Revolution, wobei man im Kopf behalten muss, dass schon all diese anderen Mittel hoch gepriesen waren. Heroin galt als Wundermittel. Wusstest du, dass die britische Regierung die Chinesen nicht nur mit den zwei Opiumkriegen geschwächt hat, sondern später auch mit Hilfe der Japaner mit Heroin?«

»Nein.«

»Schottisches Heroin wurde Anfang des 20. Jahrhunderts von den Japanern gekauft und unter der chinesischen Bevölkerung in der Mandschurei verteilt, um sie einzulullen. Wegzuschießen. Die Japaner wollten einen Krieg gegen die Russen gewinnen, sie wollten einen Fuß auf chinesisches Gebiet bekommen. Sie kämpften mit Drogen, mit schottischem Heroin.«

»Es wurde hier hergestellt?«

»Damals gab es drei große Apotheken: Duncan Flockhart, J. F. Macfarlan – ohne e, Jimmy war weder verwandt noch verschwägert, und T & H Smith. Die drei hatten den guten Stoff erst immer schön auf Lager, und irgendwann stellten sie ihn selbst her. Dadurch wurde Edinburgh zum größten Heroinproduzenten der Zeit. Sie fusionierten nach und nach miteinander, wurden aufgekauft, heute heißen sie Macfarlan Smith, sind ein stolzer, großer Pharmakonzern und stellen immer noch Opioide her.«

»Und die Edinburgher betäuben sich immer noch gern?«

Fritz grinste schief. »Der Verbrauch ist nach der Trainspotting-Zeit erst mal zurückgegangen. Warum? Weil die Leute von damals alle gestorben sind. Aids, Überdosis, sonstiges Elend. Andere Drogen wurden modern, und seit ein paar Jahren boomt es wieder. Ja, die Schotten peitschen sich nicht so gern auf, sie lullen sich lieber ein. Das beschissene Wetter, die Arbeitslosigkeit und die verfickten Engländer lassen sich dann nämlich leichter ertragen.«

»Absolut verständlich«, sagte Ellie höflich. Eine Weile gingen sie schweigend nebeneinander her und ließen sich den kalten Wind um die Köpfe wehen.

»Wegen Jimmy«, setzte Fritz schließlich an.

»Ja?«

»Ich glaube, er hat die Leute verpfiffen, die ihm nicht gepasst haben, und wen er mochte, den hat er nicht hingehängt. Dich mochte er. Oder haben die Bullen schon angeklopft?«

»Würden sie das denn tun? Würden sie nicht erst abwarten, bis sie genug in der Hand haben?«

Fritz zuckte die Schultern, blieb stehen und zeigte Richtung Nordosten. »Da ist das Meer. Genieß den Ausblick.«

Sie stellte sich neben ihn, folgte seinem Blick, konzentrierte sich aber auf das, was sie im Augenwinkel sah: Fritz trug einen dunkelgrünen Parka, dunkelgrüne Gummistiefel und sah aus, als würde er gleich mit Angel und Boot rausfahren. Sie trug dieselben schwarzen Klamotten wie in der Nacht und fror in dem frischen Südwind. Wahrscheinlich dachten die Leute, sie seien Vater und Tochter, die einen Wochenendspaziergang machten. Und genau danach sollte es auch aussehen, falls sich jemand an sie erinnerte, falls jemand Fotos machte, auf denen sie im Hintergrund zu sehen waren, falls Überwachungskameras sie aufschnappten.

»Wir sind also im Geschäft?«, fragte Ellie.

»Wenn du mit meinen Konditionen einverstanden bist. Die müssen wir noch aushandeln.«

»Unbedingt.«

»Vielleicht solltest du auch über ländliche Regionen nachdenken. Yorkshire zum Beispiel. In Middlesbrough haben sie den höchsten Opiatkonsum in ganz England. Und Durham ist nicht weit, die Studenten dort haben Geld.«

Sie nickte, wollte weitergehen, aber er hielt sie auf. »Nicht so schnell.«

Ellie sah ihn fragend an.

»Die Konditionen.«

»Sind sie so wie bei Jimmy? Er sagte mir, was er nimmt, sei marktüblich.«

Fritz zögerte, sah sich um, aber da waren nur vereinzelte Hundebesitzer und ein paar chinesische Touristen in ihrer

Nähe. »Na ja, die Umstände haben sich verändert. Du bist zum Hochrisikofaktor geworden. Das wird dir jeder sagen. Also, falls überhaupt noch jemand an dich verkaufen wird.«

»Entschuldigung?«

»Weißt du, mit wem du dich angelegt hast?«

»Natürlich. Mit Boyce, Thrift und Hunter.«

»Und du glaubst, die lassen dich einfach so weitermachen?«

»Sie sind in London. Du bist hier.«

»Ja, und sie haben überall ihre Leute.«

»Sie sind in London«, wiederholte Ellie. »Sie können nicht wirklich überall sein.« Ihr wurde schwindelig.

»Der gute Jimmy hat sich weit aus dem Fenster gelehnt, weil er mit dir Deals gemacht hat. Und es gibt eine Menge Typen auf den verfickten Britischen Inseln, die glauben, dass er tot ist, eben weil er mit dir Deals gemacht hat.«

Sie schwieg. Wusste, dass er recht hatte. Dass Jimmy ihretwegen tot war.

»Der Boyce-Clan hat so eine Art Kopfgeld auf dich ausgesetzt.«

»Kopfgeld?«, wiederholte sie und merkte, dass ihre Stimme etwas unsicher klang.

»Er droht jedem, der mit dir Geschäfte macht. Und ist bereit, eine Menge Geld zu zahlen, wenn dich jemand ausliefert.«

Ellie wich einen Schritt von Fritz zurück, verlor auf dem unebenen, abschüssigen Boden fast das Gleichgewicht. Fritz packte sie am Arm und zog sie zu sich. Sie löste sich von ihm, trat wieder zurück, sah aber diesmal nach, was hinter ihr war.

»Warum reden wir dann überhaupt?«, fragte sie ihn.

»Du wolltest doch mit mir reden.« Fritz wirkte amüsiert, auf eine finstere, bedrohliche Art.

»Lieferst du mich ihm aus?«

Fritz winkte ab. »Ich hab mit dem alten Boyce eine Rechnung offen. Ich kann den Kerl nicht ausstehen. Ich pisse ihm gern ins Revier, wenn ich kann.«

»Okay«, sagte sie vorsichtig.

»Aber du verstehst, dass ich ein sehr viel höheres Risiko eingehe als mit anderen Geschäftspartnern.«

»Verstanden.« Sie wusste nicht, ob sie ihm trauen konnte. Bei Jimmy hatte sie ein gutes Gefühl gehabt, von Anfang an. Von diesem Fritz bekam sie etwas, das sich wie Schüttelfrost anfühlte.

Er nannte ihr seine Bedingungen. Sie würde ihm doppelt so viel zahlen müssen wie Jimmy. Er sagte ihr, dass dies ein gutes Angebot sei. Wahrscheinlich hatte er sogar recht.

»Ich muss darüber nachdenken«, sagte Ellie und hoffte, schnell von hier fortzukommen. Und vor allem lebendig.

»Mach das. Und sorry, dass ich dir die schlechte Nachricht mit dem Kopfgeld überbracht hab. Aber einer muss dir ja sagen, wie das läuft bei euch in London.«

30

Die beiden Männer, die Leigh besucht hatten, gingen über die Straße und kauften sich in dem kleinen Laden etwas zu trinken, Zigaretten und eine neue SIM-Karte. Sie schlenderten nach Clapham Common, suchten sich im Park ein ruhiges Plätzchen und genehmigten sich eine Rauchpause. Der Jüngere mit den rötlichen Haaren hieß Paul, der etwa zehn Jahre ältere Mann Marc. Paul und Marc stammten beide aus dem Londoner Süden, waren beide in der Armee gewesen und unehrenhaft entlassen worden. Der Boyce-Clan hatte Paul vor zwei, Marc vor fünf Jahren angeworben, und alle waren zufrieden. Die beiden Ex-Soldaten waren ihrem neuen Arbeitgeber gegenüber loyal, die Bezahlung stimmte, und sie konnten ihren gelegentlichen Hang zu übertriebener Gewaltanwendung passend ausleben.

Auf der sonnigen Parkbank wechselte Paul die SIM-Karte seines Handys und rief bei Mick Boyce an, um ihm mitzuteilen, dass die Hunderttausend, die sie bei Gonzo gefunden hatten, wahrscheinlich von Teddy Gibbs stammten. Dass Gonzo eigene Geschäfte an ihnen vorbei gemacht hatte und längst nicht der loyale Mitarbeiter war, für den ihn alle gehalten hatten. Mick Boyce fluchte (leise, wegen der Kinder), und Paul konnte hören, wie er sein Haus verließ und rüber zu seinem Vater ging. Im Gehen fluchte Mick dann zunehmend lauter, und als er seinen Vater gefunden hatte, hörte Paul ihn Dinge sagen wie: »Er hat uns verarscht, wer weiß, wie lange schon« und »Soll er doch irgendwo verrotten, ist mir egal«. Dann meldete sich die Stimme vom alten Boyce.

»Gut gemacht, Paul. Und Marc«, sagte er. »Wir gehen also davon aus, dass Gonzo definitiv nicht mehr unter uns weilt?«

»Wenn, dann hätten wir ihn gefunden«, sagte Paul.

»Was soll ich sagen. Er kann froh sein, dass ihn jemand anderes erwischt hat. Hätten wir ihn in die Finger gekriegt ...«

»Absolut.« Marc, der mithörte, nickte eifrig.

»Aber wir können diesen Gibbs nicht einfach damit durchkommen lassen«, warf Paul ein. »Was wäre das denn für eine Message?«

»Natürlich nicht«, sagte der alte Boyce. »Wir sagen: Gonzo hat uns nie verarscht. Und wer sich mit unseren Leuten anlegt, kriegt es mit uns zu tun. Ganz einfach.«

Im Hintergrund war Micks Stimme undeutlich zu hören.

»Nein, nein«, murmelte Boyce. »Paul, hörst du?«

»Ja.«

»Dieser Gibbs ist nicht ganz ohne. Er hat ein paar interessante Geschäfte nebenher laufen. Reichlich Leute, die mit ihm Rechnungen offen haben. Dem wird niemand eine Träne nachweinen. Knöpft ihn euch vor. Ihr versteht mich.«

»Aber sicher.«

»Und ich hätte da noch einen anderen Auftrag für euch. Eine Frau. Ich hoffe, das geht in Ordnung?«

»Warum nicht?«, fragte Paul.

»Weil es eine Frau ist.«

Paul sah Marc an, der nur die Schultern zuckte. »Wo ist das Problem?«

Boyce seufzte. »Ich musste noch nie meine Leute bei einer Frau vorbeischicken.«

»Gleichberechtigung«, lachte Marc.

»Wahrscheinlich ist es das Alter«, sagte Boyce. Er nannte die Adresse und gab ihnen Anweisungen, was er von der Frau brauchte, wonach sie fragen und wie weit sie gehen sollten. Paul und Marc hörten aufmerksam zu. Sie machten sich keine Notizen. Sie produzierten keine unnötigen Spuren. Als das Gespräch beendet war, tranken sie die Flaschen aus, die sie in dem Kiosk gegenüber von Leigh Sorsbys Restaurant gekauft hatten, sammelten darin ihre Zigarettenkippen, steckten alles ordentlich in eine Plastiktüte und gingen durch den Park.

An der Nordseite bestellten sie sich ein E-Shuttle, die sicherste Methode, um durch London zu kommen. Anders als bei den öffentlichen Verkehrsmitteln hatten die Behörden nur mit richterlicher Genehmigung Zugriff auf die Videoüberwachung, weil es Privatfahrzeuge waren, und viele Betreiber verzichteten ganz auf Überwachung. Paul und Marc fuhren nie mit einem eigenen Wagen, das war ihnen zu unsicher. Zu Fuß ließen sich die CCTV-Kameras leichter austricksen, damit hatten sie jahrelange Erfahrung. Mit dem Auto der Verkehrsüberwachung zu entkommen, war eine ganz andere Hausnummer.

Sie fuhren auf Umwegen und mit mehrmaligem Umsteigen zu der Adresse, die der alte Boyce ihnen genannt hatte, erkundeten unauffällig die Nachbarschaft, gingen dann in angemessener Entfernung etwas essen und warteten auf die Dunkelheit, darauf, dass die Einkaufsstraßen ruhiger wurden.

Dann gingen sie zurück zu Catherine Wiltshires Haus und klingelten.

Die Anwältin wohnte in einem hübschen Reihenendhaus in der Dartmouth Park Road in Islington. Sie war zu Hause, aber sie erwartete keinen Besuch und öffnete deshalb nicht. Es klopfte und klingelte wieder, und eine Stimme rief: »Catherine, wir sind's, deine Nachbarn!« Catherine Wiltshire seufzte, verließ die Küche, wo sie sich gerade frischen Kaffee machte, um die Nacht durchzuarbeiten, und ging zur Haustür. Dort standen zwei gut gebaute, attraktive Männer, der eine um die dreißig, der andere um die vierzig, und lächelten sie freundlich an.

»Überraschung!«, rief der Ältere und trat auf sie zu, als wolle er sie umarmen. Er packte sie und schob sie in den Flur zurück. Der Jüngere rief: »Du hast es aber schön hier!« und schloss die Tür hinter sich.

Im Haus hielt man ihr den Mund zu, schleppte sie in die Küche, zwang sie auf einen Stuhl. Der Ältere hielt sie fest, der Jüngere zog die Jalousien herunter und suchte etwas, womit er sie fesseln konnte. Er ließ sich Zeit und machte seine Sache gründlich. Keiner der beiden schien nervös oder unsicher. Der Umstand, dass sie zwar Handschuhe, aber keine Masken trugen, ließ Catherine ahnen, dass sie diesen Besuch nicht überleben würde. Als sich die beiden vergewissert hatten, dass das Haus leer war und niemand von außen in die Küche schauen konnte, sagte der Ältere freundlich: »Wir sollen dir zwei Millionen Grüße übermitteln.«

31

Gute fünfundzwanzig Kilometer fast exakt südlich von Catherine Wiltshire saß Declan Boyce in der Villa seiner Eltern und betrachtete die kleine Drohne, die er für hunderttausend Pfund gekauft hatte. Ein Kurierdienst hatte sie vorbeigebracht. Der Absender hatte seine Spuren gut verwischt und ließ sich nicht ermitteln. Declan hatte es bereits versucht.

Aber er hatte jemanden gefunden, der sich mit der aktuellsten Drohnentechnologie auskannte. Dr. Pete Renders, ein Urgestein in der Drohnenentwicklung. Er hatte schon für alle großen Firmen gearbeitet und international Vorträge gehalten, war zuletzt bei einem Start-up angestellt gewesen und hatte sich vor gut zwei Jahren in den Ruhestand verabschiedet. Gelegentlich hielt er noch Vorträge, aber alles war eine Nummer kleiner geworden. Gesundheitliche Gründe, hieß es auf Renders' Homepage. Auf die Mail von Declan hatte er innerhalb von Sekunden geantwortet, und sein Beratungshonorar war so moderat, dass Declan schon Zweifel bekam.

Jetzt war er auf dem Weg zu Pete Renders, der nicht allzu weit entfernt in Bromley wohnte, um ihm die Drohne zu zeigen. Die Doppelhaushälfte in der Pinewood Road war hell erleuchtet und deutlich heruntergekommen, besonders im Vergleich zur Nachbarschaft. Der kleine Vorgarten war überwuchert, und direkt vor dem Haus gab es viel Platz zum Parken, ganz so, als würden die anderen Anwohner einen gewissen Abstand zu dem Haus wahren.

Declan stieg aus und klopfte an die Tür. Er roch die Alkoholfahne, noch bevor der Mann die Tür ganz geöffnet hatte. Renders war eine attraktive Erscheinung um die sechzig mit vollem Haar und nur leicht angegrauten Schläfen, so wie es die Fotos im Internet versprochen hatten. Er trug einen perfekt sitzenden Anzug, und seine Körperhaltung war die eines Tänzers. Declan trat ein und ließ sich ins vordere Wohnzimmer führen.

»Entschuldigen Sie die Unordnung«, sagte Renders, »ich bekomme nicht oft Besuch.«

Dabei war es längst nicht so verkommen, wie man von außen hätte erwarten können. Im Gegenteil, es wirkte sogar ausgesprochen aufgeräumt. Alles schien an seinem Platz zu liegen, Bücher, Sofakissen, die Schneekugelsammlung. Erst nach einer Weile wurde Declan klar, dass es innen ebenso verwahrlost war wie außen: Staub war bestenfalls oberflächlich gewischt, die Fenster waren fast blind vor Dreck, die Stoffe auf den Sitzmöbeln abgewetzt, teilweise von Motten zerfressen. Auch Renders' einst teurer Anzug hatte die besten Zeiten schon sehr lange hinter sich. Aber Renders trug ihn, als hätte er ihn eben erst gekauft.

Er bot Declan einen Whisky an, den er sogleich ablehnte. Renders füllte sein Glas mit einem mindestens dreifachen Scotch und nahm einen großzügigen Schluck. Er holte eine Lampe, um sich die kleine Drohne genauer ansehen zu können, und Declan bemerkte, dass seine Hände erstaunlich ruhig waren. Renders drehte das Ding interessiert in alle Richtungen, murmelte etwas wie »So siehst du jetzt also aus«, bat dann darum, es sich für einen Moment »ausborgen« zu dürfen, wie er es nannte, und verschwand in einem Raum auf der anderen Seite des Flurs. Vermutlich befand sich dort sein Arbeitszimmer.

Declan saß in dem mottenzerfressenen Sessel und starrte auf den Fußboden. Erst jetzt bemerkte er das Hundekörbchen in der Ecke. Darin lag etwas Schwarzes, das vom Fell her ein Pudel hätte sein können. Es bewegte sich nicht. Ausgestopft, dachte Declan und wollte nicht darüber nachdenken.

Er blieb gute zehn Minuten sitzen und wartete. Als er nichts von Renders hörte, stand er auf und ging im Zimmer umher. Er sah sich der Reihe nach die Schneekugeln im Regal an – Renders tat dies offenbar regelmäßig, auf ihnen lag kaum Staub. Declan erkannte das Brandenburger Tor und den Eiffelturm. In einer Kugel war ein Bär, der etwas von einem Baum fressen wollte (wenn er es richtig interpretierte), in einer anderen ein großes Gebäude, von dem er glaubte, es könnte das Kolosseum von Rom sein. Er stieß mit dem Fuß gegen das Hundekörbchen, und der ausgestopfte Pudel fing an zu bellen. Declan schrak zusammen. Der Hund kroch aus dem Körbchen und hoppelte ungelenk davon. Alt und taub, nicht ausgestopft, dachte Declan und fing an, die Buchrücken im Regal durchzulesen. Das meiste waren die typischen Klassiker, die ältere Menschen in ihren Bücherregalen hatten, um den Eindruck von gehobener Bildung zu vermitteln. Kaum eins der Bücher wies nennenswerte Gebrauchsspuren auf. Declan wanderte weiter durch das Wohnzimmer, rief dann in den Flur: »Ist alles in Ordnung, Dr. Renders?«

»Kommen Sie ruhig«, tönte es zurück.

Declan folgte der Stimme und blieb in der Tür zum Arbeitszimmer stehen. Hier war die Einrichtung etwas nüchterner, aber ebenfalls abgewetzt und staubig. Renders saß an einem großen weißen Schreibtisch, neben ihm befand sich ein Laptop, an den ein großer Monitor und eine ergonomische Tastatur angeschlossen waren. Vor dem Schreibtisch stand eigentümlicherweise ein Besucherstuhl, so als empfinge Renders hier regelmäßig Gäste, und an der Seite stand eine Chaiselongue, was Declan an das Behandlungszimmer eines Psychotherapeuten denken ließ.

Renders hatte mit feinem Werkzeug die Drohne zerlegt und betrachtete die Einzelteile mit einer Lupe. In einem Stück steckten Kabel, die mit dem Laptop verbunden waren.

»Gut gearbeitet«, sagte er, »sehr hochwertig, aber viel interessanter ist natürlich die Technik, die würde ich mir gern in Ruhe ansehen.« Er deutete auf seinen Laptop. »Wer auch immer das Ding zuletzt in der Hand hatte, hat sorgfältig die gespeicherten Daten gelöscht. Sie waren das nicht?«

Declan schüttelte den Kopf.

»Die Drohne hat eine Kamera, und es ist Platz für eine SD-Karte. Aktuell ist keine drin. Ich brauche ein wenig, um den Speicher auszulesen. Irgendetwas wird immer übersehen, oder meistens. Wie viel Zeit habe ich?«

»So viel Sie brauchen.«

Renders schien sich ehrlich zu freuen. »Das macht Spaß, wissen Sie?«

»Dr. Renders, ich wollte Sie etwas fragen.«

»Nur zu.«

»Warum nehmen Sie so wenig Honorar?«

Der Mann lachte auf. »Weil mir alles unterm Arsch weggepfändet wird. Entschuldigen Sie meine Ausdrucksweise.«

»Oh. Bräuchten Sie dann nicht gerade …«

»Nein. O nein. Ich möchte wirklich nicht, dass meine ehemalige Arbeitgeberin schneller an ihr Geld kommt.«

Declan sah ihn neugierig an.

»Wollen Sie die Geschichte hören?«

»Gern.«

»Dieses Start-up, bei dem ich zuletzt war, hatte eine Klausel im Vertrag, die besagte, dass man eine empfindliche Strafe zahlen muss, sobald man über das, woran man arbeitet, spricht. Und das galt auch für die eigenen Kollegen, können Sie sich das vorstellen? Ich durfte mich nicht mit meinen Kollegen austauschen.«

»Aber Sie haben es getan.«

»Nun, nicht absichtlich. Aber ich wurde verpfiffen, die Geschäftsführerin zerrte mich vor Gericht, seitdem bin ich pleite und muss alles, was ich nicht gerade zum Überleben brauche, an sie abdrücken, bis die Strafe vollständig beglichen ist.«

»Bitter«, sagte Declan. »Und deshalb arbeiten Sie kaum noch?«

»Nur noch, wenn ich Lust habe. Wenn es mies bezahlt ist, umso besser. Aber wissen Sie, was das Allerbeste an Ihrer kleinen Drohne ist?«

Declan sah ihn fragend an.

»Ich glaube, sie stammt aus dem Labor meiner ehemaligen Arbeitgeberin.«

»EJ Tech?«

»Ellie Johnson heißt die Dame. Ein junges Ding. Vielleicht in Ihrem Alter. Sie hatte nicht sehr viel Respekt vor meiner Art zu arbeiten. Ich glaube, sie hat eine Menge zu verbergen, sonst hätte sie nicht solche absurden Klauseln im Vertrag. Sagen Sie, woher haben Sie die Drohne?«

»Gefunden«, sagte Declan und machte sich eine mentale Notiz, nach Verbindungen zwischen Ellie Johnson und Catherine Wiltshire zu suchen.

»Na, dann sagen Sie's mir eben nicht.« Renders zuckte die Schultern. »Vom ersten Eindruck her ist dieses Teil das technisch Anspruchsvollste, was gerade auf dem Markt ist. Ich habe so etwas noch nie gesehen, aber ich bin auch seit zwei Jahren nicht mehr in die Fortschritte eingebunden. Was ich bis jetzt sehen kann, trägt aber die Handschrift von Johnsons Team. Und bevor Sie jetzt losrennen, um mit einem von denen zu reden: Die haben alle dieselben Verträge unterschrieben wie ich damals.«

»Verstehe. Wollen Sie mir verraten, was Ihrer Meinung nach bei Johnson gebaut werden sollte?«

»Nicht mit letzter Sicherheit, aber mein Verdacht war: kleine leichte Drohnen für militärische Zwecke, so wie diese hier, mit einer enormen Reichweite. Man programmiert sie, lässt sie losfliegen, und sie folgt ab einem bestimmten Punkt nur noch ihrem Programm. Man kann mit der Fernsteuerung nicht mehr eingreifen. Außerdem war sie an Mikrowellenstrahlung dran, ich nehme an, es ging darum, andere Drohnen auszuschalten. In der modernen Kriegsführung wären diese Dinger ausgesprochen wundervoll. Johnson wollte zusätzlich noch eine Art Selbstzerstörungsmechanismus einbauen, falls die Drohne vom Kurs abkommt oder abgefangen wird. Vielleicht löscht sie ihren Speicher ... Genau ... Das könnte sein ...« Er sah konzentriert auf seinen Monitor, und Declan musste sich räuspern, um seine Aufmerksamkeit zurückzuerlangen. »Entschuldigen Sie. Aber das ist wirklich spannend.«

»Kein Problem.« Declan erhob sich. »Danke, Dr. Renders. Ich freue mich darauf, bald mehr von Ihnen über die Drohne zu erfahren.«

»Sehr gern. Wofür wollen Sie sie einsetzen?«

»Bitte?«

»Ich kann sie Ihnen wieder zusammenbauen, vielleicht sogar modifizieren. Auf jeden Fall denke ich, dass wir das Schätzchen wieder zum Fliegen bringen können. Sofern Johnson nicht alles komplett geändert hat.« Er drehte sich um, öffnete einen Schrank, der voller technischem Gerät war, alles ordentlich sortiert und beschriftet. »Hier«, er deutete auf etwas, ohne es herauszunehmen. »Das ist die Fernsteuerung, mit der wir damals gearbeitet haben. Wir können es versuchen.« Er sah Declan mit hochgezogenen Augenbrauen an.

»Ich melde mich«, sagte Declan, und in seinem Kopf entstand ein ganz neuer Plan. »Ich melde mich sehr bald bei Ihnen, Dr. Renders. Herzlichen Dank.«

»Was immer ich tun kann, um Ms. Johnson zu ärgern«, sagte Renders und zwinkerte ihm gut gelaunt zu. »Dass dieser Abend noch eine so belebende Wendung nehmen würde, hätte ich nicht gedacht.«

Declan verabschiedete sich, stolperte fast über den tauben Pudel, der durch den Flur schlich, und setzte sich in seinen Wagen. Er suchte mit dem Smartphone alle Informationen über Ellie Johnson und ihre Firma heraus, die es online gab. Dann startete er den Wagen und dachte auf der Fahrt zurück zum Lloyd Park darüber nach, was man alles anstellen konnte, wenn man erst einmal eine solche Drohne besaß.

32

Die Landung war nie sanft, und manchmal fühlte sie sich wie nach einem Flug bei Orkanstärke mit zu vielen Luftlöchern und einer Vollbremsung auf einer zu kurzen Landebahn. Mo dämmerte den ganzen Samstag vor sich hin, fühlte sich elend, hatte Kopf- und Gliederschmerzen, wollte sterben. Dunkel erinnerte sie sich, dass sie mittags noch bei Ellie angerufen hatte, um ihr den Treffpunkt durchzugeben. Sie fragte sich, wie sie die Energie dazu hatte aufbringen können. Bezweifelte sogar, es wirklich getan zu haben, es musste ein Traum gewesen sein oder eine Wunschvorstellung.

Mo erinnerte sich kaum daran, wie sie zurück ins Hotel gekommen war, wusste aber noch, dass sie den alten Trick aus Unizeiten angewandt hatte: Immer die Adresse für den Taxifahrer parat haben, falls man zu dicht ist, um sich noch an irgendwas zu erinnern. Damals hatten sie T-Shirts vom Wohnheim gehabt, manche Kommilitonen hatten sich Adresskärtchen um den Hals gehängt, Mo schrieb sich die Adresse gern mit Kugelschreiber auf den Unterarm. Taxifahrer in Studentenstädten waren einiges gewöhnt.

Diesmal schrieb sich Mo nicht nur den Hotelnamen auf den Arm, sie steckte auch ein Visitenkärtchen in die Jackentasche. Und noch eins in die Hosentasche. Und dann nahm sie noch einen Kugelschreiber mit, auf dem der Name des Hotels stand. Die Schlüsselkarte hatte sie an der Rezeption gelassen. Sie hatte Angst gehabt, sie zu verlieren.

In der Opiumhöhle hatte sie sich umgehört. Es waren viele Leute von früher dort gewesen. Für Mo waren die zwei Jahre eine lange Zeit gewesen, in der viel passiert war. Für die anderen offensichtlich nicht. Mo gehörte sofort wieder dazu. War Teil der Gemeinschaft, der Familie. Teil derer, die vor allem eins wollten: das große Nichts.

Nach und nach fragte sie sich zu dem Mann durch, der sich Fritz nannte, und weil man sie kannte und ihr vertraute, drang die Nachricht bis zu Fritz vor. Er tauchte nach Mitternacht auf, sie erzählte von Ellie, und er ließ sie erzählen und hörte zu und nickte und sagte wenig. Mo wusste nicht, erfuhr erst viel später, dass er über Ellie informiert war, weil Jimmy Macfarlane mit ihm über sie gesprochen hatte. Fritz ging es nur darum herauszufinden, ob Mo echt war, und er merkte, dass sie es war. Also sagte er ihr, wann er Ellie wo treffen würde, und Mo schrieb es sich mit dem Kugelschreiber, den sie aus dem Hotel mitgenommen hatte, auf den linken Unterschenkel. Die Wahrscheinlichkeit, dass ein Taxifahrer dort nach ihrer Adresse suchen würde, wenn sie später nicht mehr in der Lage war, sich zu artikulieren, war eher gering. Fritz grinste, als er sah, was sie tat, dann verschwand er, sie wusste nicht wohin, und es war ihr auch egal. Sie rauchte die nächste Pfeife und wusste noch, dass Amy irgendwann neben ihr lag. Amy hatte Medizin studiert, und sie kannten sich aus irgendeinem Cowgate-Club, aber danach waren nur noch gedehnte Zeit und wohlige Wärme und herrliches Nichts.

Wenn nur die Landung nicht wäre, es gäbe nichts Schöneres in diesem Leben.

Die Landung und das Verlangen, unbedingt weiterzumachen. Mo wälzte sich in ihrem Hotelbett, hasste sich für das, was sie gestern getan hatte, wollte es sofort wieder tun. Die Schmerzen würden weggehen, wenn sie rauchte. Der Wunsch zu sterben würde weggehen. Die Erinnerung an die Frau, die sie damals ohne ein Wort verlassen hatte, würde sich auflösen. Die bleierne Schwere würde sich in stille Ekstase verwandeln. Wie gut, dass sie keine Energie hatte, das Bett zu verlassen, aber vielleicht hätte sie diese in zehn Minuten, vielleicht würde sie dann nicht mehr schlafen können, und dann musste sie mit ihrer eisernen Disziplin dagegenhalten. Sie hielt die Augen fest geschlossen, umklammerte ihr Kissen mit beiden Armen und hoffte auf Schlaf.

Als sie wieder zu sich kam, öffnete sie gerade ihre Zimmertür und ließ Ellie herein.

»Danke«, sagte Ellie, und als sie nicht verstand, worum es ging: »Dass du das Treffen mit Fritz organisiert hast.«

Mo nickte, deutete auf die Badezimmertür und murmelte: »Gleich wieder da.« Sie stellte sich unter die Dusche, und als sie fertig war, zog sie den Bademantel vom Hotel über.

Als sie aus dem Bad kam, war Ellie immer noch da. Sie hielt ihr eine Tüte hin (frische Sachen zum Anziehen und eine Zahnbürste), und Mo verschwand wieder im Bad, um sich die Zähne zu putzen und sich anzuziehen.

Danach erwartete Ellie offenbar, dass sie gemeinsam irgendwo etwas aßen, aber Mo war nicht nach Essen. Sie sollte trotzdem mitkommen.

Bei irgendeinem Chinesen stocherte Mo mit ihren Stäbchen in dem Gericht herum, das Ellie für sie bestellt hatte, und versuchte, sich zu konzentrieren. Ellie sprach darüber, dass sie die Drohnen für höhere Windstärken aufrüsten wollte, sie erzählte irgendwas von Yorkshire und dass sie auf dem Rückweg dort Station machen könnten, und irgendwann war Ellie still, weil sie wohl merkte, dass bei Mo nicht besonders viel ankam.

Sie gingen zurück zum Hotel, und Ellie sagte: »Danke.«

Mo sah sie nur an.

»Für deinen Einsatz.«

Mo nickte.

»War es … Hast du mehr, äh, konsumiert als sonst?«

Mo nickte. Ellie ging schweigend neben ihr her.

Dann, kurz vor dem Hotel: »Kann ich irgendwas für dich tun?«

»Ich muss schlafen.«

»Ah. Okay. Ich meinte eigentlich, soll ich was – brauchst du was aus der Apotheke, oder …«

»Nein.«

»Ich weiß ja nicht, wie du sonst …«

»Es ist okay.« Sie gingen ins Hotel, nahmen den Aufzug, und Mo ging in ihr Zimmer, ließ Ellie auf dem Flur stehen, ohne Gute Nacht zu sagen. Sie fiel aufs Bett, zog sich die Schuhe aus, hoffte darauf, schlafen zu können. Morgen würde es ihr besser gehen, sie kannte das schon. Sie musste es nur schaffen, ohne Hilfe von irgendwelchen Substanzen einzuschlafen.

Was, wenn nicht?

Dann würde sie so lange durch die Straßen laufen, bis sie zu kaputt war, um etwas anderes zu tun als zu schlafen.

Im Moment war ihr vor allem schlecht, immer noch, es schien länger zu dauern als sonst, und sie hatte immer noch

Kopfschmerzen. Erst jetzt fiel ihr ein, dass Ellie Schrammen im Gesicht gehabt hatte. Mo setzte sich auf und wählte Ellies Zimmernummer auf dem Hoteltelefon.

»Was ist mit deinem Gesicht passiert?«

»Geht's dir besser?«

»Entschuldige. Was ist passiert?«

»Fritz hat ein paar Leute beauftragt herauszufinden, ob ich wirklich ich bin. Sie haben etwas fester geschubst, als sie sollten.«

»O Scheiße.«

»Tja. Ich hoffe nur, er ist nicht auch ein Spitzel, wie Jimmy.«

»Ich hab mich umgehört, ich kenne die Leute hier. Die fanden ihn alle okay.«

»Danke, Mo. Kann ich dir was bringen? Tee? Irgendwas?«

»Es geht vorbei. Es dauert nur noch ein bisschen.«

»Wenn was ist ...«

»... melde ich mich.«

Sie legte auf, nahm ihr Smartphone und startete einen Film, irgendeinen, von dem sie hoffte, dass sie dabei einschlafen würde. Es funktionierte sogar. Er war langweilig genug. Mo hatte Albträume von steilen Treppen, die nicht aufhörten, von tiefen Schluchten und Brücken, die einfach endeten, bevor sie die andere Seite erreicht hatte.

Sie wurde wach, als das Zimmertelefon klingelte.

Mo dachte erst, es sei eine Störung in der Leitung. Dann verstand sie, dass Ellie weinte.

»Was ist passiert?«

Ellie schien kein Wort herauszubekommen.

»Soll ich rüberkommen?«

Sie glaubte, Protestlaute auszumachen, und wartete lieber noch einen Moment ab.

»Ellie? Ich kann rüberkommen. Ich habe tief geschlafen, es geht mir gut.« Mo sah auf die Uhr. Es war halb sieben Uhr morgens. Am anderen Ende der Leitung hörte das Schluchzen nicht auf. Sie glaubte, so etwas wie »Eilmeldung« herauszuhören, und sah auf ihr Smartphone. Dann verstand sie.

»Ich komm jetzt rüber«, sagte sie, so ruhig sie konnte, und legte auf. Sie zog sich die Schuhe an, nahm die Schlüsselkarte und ging über den Flur zu Ellies Zimmer, um mit ihr zusammen in einen tiefen, dunkeln Abgrund zu schauen, der sie sich wünschen ließ, sie würde weiter durch ihre eigenen Albträume irren.

33

Die Drohne, die Declan von Keira bekommen hatte, war zwar nicht dieselbe, mit der die Aufnahmen von Gesundheitsminister Robert Gardner gemacht worden waren. Aber sie war baugleich, identisch, und wenn man so wollte, war sie (stellvertretend für alle baugleichen Drohnen aus Ellies Flotte) bereits für den Tod eines Menschen verantwortlich, noch bevor Declan sie in die Finger bekam und zu einer tödlichen Waffe umrüsten lassen konnte.

Die Eilmeldung, die an diesem Sonntagmorgen innerhalb weniger Sekunden aus den Londoner Pressebüros ins ganze Land übertragen wurde, lautete:

Selbstmord: Strategin der Anti-Druxit-Kampagne tot

Catherine Wiltshire war in den frühen Morgenstunden tot in ihrem Haus aufgefunden worden. Eine Mitarbeiterin aus der Anwaltskanzlei, Janet Mills, hatte die Polizei informiert, weil sie nachts eine Art Abschiedsmail erhalten hatte. Wiltshire lag in ihrem Bett, als die Polizei sich Zutritt zum Haus verschaffte, und schien eine Überdosis Morphium genommen zu haben. Keine Zeichen für Fremdeinwirkung, aber natürlich würde es eine Untersuchung geben. In der Abschiedsmail, die nach kürzester Zeit den einschlägigen Boulevardmedien vorlag, schrieb sie:

Ich halte den Druck der Kampagne nicht mehr aus. Die letzte Umfrage war eine Katastrophe und hat unser

Scheitern besiegelt. Der Stress der letzten Monate ist mir über den Kopf gewachsen. Ich habe mich und meine Fähigkeiten falsch eingeschätzt und viele unverzeihliche Fehler begangen. Damit kann ich nicht länger leben. Ich möchte mich bei allen Menschen entschuldigen, denen ich Schaden zugefügt habe.

Nun wurde spekuliert, was sie damit gemeint hatte: Schaden zugefügt. Unverzeihliche Fehler. Welche Geheimnisse steckten wohl dahinter?

Im Netz fanden sich Interviews mit Catherine Wiltshires Weggefährten oder solchen, die man kurzerhand dazu machte, um jemanden vor der Kamera oder am Mikrofon zu haben. Sie alle sagten, wie erschüttert und überrascht sie waren. Sie alle behaupteten, Wiltshire sei gar nicht der Typ dazu gewesen, sondern eine unerschrockene Kämpferin. Sie alle lenkten sofort ein, dass der Stress sicherlich zu hoch war und eine solche Kampagne extrem harte Arbeit, die jeden Menschen im Übermaß belastet hätte. (Ganz so, als sei sie die Einzige gewesen, die an der Kampagne mitgearbeitet hatte, und als sei die Kampagne bereits vorbei.)

Frisch ernannte Experten, die auf den Nachrichtenseiten in Erscheinung traten, erklärten selbstbewusst, dass dies ein empfindlicher Rückschlag (ein weiterer!) für die Anti-Druxit-Kampagne sei, wenn nicht sogar ihr Aus. Eine Regierungssprecherin hinterließ bedauernde Worte und nannte die tote Anwältin eine »großartige Person« und »beeindruckende Gegnerin und Kämpferin«. Sie verkniff es sich nicht, darauf hinzuweisen, dass der unkontrollierte Gebrauch von illegalen Substanzen fast immer tragische Konsequenzen habe, und vergaß dabei ganz, dass Wiltshire an einem Medikament verstorben war, das es, wenn auch nicht zwingend einfach, aber ganz legal auf Rezept gab.

Möglicherweise fragten sich manche, warum ausgerechnet Janet Mills die Abschiedsmail bekommen hatte. Janet arbeitete noch nicht lange in der Kanzlei, und sie hatte auch nie privat mit Catherine zu tun gehabt. Das hinderte sie nicht daran zu behaupten, Catherine und sie seien sich im Laufe der Kampagne, besonders aber in den vergangenen Wochen, nähergekommen. Oft sei sie nach ihrer Meinung gefragt worden, und Catherine hätte ihr deutlich zu verstehen gegeben, dass sie, Janet, zu ihren engsten Vertrauten zählte. Zu diesem Zeitpunkt standen diejenigen, die Catherine wirklich gut gekannt hatten, noch zu sehr unter Schock, um Janets spontan entdeckter Affinität zum Rampenlicht entgegenzuwirken.

Leigh Sorsby war schon früh wach, früher als üblich, weil er früher als üblich schlafen gegangen war. Der Besuch der beiden Kollegen des Mannes, der unter seinem Fußboden lag, hatte ihn schwer erschüttert zurückgelassen. Der Rest der zweiten Flasche Wein war nötig gewesen, um sich halbwegs zu beruhigen, und anschließend war er eingeschlafen. Oder vielmehr: bewusstlos geworden.

Was er am Sonntagmorgen über Catherine Wiltshire las, verschlimmerte seine düstere Stimmung noch. Er erinnerte sich daran, wie sie manchmal mit Ellie zum Essen bei ihm gewesen war. Sie war nie allein oder mit anderen Leuten gekommen, dazu wohnte sie zu weit weg, das hatte sie ihm selbst erzählt.

»Islington, leider, sonst wäre ich jede Woche hier, mindestens!«, hatte sie gesagt.

Eine nette Frau, warmherzig und humorvoll. Bei ihr wusste man, woran man war. Er hatte sie gemocht. Ellie war eng mit ihr befreundet gewesen. Er überlegte, ob er Ellie anrufen sollte.

Er las die Spekulationen über die Zukunft der Kampagne und den Ausgang des Referendums. Er wusste, wie Ellie dazu stand. Sie hatten manchmal darüber geredet: ob Eddie noch leben würde, wenn die Drogenpolitik eine andere wäre. Wenn die Gesellschaft anders über Drogen denken würde. Er beschloss, sich später bei Ellie zu melden. Vielleicht schlief sie noch. Leigh wollte nicht derjenige sein, der sie mit dieser grausamen Nachricht weckte.

Nach der zweiten Tasse Kaffee fiel ihm langsam ein, was er mit den beiden Männern geredet hatte, und ihm wurde übel. Sein alkoholisierter Zustand mochte eine Erklärung dafür sein, dass er sie auf Gibbs' Fährte geschickt hatte, aber keine Entschuldigung, und er musste sich jetzt unbedingt etwas einfallen lassen, um Schlimmeres zu verhindern. Schließlich war er es, der diese Katastrophe ausgelöst hatte: Er hatte Gonzo umgebracht, und ein paar Tage später war ein Drogenschmuggler (ein Polizeispitzel!) im Hafen getötet worden. Das konnte kein Zufall sein.

Leigh zog sich an, setzte sich ins Auto und fuhr los. Es war nicht sehr weit bis zu Gibbs' Burgerladen, aber er hatte nicht die Geduld, zu Fuß zu gehen. Er stellte den Wagen auf dem leeren Gästeparkplatz ab, ging um das Gebäude herum und klopfte an die Hintertür, wo Gibbs der Briefkastenbeschriftung nach zu urteilen seine Wohnräume hatte. Er erwartete nicht, dass ihm sofort geöffnet wurde. Er ging davon aus, dass Gibbs noch schlief. Für einen Gastronomen war es viel zu früh.

Leigh hatte sein Smartphone schon in der Hand, um ihn aus dem Bett zu klingeln, dann fiel ihm ein, dass er die Handynummer von Teddy Gibbs gar nicht kannte. Er trommelte wieder gegen die Tür und rief seinen Namen. Nichts rührte sich. Leigh ging zurück zu seinem Wagen, wühlte im Handschuhfach nach einem Zettel, fand immerhin einen Stift, und als er kurz durch das Seitenfenster aufsah, bemerkte er, dass mit einer der Mülltonnen etwas nicht stimmte. Sie war nicht richtig geschlossen, und aus dem offenen Spalt ragte etwas hervor, das aussah wie ein Schuh. Wie ein hellblauer Sneaker.

Leigh stieg aus und ging zu den Mülltonnen. Er sah die Blutflecke auf dem Boden, hoffte noch, dass es etwas anderes oder wenigstens kein menschliches Blut war, und als er den Deckel anhob, stieß er unwillkürlich einen Schrei aus und taumelte zurück. Der Deckel fiel wieder runter. Leigh atmete tief durch, biss sich auf die Zunge, trat wieder an die Mülltonne und öffnete sie erneut.

Gibbs war in die Tonne geworfen worden, er hatte die Augen offen, auch den Mund, und an seinem Hals klaffte eine riesige Schnittwunde. Leigh dachte an das Messer, das der Schwarzhaarige aus seiner Küche geholt und zum Abschied in den Sessel gerammt hatte. Er sah, dass in Gibbs' Bauch ein Fleischmesser steckte, es ähnelte dem, das er selbst besaß, vielleicht war es sogar dieselbe Marke.

Leigh musste sich übergeben. Er hielt sich am Mülltonnenrand fest, kotzte auf den Boden. Es war nicht viel, er hatte nur Kaffee getrunken. Dann ging er zurück zu seinem Wagen, setzte sich hinein, machte die Augen zu, atmete so lange tief ein und aus, bis sich sein Magen beruhigt hatte, und rief die Polizei.

Er sollte vor Ort bleiben, bis jemand eintraf, und er blieb auch sitzen, bis die zuständigen Detectives kamen und ihm Fragen stellten. Warum er hergekommen war, wie gut er den Toten gekannt hatte, ob er einen Verdacht habe. Nun war Teddy Gibbs ohnehin polizeibekannt, und Leigh musste sich nicht einmal etwas Besonderes ausdenken. Er erklärte, Gibbs sei ein alter Freund seiner Eltern gewesen, man kenne sich, wie sich Gastronomen untereinander eben kannten, und vor ein paar Tagen sei Gibbs aufgetaucht, um sich Geld von Leigh zu leihen, weil er in Schwierigkeiten steckte. Nein, er hatte keine Ahnung, was das für Schwierigkeiten waren, und nein, er hatte ihm auch kein Geld geliehen, er kannte den Ruf dieses Mannes und wollte damit nichts zu tun haben. Heute Morgen war er vorbeigekommen, weil er ihm hatte anbieten wollen, den Laden zu übernehmen, Leigh dachte schon seit Längerem darüber nach, zu expandieren, aber es war nur eine lose Idee gewesen, und bei dieser Gelegenheit hatte er Gibbs gefunden.

Seine Geschichte war wackelig. Sie hatte Löcher, die er stopfen musste, und er würde sich genau merken müssen, welche Lügen er den Detectives erzählte, um nicht durcheinanderzukommen. Lügen erforderte viel Konzentration, und nach den letzten beiden Nächten war es damit nicht besonders weit her. Die Detectives würden ihn bestimmt in den nächsten Tagen immer wieder fragen, warum er ausgerechnet an diesem Sonntagmorgen zu Gibbs gefahren war, und dann noch so früh. Man würde ihn vielleicht sogar vor Gericht aussagen lassen. Er würde seine Geschichte ausschmücken müssen, in etwa: »Ich war am Wochenende etwas krank und hatte Zeit nachzudenken, da kam mir die Idee mit der Expansion. Er brauchte Geld, ich will mich vergrößern, das schien mir perfekt. Warum ich so früh da war? Mich hat die Idee nicht losgelassen. Ich bin manchmal impulsiv. Und irgendwie tat er mir leid.« Das klang halbwegs überzeugend. Er überlegte, ob er sich damit widersprach, ging alles noch mal durch. Die Detectives ließen ihn schließlich gehen, ohne dass er seinen sorgsam vorbereiteten Text aufsagen musste, aber sicherlich würden sie sich wieder melden. Erleichtert fuhr er zu seinem Restaurant. Als er ankam, war es kurz nach Mittag, und er merkte, dass er großen Hunger hatte.

Wenn Gibbs tot war und die beiden Typen dahintersteckten, die nach Gonzo gesucht hatten, hieß das: Sie glaubten, dass er Gonzo umgebracht hatte. Leigh musste sich keine Sorgen mehr machen. Selbst wenn die Polizei auf die Sache mit Gonzo kommen würde, sie würden denselben Schluss ziehen wie diese beiden Männer: Gonzo hatte Gibbs erpresst. Gibbs hatte sich Geld leihen wollen und nicht genug zusammenbekommen. Er hatte Gonzo umgebracht. Gonzos Auftraggeber hatten das herausgefunden und sich an Gibbs gerächt. Eine saubere Sache. Da blieben keine Fragen offen.

»Bist du wieder gesund?« George kam in die Küche.

»Es geht mir schon viel besser. Ich habe Hunger.«

»Das ist immer ein gutes Zeichen. Wo warst du denn gerade?«

»Bei Gibbs«, sagte Leigh und sah in den Kühlschrank, nahm sich einen Teller mit Rindercarpaccio und schnitt sich Weißbrot auf.

»Bei Gibbs? Seid ihr jetzt dicke Freunde?« George sah ihm misstrauisch bei seiner Jagd nach Essen zu.

»Leider nein«, antwortete Leigh. »Er wurde offenbar ermordet.«

»Scheiße!«, sagte George und schüttelte den Kopf.

»Tja.«

»Wer macht denn so was?«

»Keine Ahnung. Hat sich wohl mit den falschen Leuten eingelassen.«

»Was für eine Scheiße.« Aber George schien nicht allzu tief berührt, und nachdem Leigh ihm ein wenig über sein morgendliches Abenteuer erzählt hatte, erklärte er, dass er noch einiges im Lager aufräumen wollte.

Und Leigh fiel ein, dass es in der hübschen Gleichung, die er sich ausgedacht hatte, doch eine offene Frage gab: die nach Gonzos Leiche.

34

Dabei war es mittlerweile fast egal, wo sich Gonzos Leiche befand. Jimmy Macfarlane war tot. Catherine Wiltshire war tot. Nichts davon wäre geschehen, wenn Gonzo noch leben würde. Aber das wusste Ellie nicht. Sie hatte noch nie von Gonzo gehört und war ihm nie begegnet. Sie saß nun mit Mo in Portobello am Strand. Mo hatte sie überreden können, mit ihr zu Fuß dorthin zu gehen. Mo wusste, dass Bewegung das Einzige war, was in solchen Momenten half, wenn Drogen keine Option waren. Ellie hatte still geweint und vor Wut gezittert. Unterwegs hatte sie gegen Mülleimer und Laternenpfosten getreten, und Mo war jedes Mal zur Stelle gewesen, um sie festzuhalten und zu beruhigen. Schnell weitergehen, die Aufmerksamkeit der anderen weiterziehen lassen.

Der Blick aufs Wasser schien Ellie zu beruhigen, oder es war wirklich die Bewegung, die geholfen hatte. Sie saß dort, schwieg, dachte nach. Fritz hatte ihr gesagt, dass man ein Kopfgeld auf sie ausgesetzt hatte. Mittlerweile glaubte sie, dass Macfarlane gestorben war, weil er sie nicht hatte verraten wollen. Sie glaubte auch, dass Catherine gestorben war, weil man eigentlich an sie heranwollte. Sie fühlte sich für den Tod zweier Menschen verantwortlich, und dann war da noch ein weiterer Toter, ihr Bruder, über dessen Tod sie nicht hinwegkam. Wie viel Schuld hielt ein Mensch aus? Der Schmerz, der seit dem Tag, an dem Eddie gestorben war, in ihr wohnte, quälte sie schon zu lange. Sie hatte versucht, ihn zu kompensieren, indem sie fast wissenschaftlich an die Sache herangegangen war. Sie hatte sich in Aktionismus gestürzt und war sogar zur Drogenhändlerin geworden.

Jetzt würde sie einen Schritt weitergehen. An die Öffentlichkeit. Mit dem Material, das sie hatte. Das Liefersystem, das sie akribisch aufgebaut hatte, würde sie dadurch zerstören, niemand würde mehr etwas über ihre App kaufen. Aber Catherine hätte ihre Rache. Die ganze Kampagne hätte ihre Rache.

Sie sagte Mo, dass Catherine ermordet worden war. Dass sie versucht hatte, jemanden zu erpressen, und dass diese Erpressung ihr zum Verhängnis geworden war. Sie erzählte Mo alles, ihre ganzen Geheimnisse. Ellie brauchte eine neue Vertraute.

Mo nahm ihr Geständnis überraschend gelassen auf. Gelassen und pragmatisch.

»Von wem hast du Aufnahmen?«, fragte Mo.

»Das ist eine lange Liste.«

»Aber wer davon ist relevant für das Druxit-Referendum?«

»Das meinte ich. Die Liste ist lang.«

»Wir sollten es tun.«

»Wir?«

»Ich bin dabei. Ich bin sowieso schon dabei. Außerdem kann ich dir helfen.«

»Wie?«

»Wir brauchen etwas wie WikiLeaks in klein. Einen Server, den man nicht ausfindig machen kann, über den wir die Dateien hochladen. Wir müssen das Material aufbereiten.

Wir müssen dazu etwas schreiben. Die Bilder allein bringen nichts. Namen, Daten, Orte. Was sie gekauft haben und wie viel. Wenn du an die Öffentlichkeit gehst, dann mit allen Informationen. Also fast allen.«

»Was ist mit den Leuten, die für mich arbeiten?«, fragte Ellie. »Was sag ich denen? Die verlieren jetzt ihr Einkommen.«

»Illegales, steuerfreies Geld. Damit mussten sie jeden Tag rechnen. Mein Mitleid hält sich in Grenzen. Aber sag ihnen die Wahrheit.«

»Die Wahrheit.«

»Nun. Gib ihnen das Gefühl, dass du mit offenen Karten spielst. Dass du ihnen vertraust und deshalb ehrlich zu ihnen bist. Klingt das besser?«

»Was soll ich tun?«

»Du schreibst etwas in der Art wie: Wir wussten alle, dass es nicht ewig so weitergehen konnte. Aber dass es so schnell zu Ende gehen würde, erschüttert mich sehr. Der Mord an Catherine Wiltshire ist ein deutliches Zeichen, das mir galt. Wir alle glauben an dieselbe Sache, und im Sinne dieser Sache muss ich diesen Schritt gehen, auch wenn er bedeutet, dass unsere bisherigen Geschäfte ... und so weiter.«

»Du musst das für mich schreiben.«

»Ich habe schon gesagt, dass ich dir helfen werde.«

Ellie sah Mo lange an, diese junge kluge Frau, die so makellos schön, so kühl und unnahbar war, als hätte sie einen unsichtbaren Schutzwall um sich errichtet. Nur wenige Jahre trennten die beiden altersmäßig, und zugleich schienen sie aus unterschiedlichen Welten zu kommen. Ellie, Südlondoner Arbeiterklasse, hatte sich mühsam hochgearbeitet und war nun Mos Chefin. Mo, in der gehobenen Mittelschicht der Home Counties groß geworden, hatte einen scharfen Verstand und eine hohe Intelligenz, aber sie zeigte nicht denselben bedingungslosen Ehrgeiz, der Ellie antrieb. Mo nahm Drogen, um sich zu betäuben, Ellie arbeitete bis zur Erschöpfung, ebenfalls um sich zu betäuben. Mo musste sich mit eiserner Selbstdisziplin im Zaum halten, um nicht abzugleiten. Ellie verspürte erst gar kein Verlangen, die Kontrolle auch nur für eine Sekunde abzugeben.

»Warum hast du auf alles eine Antwort?«, fragte Ellie.

»Weil ich logisch denke«, sagte Mo schlicht.

Ellie lächelte, trotz allem. Dann fragte sie ernst: »Weißt du wirklich, worauf du dich einlässt?«

»Du hast es mir deutlich gesagt.«

Aber Ellie fühlte sich nicht wohl bei der Vorstellung, einen Menschen in den Schlamassel, zu dem ihr Leben geworden war, hineinzuziehen. Sie fühlte sich schlecht, weil Mo recht hatte: Sie hatte sie längst Teil dieser Sache werden lassen, ohne sie wirklich darauf vorzubereiten. Aber Ellie war selbst kaum vorbereitet gewesen. Es war zu spät, Mo war eingeweiht, und Ellie hatte die Verantwortung für sie. Wie für eine kleine Schwester. Wie für einen Bruder.

»Lass es mich dir noch deutlicher sagen. Wenn wir die Videos leaken …« Sie hatte keine Ahnung, wie sie es formulieren sollte, ohne entsetzlich kitschig zu klingen.

»Wer ist dabei, außer dem Gesundheitsminister?«

»Alex Laurin, der Sohn des Generaldirektors des MI5.«

Mo schnaufte. »Überprüfen die ihre eigenen Leute nicht richtig?«

»Dinge geschehen. Kinder werden älter.«

»Er wird zurücktreten müssen.«

»Nicht nur er.«

»Wer ist noch dabei?«

»Ein paar Mitglieder des House of Commons sind betroffen, weil deren Mitarbeiter oder Familienangehörige bestellt haben. Nicht so namhaft wie Robert Gardner, aber viele Druxit-Unterstützer sind darunter. Außerdem ein Richter vom High Court of Justice. Zwei, drei Kronanwälte. Oh, der Ehemann der Bürgermeisterin.«

»Ach.«

»Tja.« Ellie lächelte schwach. »Es war schon ein sehr gutes Geschäftsmodell, das ich da hatte.«

»Auf jeden Fall.«

»Ich frage mich, was ich danach mache.«

Mo zuckte die Schultern. »Du suchst dir was Neues. Du scheinst eine Nase für gute Ideen zu haben.«

»Nur, wenn mich die richtigen Dinge antreiben.«

»Man darf nichts zu dir zurückverfolgen können«, sagte Mo. »Die Drohnen solltest du vorher einsammeln.«

»Das dauert zu lange.«

»Wenn sie in die falschen Hände geraten, ist es nur eine Frage der Zeit, bis irgendjemand herausfindet, dass du sie hast bauen lassen. Scotland Yard, der MI5, sie finden solche Dinge heraus.«

»Sagte ich schon, dass einige meiner Kunden für die Metropolitan Police arbeiten? Vom Police Constable bis zum Deputy Assistant Commissioner sind alle Ränge dabei. Höher ging es leider noch nicht.«

»Die höheren Ränge sind wahrscheinlich zu alt, um zu wissen, was dieses Internet so alles kann.«

Die beiden Frauen lachten, wenn auch etwas freudlos.

»Ellie, du musst jetzt allen schreiben und sie bitten, die Drohnen an dich zurückzuschicken. Sofort. Per Eilkurier an einen Paketannahmeservice, der sich anonym anheuern lässt. Von dort lässt du die Pakete in ein Lager bringen. Und wenn du die Nachricht bekommst, dass alle ihr Paket geschickt haben, lädst du die Videos hoch.«

Ellie nickte. »Ich glaube, wir haben einen Plan.«

Mo streckte ihr die Hand entgegen. »An die Arbeit.«

Ellie schlug ein.

Sie nahmen ein Taxi zurück zum Hotel und organisierten mithilfe falscher Identitäten und über anonyme Browser einen Dienst, der sich um die Pakete kümmern würde. Sie verschickten die verschlüsselten Mails an Ellies fünfzehn Mitarbeiter mit der Bitte, die Drohnen an die Adresse des Paketannahmeservice zu schicken. Die Ware, die sie noch hatten, konnten sie behalten, und außerdem versprach Ellie jedem noch eine Abschlusszahlung, sobald die Drohnen angekommen waren. Ellie weinte fast, weil das Ende von Cavendish nun besiegelt war.

Mo nahm sie in den Arm und sagte: »Du vergisst, dass es jetzt erst richtig losgeht. Wenn du die nächste Schlacht gewinnst, ist vielleicht der ganze Krieg gewonnen.«

»Du meinst das Referendum?«

»Du weißt, dass ich recht habe.«

»Mo, das hier ist deine Stadt. Wir brauchen einen leistungsstärkeren Rechner als unsere Smartphones. Sichere Verbindungen, um an die Daten auf meinem Rechner in London zu kommen. Einen Server, auf den wir alles hochladen können.«

Mo nickte. »Ich kümmere mich darum.«

»Und wir können nicht im Hotel bleiben. Wir müssen irgendwo untertauchen.«

»Wir sind nirgendwo sicherer als in einer Touristenabsteige. Hier sind wir registriert und wissen, welche Daten sie von uns sammeln. Woanders? Da kannst du dir nicht sicher sein, ob die Wohnung vielleicht überprüft wird. Wir bleiben hier. Du weißt, wie du anonym ins Netz gehst, egal von wo aus. Das reicht. Ich besorge die Hardware und was wir sonst noch brauchen.«

»Sorry. Ich bin nervös.«

»Sind wir alle.« Sie lächelte und verschwand aus Ellies Zimmer.

Wieder musste sich Ellie auf Mo verlassen. Wieder wusste sie nicht, wohin sie ging, mit wem sie sprach, wann sie zurückkommen würde. Sie wusste nicht mal, ob es nicht doch ein Fehler gewesen war, sie in alles einzuweihen. Zwei Jahre lang arbeitete sie mit ihr zusammen, aber sie wusste so wenig über sie. Natürlich hatte sie alles Mögliche recherchiert: Mos Lebenslauf, ihre Social Media-Aktivitäten, die ihrer Freunde, Bekannten und Verwandten, sie hatte sogar ihre Telefonverbindungen und ihren Mailaccount gehackt und überprüft. Sie hatte Mo eine Weile von einem Privatdetektiv beschatten lassen. Die übliche Prozedur, wenn sie jemanden einstellte.

Aber Daten waren eine Sache. Die Realität, das wusste sie von sich selbst am besten, eine ganz andere.

35

Mit Realität hatte Politik nicht viel zu tun. Eher damit, wie sich die Dinge anfühlten. Und um Dinge fühlbar zu machen, waren Bilder nötig. Bilder schafften es, große Gefühle zu erzeugen. Sie konnten Wahlen beeinflussen und Kriege auslösen.

So wie an diesem Montagmorgen.

Die etwa hundert Demonstranten in Brixton, die ihre Plakate und Spruchbänder gegen den Bau von Luxuswohnungen hochhielten, wurden mit bisher nicht gekannter Brutalität von geschätzten fünfhundert Rotweißblauen überrannt. Es war im Grunde nur ein Stellvertreterkrieg, aber das half denjenigen nicht, die von den Knüppeln, Fäusten und Messern überrascht wurden. Ein paar wenige schafften es zu fliehen. Zweiundsiebzig kamen mit teils schweren Verletzungen in die umliegenden Krankenhäuser. Drei starben noch vor Ort.

Die Polizei griff erst ein, als es zu spät war. Hinterher würde sich herausstellen, dass es Kompetenzunsicherheiten bei der Einsatzleitung gegeben hatte. Von personellen Unklarheiten war die Rede, weil sich niemand sicher war, ob gewisse Personen nach der Veröffentlichung gewisser Informationen im Internet noch ihren Dienst versehen durften oder nicht. Ersatz zu finden gestaltete sich in der ganzen Aufregung schwierig, zumal sich das Problem durch alle Ränge zog. Dienstpläne wurden geändert, Fälle neu vergeben, ganze Abteilungen anders aufgeteilt, und ob die Maßnahmen vorübergehend oder von Dauer waren oder sogar noch am selben Tag zurückgenommen werden würden, wusste niemand.

Beim MI5 war man ebenfalls viel zu sehr mit interner Schadensbegrenzung beschäftigt, sodass die Warnungen eines Informanten vor schweren Ausschreitungen in Brixton völlig untergingen. Während noch mit dem Innenministerium konferiert wurde, ob der Generaldirektor zurücktreten musste oder ob man die Sache einfach aussaß und so tat, als handle es sich um eine Verleumdungskampagne, kamen die Meldungen von der Brixtoner Baustelle herein, und die Innenministerin musste feststellen, dass ihr Mitarbeiterstab nicht in der Lage war, schnell auf mehrere Krisenherde gleichzeitig zu reagieren. Allerdings war ihr Ministerium an diesem Tag ebenfalls unterbesetzt, weil ein paar Leute nach der Veröffentlichung der Videos freigestellt werden mussten.

Im Internet tobten Gerüchte darüber, dass die Videos gefälscht seien. Angebliche Experten luden angebliche Beweise dafür hoch und schrieben lange Texte mit aufgeregt blinkenden »Fake!«-Überschriften. Genauso viele hielten dagegen und versicherten, dass es sich um echtes Material handle, aber die vernünftigen Stimmen waren sehr viel leiser, wenngleich zahlreicher. Das deutsche Wort »Lügenpresse« wurde an diesem Tag so häufig benutzt wie nie zuvor, obwohl kein einziges Medienhaus mit der Veröffentlichung zu tun gehabt hatte. Alle halbwegs seriösen Pressevertreter hatten sich eher vorsichtig geäußert, was die Echtheit des Materials betraf. Man müsse es erst prüfen lassen, hieß es, und echte Experten saßen bereits dran, wollten sich allerdings erst gegen Nachmittag äußern, schließlich seien es sehr viele Videos.

Die meisten Journalisten waren jedoch längst überzeugt, dass das Material echt war. Ihre Zurückhaltung in den Formulierungen hatte mehr mit der Angst vor rechtlichen Konsequenzen zu tun.

Exakt hundert Videos standen online. Darauf zu sehen waren Luftaufnahmen von Menschen, die ein Smartphone in der Hand hielten und nach oben blickten, etwas fiel herab, sie hoben es auf – ein winziges Päckchen, sie steckten es hastig ein. Immer waren ihre Gesichter gut zu erkennen. Zu jedem Video gab es den Namen dessen, der darauf zu sehen war, zusammen mit seiner Berufsbezeichnung und dem Hinweis, dass es sich um einen Befürworter des Druxit handelte. Außerdem verzeichnet waren Datum und Uhrzeit, der Inhalt des Päckchens und der Ort, an dem das Päckchen abgeworfen worden war.

Die Seite, unter der die Videos aufzufinden waren, nannte sich yesdruxit.info, und sowohl die Metropolitan Police als auch der Geheimdienst arbeiteten daran, den Ursprung dieser Seite herauszufinden. Sie wurden noch einige Stunden, wenn nicht Tage brauchen, um extern darauf zugreifen zu können.

Es gab eine Unterseite mit einer Art Bekennerschreiben:

Liebe Druxiteers, liebe Cavendish-Kunden,
liebe Menschen, die ihr das hier gefunden habt:
Diese einhundert Personen haben in den vergangenen Monaten Drogen über die Cavendish-App bezogen. Die Drogen wurden mithilfe von Drohnen ausgeliefert. Aus

Sicherheitsgründen wurden die Empfänger gefilmt.
Es war nie meine Absicht, dieses Material öffentlich zu machen, es war immer ausschließlich zu meiner eigenen Absicherung gedacht. Nach dem Mord an der Anwältin Catherine Wiltshire, die die Anti-Druxit-Kampagne maßgeblich mitgestaltet hat und sich auf vielen Gebieten für eine radikale Änderung der Drogenpolitik einsetzte, sehe ich mich gezwungen, damit an die Öffentlichkeit zu gehen, um zu zeigen, wie ineffizient, unehrlich und gesellschaftlich hochgefährlich der Druxit ist.
Der Schwarzmarkt für Drogen wird weiterbestehen.
Die Bestechungsgelder für Beamte werden steigen.
Die Versorgung für Suchtkranke wird sich extrem verschlechtern. Beschaffungskriminalität wird steigen. Obdachlosigkeit wird sich verschlimmern. Ansteckende Krankheiten werden sich weiter ausbreiten. Man wird den Menschen niemals vorschreiben können, was sie mit ihren Körpern tun oder wie sie ihren Schmerz betäuben. Wie sie sich berauschen oder ihren Geist beflügeln. Diese einhundert Personen können es sich nicht einmal selbst vorschreiben. Und es sind nur hundert, die ich ausgewählt habe. Es gibt noch sehr viel mehr Material. Ich bedanke mich bei allen, die die Cavendish-App möglich gemacht und unterstützt haben, und entschuldige mich gleichzeitig bei euch, dass es damit von nun an vorbei ist.

Unterzeichnet war es mit:

Die Lieferantin

John Allan Bragg, der Personenschützer des Gesundheitsministers, war von den Enthüllungen weder überrascht, noch zweifelte er die Echtheit der Videos auch nur eine Sekunde lang an. Niemand in den Ministerien, niemand bei den Polizeibehörden oder den Geheimdiensten tat das.

Bragg stand daneben, als sich Robert Gardner mit der Premierministerin beriet. Sie diskutierten darüber, alles abzustreiten und zu behaupten, es handele sich um eine Schmutzkampagne der Druxit-Gegner. Die Innenministerin stieß zu den beiden und drängte darauf, ein Statement zum Tod von Catherine Wiltshire abgeben zu dürfen, man müsse der Bevölkerung klar und deutlich signalisieren, dass von einem Selbstmord ausgegangen wurde. Die Premierministerin fragte: »Ist das eine gute Idee?«

Die Innenministerin antwortete: »Die Indizienlage stützt diese Ansicht.«

»Gut.«

Es wurde an einer Presseerklärung gearbeitet. Mehrere Dutzend Frauen und Männer aus den Referaten saßen zusammen und feilten an Formulierungen. Irgendwann stand die Premierministerin einfach auf und ging, ohne dass schon etwas Konkretes beschlossen worden war.

Gardner war bleich, und auf seinem Gesicht schimmerte ein Schweißfilm. Er roch schlecht. Bragg trat einen Schritt vor und fragte, ob er etwas für ihn tun könne. Gardner sah ihn lange an, schüttelte schließlich den Kopf, überlegte es sich dann aber offenbar anders und flüsterte ihm zu: »Besorgen Sie mir was. Und dann treffen Sie sich mit dem alten Boyce. Der soll sich die nächste Zeit zurückhalten.«

Bragg tat, was man ihm aufgetragen hatte. Er kontaktierte den Dealer, bei dem er üblicherweise für seinen Chef kaufte. Diesmal wurde der doppelte Preis verlangt, mit einem sehr breiten Grinsen. Er brachte Gardner, was der brauchte, und vereinbarte dann ein Treffen mit Walter Boyce.

Der schlug diesmal die Waterloo Station vor. »Verstecken wir uns mitten im Getümmel. Da ist man oft am sichersten.«

Eine Stunde später, es war elf Uhr morgens, stand immerhin der Termin für die Pressekonferenz fest: Sie sollte um zwei Uhr nachmittags stattfinden. Bragg traf sich mit Walter Boyce am Bahnhof, und der alte Mann hatte recht gehabt: Niemand achtete auf die beiden. Es herrschte ein großes Durcheinander, weil es zu einer Schlägerei zwischen einer Handvoll Rotweißblauen und Menschen mit dunklerer Hautfarbe gekommen war. Polizei war im Einsatz, Krankenwagen trafen gerade ein.

»Wie geht es weiter?«, fragte Bragg und sah zu, wie etwa dreißig Meter vor ihm eine bewusstlose schwarze Frau mit blauen Haaren von einer Polizistin aus dem Getümmel gezogen und in die stabile Seitenlage gebracht wurde.

»Mein jüngerer Sohn hat etwas in der Hinterhand, meinte er.«

»Was?«

Boyce zuckte die Schultern. Er trug einen warmen Wintermantel, Schal, Hut und Handschuhe, sah unzufrieden aus und murmelte etwas von »Scheißkälte« und »verdammt zugig«.

»Sir, die Angelegenheit mit Ms. Wiltshire ist Ihnen bereits deutlich entglitten. Ich wäre gern besser darüber informiert, was Sie als Nächstes planen.« Er sah, wie die Polizistin sich neben die Frau auf den Boden setzte und ihren Kopf hielt. Ein Mann in Zivilkleidung, vielleicht ein Passant, zog seine Jacke aus, faltete sie zusammen und schob sie unter den Kopf der Frau. »Oder anders gesagt: Es wäre mir – uns! – offen gestanden am liebsten, wenn Sie sich in der nächsten Zeit zurückhielten.«

Boyce, der etwas kleiner war als Bragg, warf ihm einen finsteren Blick zu. »Hören Sie, mein Junge, wir haben gar nichts versaut. Wir haben uns um die Sache gekümmert. So, wie Sie das wollten. Den Schuh zieh ich mir nicht an.«

»Aber Sie sehen doch, was ...«

»Ihr wolltet das Problem aus der Welt geschafft haben. Wir haben sauber gearbeitet. Jeder verdammte Gerichtsmediziner wird sagen, dass es ein Selbstmord war. Keine Spuren von Fremdeinwirkung. Keine Einbruchsspuren in der Wohnung. Wir haben das Videomaterial sichergestellt und Ihnen übergeben, wir haben alles, was bei dieser Frau auf irgendeinem elektronischen Gerät zu finden war, fein säuberlich gelöscht. Meine Leute haben die Kanzleiräume durchsucht, sie haben die Stiftungsräume durchsucht, sie waren diskret und gründlich, niemand hat sie gesehen, es gibt keine Spuren. Wir haben nichts falsch gemacht!« Er stieß dem größeren und jüngeren Mann mit dem behandschuhten Zeigefinger gegen die Brust. »Übrigens schulden Sie mir noch Geld. Zwei Millionen.«

»Wenn Sie irgendetwas über diese Lieferantin wissen, müssen Sie es uns sagen.«

»Ich muss euch gar nichts sagen. Ihr habt bei mir einen Mord in Auftrag gegeben.«

»Ist das eine Drohung, Sir?«

»Eine Drohung?« Boyce lachte. »Eine Feststellung. Hab ich gesagt, dass ich damit an die Presse will? Hab ich gesagt, dass ich es ins Internet schreibe? Ich habe nur gesagt: Ihr wolltet, dass wir diese Frau beseitigen. Wir haben diese Frau beseitigt. Alles andere ist euer Problem. Bezahlen müsst ihr mich trotzdem.«

Mittlerweile kümmerten sich zwei Sanitäterinnen um die Schwarze mit den blauen Haaren. Die Polizistin kniete noch immer neben ihr. Sie zog ihr gerade die Perücke vom Kopf. Darunter hatte die bewusstlose Frau eine Glatze. Bragg sah jetzt, dass Blut über ihren kahlen Schädel lief. Er konnte nicht erkennen, woher es kam.

»Wir möchten Sie bitten, uns alle Informationen über die Lieferantin zur Verfügung zu stellen und ansonsten nichts weiter zu unternehmen.«

Boyce schüttelte heftig den Kopf und lachte wieder. »Wir unternehmen nur dann etwas, wenn ihr dafür zahlt. Also macht euch nicht weiter nass, räumt euren Scheiß auf, und lasst mich in Ruhe.« Der alte Mann drehte sich um und stiefelte zu den Rolltreppen, die zu den Bahnsteigen führten.

Bragg sah ihm nach und unterdrückte den Impuls, ihm hinterherzulaufen und eine zu verpassen. Als er Boyce nicht mehr sehen konnte, ging er auf die Polizistin zu. Sie hielt die Perücke in der Hand und sah zwischen den Sanitäterinnen und der Frau am Boden hin und her.

»Kann ich helfen?«, fragte Bragg. »Ich bin ausgebildeter Ersthelfer.«

Eine der Sanitäterinnen schüttelte den Kopf. »Gehen Sie weiter.« Sie sagte es eine Spur zu scharf. Stand auf und winkte einen Polizisten zu sich. »Ihr müsst absperren«, sagte sie zu ihm.

Bragg sah zu der Polizistin. Sie starrte auf die blauen Haare in ihrer Hand, presste die Lippen zusammen und rührte sich nicht. Er beugte sich zu ihr runter. »Stehen Sie auf«, sagte er leise.

Die Polizistin löste sich aus ihrer Starre, stand tatsächlich auf und sagte nun ebenfalls: »Gehen Sie bitte weiter.«

Er zeigte ihr seinen Sicherheitsausweis vom Ministerium. »Sagen Sie mir, wenn ich etwas tun kann.«

Die Perücke in ihrer Hand war an einer Stelle mit Blut verklebt. »Sie können tatsächlich etwas tun«, sagte die Frau in Uniform, und Bragg nickte eifrig.

»Was?«

»Sagen Sie Ihrer Scheißregierung, sie sollen die Rotweißblauen zurückpfeifen.«

Bragg wich einen Schritt zurück. Die Verachtung in der Stimme der Polizistin, der Hass in ihrem Blick erschütterten ihn. »Aber die sind nicht ...«

»Erzählen Sie mir keinen Scheiß«, fuhr sie ihn an. »Und jetzt verpissen Sie sich. Das ist ein Tatort.«

Er sah, wie die Sanitäterinnen die Frau auf dem Boden mit einem Tuch bedeckten. Nicht nur den Körper, auch das Gesicht. Uniformierte bemühten sich, so viel Platz wie möglich abzusperren und die Schaulustigen wegzuschicken.

»Entschuldigung«, sagte Bragg, ohne genau zu wissen, wofür oder bei wem er sich entschuldigte. Er drehte sich um und drängte sich durch die Menge, um den Bahnhof zu verlassen.

36

Auf derselben Seite der Themse, nur etwas weiter südlich, sah Leigh Sorsby sorgenvoll vom Fenster seiner Wohnung über dem Restaurant aus, wie Demonstranten auf der Straße vorbeizogen. Der kleine Lebensmittelladen gegenüber machte zunächst das Geschäft seines Lebens. Dann kamen ein paar von den Rotweißblauen und plünderten ihn. Leigh sah, wie sein Nachbar die Tür verrammelte, nachdem er die Randalierer endlich vertrieben hatte.

Leigh beschloss, das Restaurant an diesem Tag nicht zu öffnen. Seine Mitarbeiter verriegelten alle Türen und sicherten die Fenster, so gut es ging. Dann versammelten sie sich in Leighs Wohnzimmer und sahen gemeinsam auf die Straße, als wäre es die Krönungsparade, die am Haus vorbeizog.

Aus Radio und Internet erfuhren sie, dass es nicht bei den Ausschreitungen der Rotweißblauen im Süden Londons blieb. Im Laufe des Tages organisierten sich Regierungs- und Druxitgegner nicht nur in der Hauptstadt, sondern im ganzen Land. In Birmingham, Manchester, Liverpool, Bristol, Leeds, Newcastle und sogar Cardiff brannten Autos, Schaufenster wurden eingeworfen. In Glasgow und Edinburgh kam es zu spontanen Solidaritätskundgebungen für die Opfer der Rotweißblauen. Die Fotos, die sie von den Ausschreitungen in Belfast im Internet sahen, erinnerten an die frühen 1970er Jahre. In traditionsreichen englischen Universitätsstädten wie Oxford, Cambridge und Durham gab es heftige Schlägereien und Proteste unter den Studierenden.

»Und alles nur wegen ein paar Tütchen Heroin«, murmelte George.

Leigh dachte an Gonzo und fragte sich, wie viel Anteil er selbst wohl an dem Geschehen hatte. Vielleicht war seine Fantasie mit ihm durchgegangen, aber sein Gehirn hatte einige Puzzleteile aus dem, was geschehen war, was er gelesen und irgendwo aufgeschnappt hatte, zusammengesetzt: Er hatte Gonzo umgebracht und vielleicht einen Bandenkrieg ausgelöst, wodurch der Schmuggler im Hafen getötet wurde. Jedenfalls hatten die Zeitungen etwas von einem Bandenkrieg und einem verschwundenen Mann geschrieben. Dann wurde Teddy Gibbs umgebracht, weil man ihn für Gonzos Mörder hielt, was auch wieder Leighs Schuld war, schließlich hatte er die Schlägertypen, die auf der Suche nach Gonzo waren, direkt zu Gibbs geschickt. In derselben Nacht wie Gibbs war Catherine Wiltshire gestorben, und wenn man der Lieferantin und ihrem Schreiben im Netz glauben durfte, war sie ebenfalls umgebracht worden. Wieder eine Tote, die irgendwie was mit Drogen zu tun hatte. Sie war gegen den Druxit, und sofern er alles richtig verstanden hatte, war die Legalisierung von Drogen gar nicht im Sinne der Drogendealer, weshalb die wiederum etwas gegen Catherine gehabt haben mussten. Und dann gab es da noch diese Lieferantin, die jetzt alles durcheinanderbrachte, um Catherine zu rächen. Leigh begriff noch nicht das große Ganze, spürte aber, dass alles irgendwie zusammenhing, und er wünschte, er könnte mit Ellie sprechen, die Catherine so viel besser gekannt hatte. Vielleicht konnte sie es ihm erklären.

Was Leigh aber sicher begriffen hatte, war, dass Gonzo am Anfang der Kette stand. Und weil er, Leigh, Gonzo getötet hatte, war er, Leigh, irgendwie auch schuld daran, dass sich das halbe Land in Aufruhr befand.

In London geschah gerade alles gleichzeitig. George, Sunny, Bilal und die anderen lasen abwechselnd die neuesten Schlagzeilen von ihren Smartphones ab: In Brixton brannte es an den Kreuzungen, in der Carnaby Street flogen Steine, Camden Town glich einer Art Woodstock-Neuauflage mit Bands, Kundgebungen und sehr vielen Drogen, es gab Protestmärsche durch Westminster, Farbbeutel flogen gegen die Regierungsgebäude.

Die Rotweißblauen lieferten sich Straßenschlachten mit Regierungsgegnern. Es gab Verletzte auf beiden Seiten und Tote auf beiden Seiten. Wie viele es waren, blieb lange unklar. Die Polizei konnte auch keine genauen Zahlen angeben, wie viele Menschen festgenommen worden waren.

Leigh und seine Mitarbeiter blieben bis tief in die Nacht in seiner Wohnung. Sie aßen und tranken zusammen, sprachen erst über das, was um sie herum passierte, erzählten sich irgendwann ihre Lebensgeschichten, und in den frühen Morgenstunden lagen sie friedlich schlafend auf Leighs Sessel und Sofa und ein paar Decken verteilt im Wohnzimmer.

Er ging ins Schlafzimmer, starrte an die Decke und hörte wieder ein regelmäßiges Pochen, in Wirklichkeit sein Puls, in seiner Vorstellung Gonzo, der gegen den Beton klopfte.

In Crystal Palace hatte sich Keira mit ihrem Hund im Schlafzimmer verschanzt. Das Tier war extrem nervös, weil draußen auf der Straße Menschen mit Trommeln und Pfeifen vorbeiliefen und durcheinanderriefen. Es waren nicht so viele wie in der Innenstadt, aber genug, um den Hund in Angst zu versetzen.

Sie konnte nicht weg. In weiten Teilen der Innenstadt war der Verkehr vollständig zusammengebrochen. Die meisten Themsebrücken waren von Demonstranten besetzt. Vor der Benutzung der U-Bahnen wurde gewarnt, weil es auch in den Bahnhöfen und den Zügen immer wieder zu Ausschreitungen kam und die Rettungskräfte kaum eine Chance hatten, dort einzugreifen. Also musste sie zu Hause bleiben, bis sich die Situation beruhigt hatte.

Keira wusste natürlich, dass die geleakten Videos auch von den Drohnen stammen konnten, die sie gesteuert hatte, und sie fragte sich, ob man sie zu ihr zurückverfolgen würde. War sie auch auf dem Videomaterial zu sehen? Wenn die Käufer zu sehen waren, dann doch auch sie beim Start und bei der Landung der Drohnen? Sie war nun restlos davon überzeugt, das Richtige getan zu haben, als sie eine ihrer Drohnen verkauft hatte. Sie war wütend auf die Lieferantin, weil nun alles vorbei war und man sie nicht vorher über die Veröffentlichung der Drohnenaufnahmen informiert hatte.

Und sie war wütend, weil sie niemanden auf der Station erreichen konnte, auf der ihre Schwester lag. Auch ihre Eltern hatten keine Ahnung, wie es ihr ging. Sie hatten versucht, sie im Krankenhaus zu besuchen, zu Fuß hatten sie sich dorthin durchgeschlagen, waren aber brüsk abgewiesen worden: Sicherheitsbedenken, das Gebäude war überfüllt, die Stationen überlastet. Die Krankenhäuser des NHS in London hatten bereits am Montagnachmittag den Notstand ausgerufen, weil sie niemanden mehr aufnehmen konnten. Lebenswichtige Operationen mussten ausfallen. Es gab keine Betten mehr, Matratzen aus der Nachbarschaft wurden auf die Böden der Krankenhausflure gelegt. Personal und Patienten wurde mitgeteilt, dass der Aufenthalt in den Kliniken nicht mehr sicher war und ein Gesundheitsrisiko darstellte. Widerstrebend öffneten sich die Privatkliniken dem Ansturm, aber sie waren schlecht auf notfallmedizinische Versorgung vorbereitet. In diesem Chaos konnte man keine Rücksicht nehmen auf die Eltern einer schon länger auf der Station befindlichen Patientin, die mal eben zu Besuch kamen.

Für Keira war auch daran die Lieferantin schuld.

Später am Abend, wenn die Bahnen wieder fuhren, es auf der Straße ruhig geworden war und der Hund keine Angst mehr haben musste, würde sie zu ihrer Werkstatt gehen, den restlichen Stoff holen, eine unauffällige Reisetasche packen und zu einer entfernten Tante nach Wales abhauen. Ihre Schwester würde genügend Geld für eine optimale medizinische Betreuung bekommen. Sollte es auch nur die geringsten Anzeichen dafür geben, dass Keira auf der Fahndungsliste der Polizei gelandet war, würde sie nach Kanada ausreisen. Sie hatte sich schon vor Monaten falsche Papiere besorgt. Mehr aus Neugier und vor allem, weil es möglich war. Erst hatte sie sich eine Weile über das viele Geld geärgert, das sie aus einer Laune heraus verpulvert hatte. Jetzt war sie froh darüber.

Ellie und Mo waren am frühen Morgen aus Edinburgh abgereist. Im Zug war Ellie völlig erschöpft eingeschlafen und hatte nicht mitbekommen, wie sich die Mitreisenden über das, was im ganzen Land geschah, unterhielten. Sie verschlief die teilweise im Minutentakt aufploppenden Nachrichten auf ihrem Smartphone über die Unruhen und dachte erst, Mo würde einen schlechten Scherz machen, als sie ihr den Grund nannte, warum der Zug nicht in den Bahnhof King's Cross einfuhr: Auf den Bahnsteigen war es zu einer Massenschlägerei gekommen. Sie mussten in Finsbury Park aussteigen. Von dort aus brauchten sie drei Stunden, um in die Nähe ihrer Wohnungen zu gelangen. Die U-Bahn fuhr nur ein paar Stationen, der Bus steckte nach wenigen Metern im Verkehr fest, zu Fuß gerieten sie zwischen die Demonstrierenden. Ellie bot Mo an, sie nach Hause zu begleiten, weil die Situation in Brixton schlimmer zu sein schien als in Stockwell, aber Mo lehnte ab. Ellie stieg am Kennington Park in einen anderen Bus um, und zu Hause angekommen, legte sie sich sofort ins Bett und schlief wieder ein.

Mo kam auf ihrem Heimweg an der Baustelle vorbei. Die Demonstranten waren verschwunden. Es gab auch keine Gegendemonstranten. Stattdessen eine Polizeiabsperrung, dahinter rauchte und qualmte es noch, so als hätte es vor kurzem erst gebrannt. Mo sah zerfetzte, halb verbrannte und verrußte Spruchbänder auf dem Boden. Sie sah Blumen an einer Stelle, und es kamen auch jetzt Menschen vorbei, die weitere Blumen ablegten, Kerzen aufstellten, Briefe und Karten hinterließen. Mo fragte eine Polizistin, die vor dem Absperrband stand, sie erklärte nur knapp, dass es vor ein paar Stunden zu schweren Ausschreitungen gekommen war.

Als sie zu ihrer Wohnung kam, begegnete ihr eine der Frauen, mit der sie sich vor vielen Monaten manchmal zum Laufen getroffen hatte. Die Frau – Lindsay oder Lilly – fragte als Erstes, ob sie wusste, was Drogengangs an der Baustelle angerichtet hätten. Es hieß ja erst, die Demonstranten seien aneinandergeraten, aber im Internet hatte sie irgendwo gelesen, dass es Drogengangs waren.

Mo ließ sie wortlos stehen und ging ins Haus.

Walter Boyce, Victor Thrift und Leo Hunter hielten es für besser, sich ab sofort nicht mehr zu treffen und auch nicht mehr zu kommunizieren. Selbst die Wegwerfhandys waren ihnen nicht sicher genug. Das Letzte, was sie gemeinsam beschlossen, bevor sie die Kommunikation einstellten, war: keine Geschäfte mehr, bis sich die Lage beruhigt hatte. Alle ihre Straßendealer wurden angewiesen, sich möglichst unsichtbar zu machen. Die Onlineshops wurden geschlossen. Dieses letzte Treffen fand am Montagnachmittag am Bahnhof St. Pancras statt. Leo Hunter beschwerte sich zunächst, weil er meinte, dies sei der perfekte Zeitpunkt, um richtig gute Geschäfte zu machen. Aber Boyce und Thrift konnten ihm schnell klarmachen, dass die Regierung nach Wegen suchen würde, um die Kampagne in ihrem Sinne zu retten. Ein paar Drogenbosse auffliegen zu lassen, wäre eine hervorragende Schlagzeile. Und im Moment gab es sicher genügend bereitwillige Zeugen. Einige der hundert Menschen, die auf der geleakten Liste gelandet waren, wussten auch durchaus Belastendes über Boyce, Thrift und Hunter zu erzählen und hätten sicherlich keinerlei Hemmungen, noch andere mit in den Abgrund zu ziehen. Leo Hunter hatte schließlich ein Einsehen, und die drei Männer gingen ihrer Wege, als hätten sie nie etwas miteinander zu tun gehabt. In den Bahnhofskameras würde es aussehen, als hätten sie zufällig vor den Anzeigentafeln nebeneinandergestanden und versucht herauszufinden, wann und ob ein Zug in ihre Richtung fuhr.

In Croydon angekommen, ging Walter Boyce nicht direkt nach Hause, sondern besuchte seine Enkel in der benachbarten Villa, wo sein übermüdeter ältester Sohn Mick froh war, fünf Minuten Ruhe vor dem eigenen Nachwuchs zu haben, der sich freudig auf den Opa stürzte. Als Micks Frau nach Hause kam und die Kinder übernahm, sortierten die beiden Männer kurz die Lage: Gonzo hatte sich bereichert und war von einem Burger bratenden Pubbesitzer umgebracht worden. Der hatte zwar nicht gestanden, und es gab auch keine Leiche, aber es schien ihnen die wahrscheinlichste Erklärung zu sein, und die hunderttausend Pfund, die der Pubbesitzer an Gonzo gezahlt hatte, sowie die Aussage eines anderen Gastronomen mussten ihnen reichen.

Die Konkurrenz durch die Cavendish-App war seit dem heutigen Tag ebenfalls kein Thema mehr. Dem Noch-Gesundheitsminister hatte man einen Gefallen getan, den man sich zwar bezahlen ließ, aber er würde weiterhin auf der Liste der Menschen stehen, die dem Boyce-Clan etwas schuldig waren. Was jetzt da draußen los war, ging Walter Boyce nichts mehr an. Für den Moment blieb nichts weiter zu tun, als abzuwarten, bis sich die Lage beruhigt hatte, und zu hoffen, dass das Referendum in ihrem Sinne ausging: Ein Druxit würde die illegalen Geschäften am Laufen halten. Eine Drogenlegalisierung würde sie gefährden. Aber selbst wenn sich die Wähler gegen den Druxit entschieden, würde es unter der konservativen Regierung so schnell zu keiner Legalisierung kommen, nicht mal von Marihuana. Man könnte sagen, dass für die Boyce' alles so weit in Ordnung war. Daran, dass Declan anderer Meinung sein könnte, dachten die beiden nicht. Ihnen fiel nicht einmal auf, dass er gar nicht zu Hause war.

Declan verbrachte den größten Teil des Tages mit seinen diversen Telefonen in einem staubigen Wohnzimmer in Bromley, absurd anachronistisch mit Tee, Scones und Sahne. Der taube Hund hatte beschlossen, ihn zu mögen, und lag auf dem Sofa neben ihm, während Pete Renders in seinem Arbeitszimmer vor sich hin murmelte und gelegentlich einen Ausflug in den Garten hinter seinem Haus unternahm. Bis zum Abend hatte der Wissenschaftler herausgefunden, wie weit die Drohne fliegen und wie viel Gewicht sie transportieren konnte. Wie sie sich programmieren ließ, wusste er bereits. Daran hatte sich seit seinem Fortgang nicht viel geändert. Es gab einige andere Funktionen, die er nicht verstand, aber diese schienen für einen normalen Flug keine weitere Bedeutung zu haben.

Declan musste jetzt nur noch den Sprengstoff besorgen und Ellie Johnson finden. Beides würde er bis Mitternacht getan haben. Er sagte weder seinem Bruder noch seinem Vater, was er vorhatte. Er informierte auch Pete Renders nicht im Detail über seine Pläne. Und wenn Renders ehrlich war, wollte er sie auch nicht so genau kennen. Ihm war wichtig, dass Ellie Johnson bekam, was sie seiner Meinung nach verdient hatte, und Declan Boyce schien ihm durchaus in der Lage, sich etwas Brauchbares einfallen zu lassen.

37

Tatsächlich hielt Declan seinen Plan für unfehlbar. Er hatte alles durchdacht und sich die ihm fehlenden Informationen dank der weitverzweigten Kontakte seines Vaters und seines Bruders besorgt, ohne dass er die beiden damit hätte behelligen müssen. Er war stolz darauf, wie glatt alles lief, und er wusste, er würde sich in den nächsten Tagen, wenn nicht Stunden, beweisen können. Mit seiner eigenen Methode, die er für eine intelligente Weiterentwicklung, eine Modernisierung der Methoden seines Vaters hielt.

Als er alles Notwendige zusammenhatte, macht er sich von Bromley aus auf den Weg nach Stockwell, wo er geduldig an Ellies Haustür klingelte. Es war zwei Uhr nachts, und er klingelte so lange, bis in ihrem Haus ein Licht anging. Weil er sich schon dachte, dass sie nicht mitten in der Nacht ohne Weiteres die Tür öffnen würde, rief er sie auf der Festnetznummer ihres Hauses an, die er sich am Nachmittag besorgt hatte.

Sie meldete sich. Er erklärte ihr, wer er war und dass sie es garantiert überleben würde, wenn sie ihm die Tür öffnete, die Chancen für ihre Zukunft allerdings weniger gut standen, wenn sie es nicht tat, weil dann die gesamte Londoner Unterwelt erfahren würde, wer die Lieferantin war. Bis jetzt wusste nur er es.

Es funktionierte. Die Haustür schien mehrfach gesichert zu sein, Declan hörte es klacken und scharren und rasseln.

Endlich öffnete sich die Tür. Er wurde am Arm gepackt, ins Haus gezogen und zu Boden geschleudert. Declan hörte, wie sich die Tür wieder schloss, und als er aufsah, stand vor ihm eine Frau, die eine Pistole auf ihn richtete, während sie mit der freien Hand die Tür von innen verriegelte, ohne hinsehen zu müssen.

Sie war nicht ganz das, was er erwartet hatte. Er hatte Fotos von ihr auf der Firmenhomepage im Netz gesehen, aber in Wirklichkeit erschien sie ihm jünger und vor allem kleiner und schmächtiger. Sie schien noch gar nicht im Bett gewesen zu sein. Sie trug Jeans und einen Pullover, kaum Make-up, ihr Haar war nicht unordentlich.

»Die Pistole brauchen wir nicht«, sagte er und rührte sich nicht.

Sie schaltete Licht an, nicht nur die kleine Lampe, die bisher gebrannt hatte, sondern eine wahre Festbeleuchtung. Mit dem Fuß, dann mit der freien Hand tastete sie ihn ab, die Pistole weiter auf ihn gerichtet. Sie fand nur ein Smartphone und steckte es ein.

»Du bist allein?«

»Ja.«

»Wenn noch jemand mitgekommen sein sollte: Diese Tür ist sicher. Bis die aufgebrochen ist, hab ich dich längst erschossen und anschließend noch filetiert. Und meine Fenster sind kugelsicher.«

»Die reinste Festung.«

»Der erste Tipp, den ich von Jimmy Macfarlane bekommen habe.«

Declan wurde ein wenig schlecht bei der Erinnerung, die

dieser Name bei ihm auslöste. »Da hatte er sicherlich recht«, sagte er. »Die Waffe war auch seine Idee?«

»Was willst du hier?«

»Darf ich aufstehen?«

»Langsam.«

Vorsichtig erhob er sich. Als er stand, streckte er die Arme vom Körper weg, zum Zeichen, dass er nichts Böses vorhatte. Er schätzte, dass er sie um mindestens zwanzig Zentimeter überragte. Aber sie hatte eine Waffe, und er war kein Kämpfer. Vielleicht hatte Macfarlane ihr auch noch eine Nahkampfausbildung ans Herz gelegt, wer konnte das schon wissen. Declan sagte: »Wollen wir uns vielleicht hinsetzen? Ich möchte wirklich nur reden, und ich muss leider anmerken, dass die ganze Sache nur schlimmer werden würde, wenn du mich umbringst.«

»Welche Sache?«

Er deutete mit dem Kopf auf die Tür, die zum Wohnzimmer ging. »Darf ich?«

»Nein. Du bleibst da stehen.«

Declan seufzte und ließ langsam die Arme sinken. »Na gut. Es geht um Folgendes: Ich habe eine deiner Drohnen.«

Sie schien zu zögern, sagte dann aber nur: »Und?«

»Und ich weiß, wie man sie benutzt.«

Ellie schwieg.

»Ich kann es beweisen.«

»Du willst, dass ich sie dir abkaufe? Dass ich meine Drohne zurückkaufe?«

»Ganz im Gegenteil. Ich will alle deine Drohnen haben. Und die Baupläne. Alle Daten, die für die Entwicklung relevant sind.«

»Für wie viel?«

Declan lächelte traurig. »Das ist ein Missverständnis. Ich werde nicht dafür bezahlen, sondern verhindern, dass man dir etwas tut. Und, fast hätte ich es vergessen, dass die Drohne etwas Schreckliches anrichtet. Ich würde mich wirklich gern setzen …«

»Nein. Weiter.«

»Die Drohne ist so programmiert, dass sie morgen um zwölf mit einer Ladung hochexplosivem Sprengstoff losfliegt. Und danach alle zwei Stunden. Die Drohne wird ihn über Spielplätzen abwerfen, oder Schulhöfen, Sportplätzen … Es sind kleine Mengen. Aber sie sind effizient. Du weißt ja, wie zielsicher die Drohne abwerfen kann.«

»Was soll das?«

Er hatte den Eindruck, dass Ellie Johnsons Haltung bröckelte. Sie hielt die Waffe nicht mehr ganz so entschlossen, ihre Körperspannung hatte nachgelassen. »Du kannst die Drohnen nicht mehr gebrauchen. Also gib sie mir.«

»Ich habe meinen Shop geschlossen. Ihr habt das Geschäft wieder ganz für euch.«

»Oh, die App interessiert mich natürlich auch. Ich möchte so bald wie möglich alles in der Hand haben.«

»Niemand wird mehr auf die Drohnenauslieferung vertrauen.«

»Im Gegenteil! Drohnenauslieferung wird die Zukunft sein. Die Kundschaft wird sich schon zu schützen wissen. Ich will die Technologie, sie ist grandios! Klappt das mit dem Mikrowellenstrahl schon? Können die lieben kleinen Drohnen andere unschädlich machen? Dafür wird sich das Militär interessieren. Der Geheimdienst. Alle Militärs und alle Geheimdienste, um genau zu sein. Warum hast du sie nicht auf diesem Markt angeboten?«

Jetzt ließ Ellie die Waffe sinken. »Wer auch immer dich informiert hat, kann nicht wissen, für wen ich die Drohnen entwickeln lasse. Ich habe längst Auftraggeber.«

»Ah, du hast ein nettes Nebengeschäft daraus gemacht und deine Auftraggeber noch gar nicht darüber informiert, wie weit du in Wirklichkeit mit der Entwicklung bist? Sehr klug, das gefällt mir.« Er sah, wie sie sich ärgerte, und er merkte, dass er einen Fehler gemacht hatte. Zu sehr von oben herab. Zu bevormundend.

Ellie hatte die Waffe wieder auf ihn gerichtet. »Vielleicht hast du eine von meinen Drohnen, aber du kannst sie nicht einsetzen. Dazu fehlt dir die Technik.«

Declan schüttelte den Kopf. »Tut sie nicht. Gib mir mein Smartphone, und ich beweise es dir.«

Sie ließ sich darauf ein, sich mit ihrem Laptop auf einer Seite einzuloggen, die Livebilder von ihrer Drohne übertrug. Währenddessen gab Declan über sein Smartphone einen einzigen Befehl: »Los.« Dann zeigte er ihr Fotos von der Drohne. In vollkommenem Zustand, und einmal komplett auseinandergenommen. Fotos von dem Steuergerät, mit dessen Hilfe sie starten konnte. Ellie nahm ihm das Telefon wieder ab, hielt ihm die Pistole an den Kopf und musste nun zusehen, wie die Drohne über das nächtliche London flog.

»Okay, ich hab's kapiert«, sagte sie ungeduldig.

»Moment, das Beste kommt noch.« Er drehte sich zu ihr um und lächelte, sah, wie sie stutzte.

»Ich dachte, es geht erst morgen Mittag los.«

»Das hier wird nur eine kleine Demonstration.«

Die Drohne flog über die Stadt, man konnte Big Ben und die Houses of Parliament erkennen, die Westminster Bridge und das London Eye. Es ging weiter in Richtung Waterloo Station.

»Danke. Ich brauche keine Stadtführung aus der Luft.«

»Warte noch.«

Declan kannte das Ziel der Drohne: das Imperial War Museum. Ein paar Minuten später war sie dort angelangt und schwebte nun über dem Park, der das Kriegsmuseum umgab.

»Erkennst du, wo wir gerade sind?«

Ellie nickte nur.

»Die Drohne schwebt gerade über dem Tibetan Peace Garden, das hielt ich für einen netten Dreh.« Er lächelte. »Vor zwanzig Jahren hat der gute Dalai Lama den Garten eröffnet. Auf die Language Pillar war man damals besonders stolz, hat mir mein Vater erzählt. Also, nicht er war stolz, sondern der Dalai Lama und wer eben noch so an diesem Garten seine Freude hatte. Irgendwas mit Liebe und Verständigung und Frieden, die Botschaften sind in vier Sprachen eingraviert: Tibetisch, Chinesisch, Hindi und Englisch. Heute wird noch eine Sprache hinzukommen, dachte ich mir. Eine, die auf der ganzen Welt gesprochen und verstanden wird. Mit einer ganz anderen Botschaft.«

»Scheiße, bist du krank«, sagte Ellie.

»Ich? Nein. Ich zeige dir nur, dass ich wirklich deine Drohne habe. Irgendwie müssen wir doch ins Geschäft kommen.«

»Ich hab's verstanden. Du kannst aufhören.«

»Kleinen Moment noch.«

Die Drohne senkte sich langsam, und die Säule kam deutlicher ins Bild. Es war kein besonders scharfes Bild, aber durch die Straßenbeleuchtung und die Scheinwerfer, die das Museum und den Park nachts erhellten, konnte man die Säule gut erkennen. Ein paar Sekunden später wurde der Bildschirm von einem grellen Blitz erhellt. Die Drohne schien zu wanken. Als sie sich wieder stabilisiert hatte, war zu erkennen, wie es unter ihr brannte. Die Drohne stieg auf und drehte ab.

»Du bist komplett wahnsinnig.«

»Wieso? Es brennt doch nur ein bisschen. Aber du siehst, was ich kann? Und was deine Drohne kann?«

Ellie war ein paar Schritte zurückgewichen, und die Pistole baumelte schlaff in ihrer Hand.

»Na, sag schon. Bekomm ich jetzt die anderen Drohnen?«, fragte Declan.

»Nein.«

»Nein?«

»Ich habe sie wirklich im Auftrag entwickelt«, sagte sie.

»Für wen?«

»China.«

»Die Regierung?«

Sie antwortete nicht.

Declan dachte kurz nach. »Das ist nicht schlimm. Jemand anders wird sich freuen, genauso weit entwickelte Drohnentechnologie zu haben wie die Chinesen. Mir geht es auch weniger ums Geld als um neue Kontakte.«

»Das Imperium deines Vaters ausbauen«, sagte Ellie, und er fühlte sich ertappt.

»Einer muss es ja erben.« Er fand, dass seine Antwort hohl klang, und ärgerte sich darüber.

»Den Clan in ein neues Zeitalter führen«, sagte Ellie.

Er antwortete nicht.

»Mit geklauten Ideen, weil du selbst keine hast? Daddy beeindrucken?«

»Wie gesagt, einer muss es ja erben. Wie das mit Familienbetrieben so ist.«

»Neue Geschäftsfelder, falls das Referendum gegen den Druxit ausfällt.«

»Wird es nicht. Aber die kleinen Dinger kann man gut zu Waffen umbauen, wenn man etwas Zeit hat«, sagte Declan. »Zum Überwachungseinsatz sind sie unschlagbar. Und dass sie andere Drohnen einfach ausschalten können ... genial.« Er hielt sich gerade noch rechtzeitig zurück, bevor er etwas wie »Gute Arbeit« sagte. Ihr Griff um die Pistole hatte sich wieder gefestigt. »Also? Sind wir im Geschäft?«

Er war sich sicher gewesen, alles bedacht zu haben. Sie konnte nicht anders als Ja sagen. Ihr blieb keine Wahl, sie wusste, dass er ihre Drohne hatte, damit umgehen konnte, sie musste davon ausgehen, dass er seine Drohung, Menschen in ihrem Namen zu töten, wahrmachte, schließlich war er ein Boyce. Er hatte nicht damit gerechnet, dass sie einen Schritt zurücktrat, die Waffe mit ausgestrecktem Arm auf ihn richtete, mit der freien Hand die Schusshand stützte und sagte: »Wir sind ganz sicher nicht im Geschäft.«

»Wenn du mich tötest ...«, hob er an.

»Raus hier. Sofort. Ich habe keine Lust, mir an dir die Hände schmutzig zu machen. Hau ab.«

Declan war zu überrumpelt, um ihre Reaktion zu analysieren. Er sah nur den Zorn in ihrem Blick, und er würde sich hinterher eingestehen müssen, dass ihm die Erfahrung mit Situationen wie dieser fehlte. Sein Vater und sein Bruder hätten sich vermutlich nicht so leicht vertreiben lassen, sie hätten keine Angst bekommen. Viel zu sehr hatte er sich auf seinen Plan verlassen, der durchaus Abweichungen vorgesehen hatte, aber eben nicht diese. War sie hartherzig? Kalt? Oder war dies die normale Reaktion eines Menschen, den man zu erpressen versuchte? Declan wusste es nicht. Er gehorchte nur, ging mit erhobenen Armen langsam auf die Haustür zu, wartete, bis sie sie entriegelt hatte, ließ sich hinausstoßen, hörte, wie die Tür zuschlug und die vielen Riegel und Ketten wieder vorgelegt wurden.

»Verpiss dich!«, rief sie, als er nach zwei, drei Minuten immer noch auf dem Treppenabsatz stand und zu begreifen versuchte, was er falsch gemacht hatte.

»Morgen wird jemand wegen dir sterben«, sagte er zu der Tür, bekam aber keine Antwort. Langsam ging er die Stufen hinunter, überquerte die Straße, stieg in das Elektroauto, mit dem er gekommen war, und schnurrte nahezu lautlos davon.

38

Ellie wartete, bis er weg war. Wartete, ob sich noch etwas auf der Straße tat, vielleicht war er nicht allein gekommen, und das Haus wurde noch beobachtet. Sie sah kein verdächtiges Fahrzeug. Das Wohnen in einer Sackgasse hatte Vorteile: Man wusste immer, wenn Fremde da waren. Sie trat leise durch die Hintertür, kletterte über den Zaun und schlich sich über den Parkplatz der Schule, die hinter ihrem Haus lag. Sie ging die Straße hinunter in Richtung Brixton, machte ein paar Haken, verschwand immer mal wieder in Seitengassen, um sicher zu sein, dass ihr niemand folgte. Es war totenstill um diese Uhrzeit. Sie hätte einen Verfolger hören müssen. Aber sie wollte sich nicht nur auf einen ihrer Sinne verlassen.

Auch das hatte sie von Jimmy Macfarlane gelernt: immer wachsam zu sein.

In der Garage, die sie unter falschem Namen angemietet hatte, befanden sich die Kartons mit den Drohnen. Sie vergewisserte sich, dass niemand sah, wie sie hineinging. Die Garage lag im toten Winkel der CCTV-Kamera, die die Straße überwachte. Das war einer der Gründe gewesen, diese Garage als Lagerraum anzumieten.

Sie öffnete jeden Karton und reihte die Drohnen ordentlich auf. Sie sortierte sie nach der Seriennummer, die sie jeder zugewiesen hatte. Sie zählte durch, stellte fest, dass Declan nicht gelogen hatte. Eine fehlte. Sie überprüfte die Seriennummern, glich sie ab mit den Klarnamen der Menschen, denen sie genug vertraut hatte, um mit ihnen dieses riskante Geschäft einzugehen. Bis sie wusste, wer ihr Vertrauen missbraucht hatte: Ausgerechnet diejenige, von der sie es am wenigsten erwartet hätte. Diejenige, mit der sie von Anfang an zusammengearbeitet hatte. Keira.

Ellie schloss die Garage sorgfältig ab, ging auf Umwegen zur Bushaltestelle und nahm den Nachtbus nach Crystal Palace. Es waren nur wenige Meter von der Haltestelle zu dem Haus, in dem Keira wohnte. Es lag in einer engen, im Licht der Straßenlaternen fast malerischen Geschäftsstraße. Ellie blieb davor stehen und sah hinauf zu den Fenstern über der Konditorei, die sich im Erdgeschoss befand. Sie ging zur Tür, fand die Klingel, drückte lange drauf, aber die Fenster im oberen Stockwerk blieben dunkel.

Die Haustür ließ sich problemlos öffnen. Sie war nicht abgeschlossen. Ellie tastete sich in der Dunkelheit die Treppe hinauf, bis sie vor der Wohnungstür stand. Sie klopfte, hörte nichts. Klopfte wieder, rief Keiras Namen. Lauschte, aber da war nur ihr eigener Atem, ihr eigener Herzschlag. Sie rüttelte an der Tür, hoffte, sie ebenfalls offen vorzufinden, hatte Pech. Ellie überlegte kurz, was sie tun sollte, trat dann mehrmals auf der Höhe der Klinke gegen die Tür, hatte Glück. Der Rahmen splitterte, das Schloss brach aus dem morschen Türholz, sie konnte hineingehen.

Die Wohnung war leer. Leer im Sinne von: verlassen. Der Kleiderschrank war halb ausgeräumt, einige Sachen lagen verstreut auf dem Boden, im Bad fehlte alles, was man täglich brauchte, es war kein Laptop da, kein Handy. Keira war abgehauen.

Auf dem Küchentisch fand Ellie eine Nachricht an Keiras Eltern, aber keinen Hinweis darauf, wohin sie verschwunden war. Auf dem Boden standen ein Fressnapf und ein Wassernapf, offenbar für einen Hund. Sie wusste, dass es nichts bringen würde, aber sie durchsuchte trotzdem jeden Quadratzentimeter der Wohnung. Draußen wurde es schon fast hell, als sie sich auf das Sofa fallen ließ und frustriert aufgab.

Ausgerechnet Keira. Die immer mit so viel Begeisterung mitgearbeitet hatte. Bis jetzt. Bis Ellie die App abgeschaltet und auf Keiras drängende Mails nur mit leeren Phrasen geantwortet hatte. Aber konnte das wirklich der Grund sein? Warum war Keira auf die Idee gekommen, die Drohne zu verkaufen? Wie hatte sie Declan angesprochen? Oder hatte er sie gefunden?

Ellie verließ die Wohnung. Sie machte sich nicht die Mühe, die Tür hinter sich zuzuziehen. Sie ging einfach. Nahm den Bus zurück nach Brixton und klingelte eine dreiviertel Stunde später bei Mo.

»Wir haben eine Drohne verloren«, sagte sie, als sie in Mos Wohnung stand. »Kannst du sie lokalisieren?«

Mo rieb sich die Augen, sah auf die Uhr, wirkte, als befände sie sich unter Wasser. »Wir müssen dazu in die Firma.«

»Dann los.«

»Ich brauch noch nen Moment.«

»Haben wir nicht.«

Mo stützte sich mit einer Hand an der Wand ab. Sie schwankte leicht. »Warum nicht?«

»Weil sonst um zwölf Uhr jemand stirbt.«

39

Genauer gesagt um sieben Minuten nach zwölf. Um zwölf Uhr flog die Drohne noch über die Bahngleise, dann über Häuser mit großen, grünen Gärten, über einen kleinen Park, und um drei Minuten nach erreichte sie Chislehurst, einen Stadtteil von Bromley, mit dem Auto keine fünfzehn Minuten von Pete Renders' Haus entfernt.

Die Drohne filmte lückenlos alles, was sich direkt unter ihr abspielte. Sie sammelte außerdem Umweltdaten wie Luftdruck, Windgeschwindigkeit, Luftfeuchtigkeit, Temperatur. Sie zeichnete in jeder Sekunde genau ihre Geschwindigkeit auf. Heute flog sie nicht so schnell, wie sie fliegen könnte, wenn sie nichts transportierte. Mit konstanten siebzig Stundenkilometern legte sie die Strecke von dreieinhalb Kilometern Luftlinie zurück, verlangsamte fünfhundert Meter vor dem Ziel, schwebte dann direkt über den angegebenen Koordinaten, dem Parkplatz einer teuren und als exzellent geltenden Privatschule, und senkte sich auf acht Meter Höhe herab. Ihr Programm sah vor, nun eine bestimmte Handynummer zu kontaktieren. An das Handy wurde die Frage geschickt, ob Sichtkontakt mit der Drohne bestand. Wurde dies bestätigt, warf die Drohne ihre Ladung ab und flog wieder zurück. Wurde es nicht bestätigt, flog die Drohne nach genau fünf Minuten zurück, ohne die Ladung abgeworfen zu haben. Sollte etwas geschehen, das nicht in der Programmierung vorgesehen war, setzte der Selbstzerstörungsmechanismus ein, der alle gesammelten Daten löschte und die Drohne auseinanderfallen ließ.

Die Drohne wartete drei Minuten und vierundfünfzig Sekunden darauf, dass die Bestätigung des Sichtkontakts übermittelt wurde. In Wirklichkeit bestand kein Sichtkontakt. Es gab nur Declan, der die Aufnahmen der Drohnenkamera auf seinem Smartphonedisplay verfolgte und nicht wusste, was er tun sollte. Bestätigte er den Sichtkontakt nicht, kam die Drohne mit dem Sprengstoff zurück. Er hatte keine Ahnung, ob sie ihn direkt über ihm abwerfen oder damit landen würde. Und was geschehen würde, wenn sie landete. Ob die Erschütterung ausreichte, um den Sprengstoff explodieren zu lassen. Irgendwann kniff Declan einfach die Augen zu und schickte die Bestätigung des Sichtkontakts an die Drohne.

Die Drohne warf ihre Ladung ab. Unter ihr befanden sich die älteren Schülerinnen dieser Eliteeinrichtung. Die Schule führte gerade eine Feueralarmübung durch. Die Schüler und Vorschüler im Alter von drei bis elf Jahren (bis zu diesem Alter akzeptiert die Schule auch männliche Schüler) hatten sich auf dem Sportplatz auf der anderen Seite des Mitte des 19. Jahrhunderts im jakobinischen Stil errichteten Schulgebäudes versammelt. Getroffen wurden zwei Mädchen im Alter von vierzehn Jahren. Die beiden hatten sich an den Händen gehalten, miteinander geflüstert und gelacht, als das Röhrchen mit dem Sprengstoff direkt vor ihre Füße fiel und durch den Aufprall explodierte. Niemand sonst wurde auch nur leicht verletzt.

Nichts davon hatte die Drohne gefilmt, weil sie bereits auf

dem Rückflug war. Sie war ein paar Meter aufgestiegen, befand sich dabei aber in einer leichten Schrägstellung, sodass die Kamera nicht mehr die Menschen auf dem Parkplatz filmte, sondern Gebäude und Bäume. Dann drehte sie ab und flog genau dieselbe Strecke zurück, die sie gekommen war. Über dem Garten von Pete Renders hielt sie an, schwebte in der Luft und wartete auf die Bestätigung, landen zu dürfen. Dann sank sie sanft ins Gras.

40

Pete Renders war ein von Grund auf gewaltfreier Mensch. Schon sein Vater, Peter sen., war der Meinung gewesen, dass Kommunikation und Verhalten gewaltfrei zu sein hatten, weil alles andere eines gebildeten, wohlerzogenen Mannes nicht würdig sei. Auch und besonders beim Sport galt es darauf zu achten, wann aus einem fairen Kampf ein gewaltsamer Akt wurde. Sportarten wie Fußball und Rugby waren im Hause Renders aus mehreren Gründen verpönt (zu gewaltsam, sowohl auf als auch neben dem Spielfeld). Entsprechend spielte der kleine Pete Kricket und Polo und ging zum Fechten. Seine Frau Jessica lernte Pete im Universitäts-Schachclub in St. Andrews kennen, und sie führten eine glückliche, von stets höflicher Kommunikation geprägte Ehe, in der nie gestritten, aber gelegentlich diskutiert wurde. Sie hatten keine Kinder, weil sie keine wollten, und als sie auf die sechzig zugingen, planten sie ihren gemeinsamen Ruhestand. Ein kleines Haus auf Madeira, stellten sie sich vor. Sie hatten beide ein wenig Geld geerbt und auch etwas zur Seite gelegt. Der Job bei Ellie Johnsons Start-up war eine schöne und lukrative Herausforderung vor der Rente, die er mit großer Freude annahm.

Leider verstand er sich gar nicht mit der jungen Frau, die die Firma leitete. Sie war klug, ohne Zweifel, aber sie war in seiner Wahrnehmung das, was man heute passiv-aggressiv nannte. Er bot ihr geduldig seine Expertise an und drang immer wieder darauf, gemeinsam bei einem Mittagessen zu besprechen, wie man Arbeitsabläufe optimieren könnte, aber sie legte wenig Wert darauf, von seiner jahrzehntelangen Erfahrung zu profitieren. Also wandte er sich an seine Kollegen. Es kostete ihn etwas Überwindung, weil er sie für deutlich weniger klug hielt als sich selbst, aber andererseits konnten sie etwas von ihm lernen, und darum ging es doch in erster Linie.

Ein paar Tage später erhielt er die fristlose Kündigung sowie ein Schreiben von Ellies Anwalt: Er sollte achthundertfünfzigtausend Pfund zahlen, weil er Geschäftsgeheimnisse verraten hatte.

Dabei hatte er doch nur den anderen Kollegen erklärt, woran er gerade arbeitete. Wie wichtig sein Aufgabengebiet war. Dass er dabei zu sehr ins Detail gegangen war und tatsächlich hochsensible Informationen an Mitarbeiter anderer Abteilungen weitergegeben hatte, die keine firmeninterne Freigabe für diese Informationen besaßen, wollte er sich bis heute nicht eingestehen.

Er versuchte, vor Gericht dagegen vorzugehen, aber er verlor durch alle Instanzen und war anschließend nicht nur ein armer Mann. Sein Ruf war ruiniert.

Noch während sein Prozess lief, wurde Jessica krank. Anfangs bekam er es nicht einmal mit, weil sie es vor ihm verheimlichte. Er merkte erst, wie schlecht es ihr wirklich ging, als es bereits zu spät war. Der Krebs hatte sich rasant ausgebreitet, und das Gesundheitssystem im Brexit-Zeitalter war noch schlechter als zuvor. Ihnen fehlte das Geld, um Jessica in einer Privatklinik operieren zu lassen. Sie kam auf eine Warteliste, und der OP-Termin verschob sich ständig nach hinten. Jessica starb, während man sie auf die Operation vorbereitete.

Pete machte sich zunächst selbst Vorwürfe, nicht genug für seine Frau da gewesen zu sein. Bis er verstand, wer wirklich die Schuld trug: Ellie Johnson hatte nicht nur sein Leben auf dem Gewissen, sie hatte auch seine Frau umgebracht. Als ihm das klar wurde, verspürte Pete Renders zum ersten Mal den Wunsch, rohe Gewalt auszuüben. Er trank zu viel, er war verzweifelt, aber eines Tages würde er sich rächen, das wusste er. Als Declan Boyce ihn kontaktierte, glaubte er, sein Tag der Rache sei gekommen.

In der Nacht hatte er ihm gezeigt, wie die Drohne gesteuert wurde, sodass Declan Boyce sie starten und landen und zwischendurch etwas abwerfen lassen konnte. Der Probeflug hatte gut funktioniert. Der hochexplosive Sprengstoff, von dem bereits kleine Mengen ausreichten, um einen Menschen lebensgefährlich zu verletzen und von dem sich Declan Boyce mehrere kleine, gebrauchsfertige Ladungen organisiert hatte, die gerade so viel wogen, dass die Drohne sie transportieren konnte, dieser Sprengstoff sollte Ellie Johnson in Angst und Schrecken versetzen.

Am späten Vormittag aber verstand Pete Renders, dass nicht diese unangenehme Frau selbst das Ziel des nächsten Sprengstoffanschlags sein sollte, sondern zufällige Opfer.

Er fing an, mit Declan Boyce darüber zu diskutieren. Der junge Mann wollte ihm weismachen, dass es gar nicht dazu kommen würde.

»Sie lenkt vorher ein«, behauptete er.

Aber Pete Renders wusste sehr viel besser, mit was für einer kaltherzigen Person sie es zu tun hatten.

»Und falls doch jemand verletzt wird«, sagte Declan Boyce, »wird sie große Schuldgefühle haben und spätestens dann auf meinen Deal eingehen.« Er hörte nicht auf Pete. Er glaubte es besser zu wissen.

»Was, wenn jemand stirbt?«, fragte Pete, aber angeblich war die Ladung zu gering.

»Da müsste schon jemand direkt danebenstehen, wenn das Zeug runterfällt. Ich habe das genau recherchiert«, sagte Declan Boyce.

Und doch blieb es Gewalt, die Pete gern gegen Ellie Johnson angewandt hätte, nicht aber gegen unbeteiligte Menschen. Selbst wenn die mit dem Schrecken davonkamen, war es immer noch zu viel.

Für Pete war dies nur ein weiterer Beweis, dass Ellie Johnson Unglück brachte. Als es kurz vor zwölf war und Declan Boyce die Drohne starten wollte, nahm Pete seinen alten tauben Hund Jobo an die Leine und drehte eine langsame Runde durch die Nachbarschaft. Unterwegs begegnete er Foster, der seinen Pudel hinter sich her schleifte. Sie nickten sich freundlich zu.

»Na, hast du Besuch?«

»Ein entfernter Neffe«, sagte Pete, etwas Besseres fiel ihm nicht ein.

»Gut, wenn sich die jungen Leute wenigstens ab und zu mal blicken lassen. Netter Kerl?«

Pete stammelte: »Wie sie halt so sind in dem Alter«, als handele es sich um einen Dreijährigen. Schnell wechselte er das Thema. »Wie geht's ...« Er deutete auf den Pudel, dessen Namen er immer vergaß.

»Lolly? Alles großartig. Wir waren gestern erst beim Tierarzt. Stimmt's, Lolly?«

Der Pudel interessierte sich nicht sonderlich dafür, die Aussage des Herrchens zu bestätigen, und schnüffelte stattdessen an Jobo herum.

»Verstehen sich gut, die beiden«, sagte Foster, wie jedes Mal.

»Ist ja auch ein lieber Kerl, der Jobo«, sagte Pete, wie jedes Mal. »Also dann.«

»Bis demnächst!«

Pete schlenderte noch ein paar Straßen entlang, wartete, bis Jobo sein Geschäft erledigt hatte, und ging zurück zum Haus.

Declan Boyce stand im Garten und wartete darauf, dass die Drohne zurückkam. Pete sorgte sich nicht um die Nachbarn, die den Garten einsehen konnten. Sie waren um diese Zeit bei der Arbeit.

»Wie ist es gelaufen?«, fragte er.

Declan wirkte angespannt. Er zuckte die Schultern, murmelte: »Ich muss mir die Aufzeichnung anschauen. Wie geht das?«

Pete seufzte. Der junge Mann mochte Ahnung vom Internet haben, und er lernte auch schnell dazu, aber mit der Hardware hatte er offensichtlich noch seine Probleme. Pete hob die Drohne aus dem Gras und ging mit ihr in sein Arbeitszimmer. Er überspielte die gespeicherten Daten auf seinen Rechner und startete das Video.

»Wollen Sie zusehen oder lieber auf Ihrem Handy rumspielen?« Pete hielt es nicht mehr für nötig, Declan Boyce gegenüber höflich zu sein.

»Springen Sie vor, ungefähr zehn Minuten.«

Pete tat es und sah auf dem Bildschirm, wie die Drohne über ein Schulgebäude flog und über dem Hof, oder war es ein Parkplatz, in der Luft schweben blieb. Die Drohnenkamera zeigte eine große Schülermenge. Fast vier Minuten lang geschah nichts, dann ließ die Drohne ihre Lieferung fallen und drehte ab.

Pete hielt das Bild an, ging ein paar Sekunden zurück. Zoomte auf die Schüler, die direkt unter der Drohne standen.

»Sie haben allen Ernstes …«, begann er.

»Was hätte ich denn machen sollen?«, rief Declan Boyce. »Sie waren nicht da! Ich wusste nicht, wie ich die Drohne da wegbekomme, ohne das Ding abzuwerfen. Sie ist doch so programmiert! Sie haben mir nicht gezeigt, wie ich sie ohne Abwurf wegfliegen lassen kann, ohne dass sie sich zerstört oder so was!«

Pete stand so heftig auf, dass sein Stuhl umfiel. »Sind Sie wahnsinnig? Oder einfach nur dumm? Sie hätten die Drohne einfach zurückfliegen lassen müssen!«

»Mit dem Sprengstoff?«

»Ja! Und irgendwo anders abwerfen, wo es ungefährlich ist.«

»Ich hatte keine Ahnung, wie das geht! Sie waren nicht da!«

»Ach so, jetzt bin ich schuld?«

Declan Boyce krallte die Hände ineinander. »Vielleicht ist ja nichts passiert. Jedenfalls steht noch nichts im Netz.«

Pete schob Declan zur Seite und verließ den Raum, um sich in der Küche den ersten Drink des Tages zu genehmigen (kein Alkohol vor zwölf, was das anging, war er eisern). Er wollte sich gerade nachschenken, als Declan zu ihm kam.

»Scheiße.«

»Reißen Sie sich zusammen«, murrte Pete. Dann verstand er, dass Declan ihm das Display seines Smartphones hinhielt. Dort stand:

Zwei Schülerinnen bei Drohnenangriff getötet
Sprengstoffanschlag auf Privatschule
Hintergründe völlig unklar

»Ich dachte, der Parkplatz ist leer!«, rief Declan. »Ich hatte das recherchiert, um zwölf ist dort Unterricht, die Pause ist erst später! Da hätte niemand sein dürfen! Und dann standen alle auf dem Parkplatz, wegen einer beschissenen Feueralarmübung! Das konnte ich doch nicht wissen!«

Pete sah, dass Declan tatsächlich weinte. Er selbst fühlte sich in diesem Moment ganz taub. Er stellte die Whiskyflasche zurück auf die Anrichte, kehrte Declan den Rücken zu und beschloss, dass nun alles ein Ende haben musste.

»Was mach ich denn jetzt?«

Pete schüttelte den Kopf. »Warten, dass sich Ellie Johnson meldet«, sagte er nur.

Pete Renders ging mit der Hundeleine ins Wohnzimmer und lockte Jobo aus seinem Körbchen. Er streichelte ihm liebevoll den Kopf, während er ihm die Leine anlegte. Dann verließ er mit dem Tier das Haus. Drei Häuser weiter klopfte er an Fosters Tür. Der Pudel bellte schon begeistert, seit Pete und Jobo das Grundstück betreten hatten. Foster öffnete und sah seinen Nachbarn mit einem fragenden Lächeln an.

»Alles in Ordnung?«

»Oh, es ist etwas geschehen«, sagte Pete. »Mein Neffe, du weißt schon, der gerade zu Besuch ist.«

Foster nickte geduldig, und der Pudel raste an ihm vorbei auf Jobo zu.

»Ich muss verreisen«, sagte Pete. »Ich weiß, das ist viel verlangt, und es kommt sehr überraschend, aber ich kann Jobo nicht mitnehmen.«

»Ich soll mich um ihn kümmern?«

»Wirklich nur, wenn es kein Problem ist. Sonst bringe ich ihn ins Tierheim.«

»Auf gar keinen Fall!« Foster griff nach Jobos Leine. »Doch nicht ins Tierheim! Ich kümmere mich gern um ihn.«

Pete nickte Foster dankbar zu. »Soll ich dir ... Warte, ich kann dir Geld geben. Ich gebe dir Geld. Für das Futter. Wenigstens für das Futter.« Er nahm seine Brieftasche aus der Innentasche seines Jacketts und starrte einen Moment lang verwirrt auf die vielen Scheine, bis ihm einfiel, dass ihm Declan ein paar Bündel Bargeld gegeben hatte. Pete fingerte zwei Hundert-Pfund-Noten heraus. Foster hatte abwehrend die Hände gehoben, aber Pete wusste, dass er das Geld annehmen würde. »Nimm es, nimm es, bitte!«

»Du hast doch selbst Probleme«, murmelte Foster, schielte aber gierig auf die Scheine.

»Es ist von meinem Neffen. Nimm es. Ich kann dir noch mehr geben.«

»Herrje, wie lange willst du denn weg sein?«

Pete seufzte. »Ich weiß es nicht, wir sind bestimmt eine Weile unterwegs. Es gab ... einen Trauerfall.«

Foster wirkte bestürzt. »Das tut mir so leid! Jemand, dem du sehr nahestandst?«

Pete überlegte und entschied, dass es egal war, was er sagte. »Ich bin es meiner Jessica schuldig.« Es wirkte: Foster stiegen Tränen in die Augen, und Pete drängte ihm einen weiteren Hundert-Pfund-Schein auf. »Bitte, nimm das Geld. Mein Jobo ist bei dir in den besten Händen.«

Dann ging er zurück zu seinem Haus. Er sah nicht nach Declan. Was der tat, interessierte ihn nicht. Pete ging die Treppe hinauf in sein Schlafzimmer. Er sah kurz an die Decke, holte die Trittleiter aus der Abstellkammer, nahm den schweren Kronleuchter ab, den Jessica und er so geliebt hatten, und legte das staubige Teil mitten aufs Bett. Er zögerte kurz, nahm seine Brieftasche aus dem Jackett, steckte die Scheine, die darin waren, in das Buch, das auf seinem Nachttisch lag, riss einen Zettel aus seinem Notizbüchlein, das ebenfalls auf dem Nachttisch lag, und schrieb darauf: »Für Foster, wegen Jobo.« Den Zettel steckte er so in das Buch, das er oben gut lesbar herausschaute.

Wieder ging er in die Abstellkammer, kam diesmal mit einem dünnen Seil zurück. Er zog sein Jackett aus (langsam wurde ihm warm), stieg auf die Leiter und fadelte es durch die Aufhängung, an der der Kronleuchter jahrzehntelang gehangen hatte, machte einen festen Knoten, zog probehalber daran, machte zur Sicherheit noch einen Knoten. Dann schlang er das andere Ende des Seils zu einer Schlaufe, zog sie sich über den Kopf, merkte, dass die Reihenfolge nicht stimmte, knotete das Seil wieder ab, machte die Schlaufe an seinem Hals ordentlich, knotete das andere Ende dann ebenso ordentlich an der Aufhängung fest, war zufrieden.

Jessica, dachte er, ich hätte das längst tun sollen. Pete Renders kickte die Leiter unter sich weg, spürte, wie das Seil in seinen Hals schnitt und ihm die Luft nahm, zappelte eine Weile hilflos, nässte sich dabei ein, versuchte noch instinktiv, das Seil zu lösen und sich zu retten, und erstickte.

41

Nichts davon bekam Declan mit, der zurück ins Arbeitszimmer gegangen war, um sich die Kameraaufzeichnungen noch einmal anzusehen. Er zoomte in die Menge der Schulkinder, bekam aber kein klares Bild. Die Drohne war nicht so tief runtergegangen wie sonst, wenn sie Drogen lieferte, sie war einige Meter weiter oben geblieben, um sicherzugehen, dass sie bei der Explosion keinen Schaden nahm. Bei dem Testflug gestern Nacht war sie fast ein wenig zu tief geflogen.

Declan sah auf die verpixelten Köpfe von jungen Mädchen in Schuluniform. Zwei tote Mädchen, weil er sich überschätzt hatte. Nichts, womit er Gnade vor seinem Vater finden würde, der ihm oft genug von seinem Ehrenkodex erzählt hatte: Man vergreift sich nicht an Unschuldigen. Und man vergreift sich niemals an Kindern.

Noch während er darüber nachdachte, wie und ob er seinem Vater beichten würde, was er angerichtet hatte, brummte sein Smartphone mit einer Eilmeldung:

Höchste Terroralarmstufe in ganz Großbritannien

Die Premierministerin hatte ihre Chance genutzt. Eine nächtliche Explosion in der Nähe des Imperial War Museum, dann ein Sprengstoffattentat auf eine Schule mit zwei toten Mädchen, das nahm den Fokus von dem Drogenskandal im Parlament. Noch perfider war die Behauptung, es gäbe ein Bekennerschreiben, das die Geheimdienste mit hoher Wahrscheinlichkeit für echt hielten, allerdings erst noch abschließend prüfen müssten. Linke Terroristen, die den Brexit rückgängig machen wollten. Sogar von Nordiren war die Rede.

Declan musste fast lachen. Die Regierung hatte seinen Coup gekapert. In der Downing Street mussten sie wirklich verzweifelt sein. Seltsamerweise fühlte sich Declan erleichtert. Nicht nur, weil er nun seinem Vater nichts mehr beichten musste. Es war fast ein wenig so, als hätte er mit den toten Schülerinnen überhaupt nichts zu tun.

Declan rief nach dem Hausherrn, erhielt aber keine Antwort. Er hörte es im ersten Stock rumpeln, dachte sich nichts dabei, war im Grunde froh, den alten Besserwisser eine Weile los zu sein. In der Küche holte er sich ein Glas, schenkte sich einen Whisky ein, ging damit in den Garten. Er atmete tief durch, trank dann einen kleinen Schluck. Das Zeug brannte wie billiger Fusel. Er hätte vielleicht auf das Etikett achten sollen. Gewohnheitstrinker waren oft genug keine Gourmets. Besonders dann nicht, wenn sie ohnehin pleite waren.

Wieder brummte sein Smartphone, diesmal war es ein Anruf. Sein Vater.

»Wo steckst du?«

»Ich hab dir doch gesagt, ich bin da an was dran.«

»Nie sagst du mir was.«

»Jetzt lass mich mal.«

»Worum geht's denn da? Dein Bruder weiß auch nicht Bescheid.«

Declan merkte, wie ihm der Whisky in den Kopf stieg und ihn entspannte. »Na gut. Es geht um die Neuen.«

»Die sind vom Markt. Die haben sich selbst zerlegt.«

»Ich hol mir die Drohnen. Mit allen technischen Daten. Und der App. Alles. Das können wir weiterverkaufen. Deine Geheimdienstfreunde werden uns ewige Dankbarkeit schulden.«

»Im Ernst?«

»Meinst du, die interessieren sich nicht dafür?«, fragte Declan verwundert zurück.

»Du kommst da im Ernst dran?«

»Ja.« Er war jetzt ein wenig beleidigt. Sein Vater klang ihm eine Spur zu ungläubig.

»Okay, ich bin gespannt.«

»Du kannst für heute Abend einen Termin in Bletchingley mit deinem Sir Frederick machen.«

»Du klingst patzig.«

»Quatsch. Warum rufst du an?«

»Hast du die Nachrichten gesehen?« Sein Vater klang noch nach dem letzten Jahrhundert: Nachrichten las man in der Zeitung, oder man sah sie im Fernsehen. »Die beiden Mädchen? Der Anschlag auf die Schule?«

»Ja.«

»Genial. Ich meine, natürlich tut es mir leid um die Mädchen. Ehrlich gesagt ist es eine große Scheiße. Man zieht keine Kinder in so was mit rein, das gehört sich nicht.«

Declan nahm schnell einen Schluck Whisky. »Furchtbar«, murmelte er.

»Genau. Eine Riesenschweinerei. Aber gut für uns. Die Regierung ist im Ansehen der Leute wieder ganz oben. Wart mal die Umfragen ab. Die kriegen den Druxit noch durch, das sag ich dir. Und das ist gut für uns.«

»Super.«

»Ein bisschen mehr Begeisterung.«

»Du hast selbst gesagt, die beiden Mädchen ...«

»Da haben wir nichts mit zu tun. Scheiß Terroristen! Weiß man eigentlich, welche es waren? Islamisten wahrscheinlich.«

»Es hieß Linksterroristen.«

»Ist die IRA wieder da?«

»Ich glaube, die war nie ganz weg. Aber die hat damit bestimmt nichts zu tun.«

»Doch, doch. Die machen nicht mal vor Kindern halt. Haben die noch nie. Zu denen würde es passen. Du musst mal deine Mutter fragen, die hat Verwandtschaft in Irland. Was da früher alles abgegangen ist, eine Riesenschweinerei.«

Declan merkte, wie sich sein Vater in Rage redete. Er wechselte schnell das Thema. »Wegen heute Abend? Ich denke, Sir F. wird uns diesmal sehr gern treffen.«

»Junge, das muss ganz sicher sein. Ich mach mich nicht gern zum Idioten.«

Declan dachte schnell nach. Er würde sich gleich bei Ellie melden. Sie hatte jetzt keine Wahl mehr. Sie war die Einzige, die wusste, dass keine radikalen Brexit-Gegner oder Nordirlandseparatisten hinter dem Anschlag steckten. Sie würde nicht noch mehr Opfer riskieren. Nicht nach zwei toten Mädchen.

»Ganz sicher«, sagte er zu seinem Vater. »Heute Abend.« Er legte auf, weil er merkte, dass er langsam etwas zu unkonzentriert war, um noch weiter mit seinem Vater zu sprechen. Er hatte sich ungefähr einen dreifachen Whisky eingeschenkt, und jetzt war das Glas leer. Declan trank selten mehr als zwei, drei Bier am Abend, und harte Sachen fast nie, schon gar nicht tagsüber.

Er setzte sich auf die Stufen, die von der Hintertür in den Garten führten, und rief Ellie an, aber sie meldete sich nicht. Er dachte daran, wie er ihr in ihrem Haus gegenübergestanden hatte. Er glaubte zu wissen, wo ihre Schwachstelle war: Sie wollte nicht, dass jemand verletzt wurde. Warum ging sie jetzt nicht ans Telefon? Warum hatte sie sich nicht längst bei ihm gemeldet?

Irgendwo klopfte es. Declan brauchte einen Moment, um zu verstehen, dass jemand an Renders' Haustür schlug. Mit Nachdruck. Er stand auf, rief nach Renders, bekam keine Antwort und ging selbst zur Tür. Kaum hatte er sie einen Spalt geöffnet, trat jemand dagegen. Er taumelte zurück, stieß mit dem Rücken so fest gegen das Treppengeländer, dass ihm die Luft wegblieb.

Ellie Johnson hielt ihm die Pistole an die Stirn. »Und wo ist Renders?«, fragte sie.

Hinter ihr stand eine junge schwarze Frau, die etwas in der Hand hielt, das wie ein Elektroschocker aussah.

»Ich such ihn«, sagte sie, als Declan nicht antwortete, und sah sich in den unteren Räumen um. Ellie blieb neben ihm stehen und hielt weiter die Waffe auf ihn gerichtet. Er sah, dass sie durchgeladen und entsichert war. In ihrem Gesicht las er blanke Wut.

»Das hätte ich dir nicht zugetraut«, sagte sie. »Das war ganz große Scheiße.«

»Ich habe dich gewarnt«, antwortete er und musste daran denken, in was für eine absurde Situation er sich gebracht hatte. Wieder lag er vor ihr auf dem Boden, wieder zielte sie mit einer Waffe auf ihn. Nur war er sich diesmal nicht so sicher wie noch letzte Nacht, dass sie nicht schießen würde.

»Wir konnten nicht auf die Drohne zugreifen, obwohl ich alle fünfzig zentral steuern können müsste. Renders ist der Einzige, der die Technik versteht und damit arbeiten kann. Du hättest das alleine nicht hinbekommen.«

»Aber ihr seid zu spät.«

»Ja. Wir sind zu spät. Wir haben zu lange versucht, von außen einzugreifen. Unser Fehler. Mein Fehler.«

»Hättest du dich rechtzeitig gemeldet, wären die Mädchen ...«

Sie trat ihm in den Magen. Er hörte sich selbst vor Schmerz schreien, dann musste er sich übergeben. Die Schwarze ging an ihm vorbei die Treppe hoch, sagte etwas, das er nicht verstand, weil es in seinen Ohren pfiff.

»Du wirst mir nicht einreden, dass ich an der Scheiße schuld bin.«

Declan gurgelte, spuckte Schleim.

»Ich hatte vergessen, wie gut Renders ist. Sonst hätte ich nicht so lange versucht, die Drohne unter Kontrolle zu bekommen«, sagte Ellie.

Von oben hörte Declan eine Frauenstimme fluchen.

»Was ist?«, rief Ellie.

Die Schwarze kam an den oberen Treppenabsatz. »Ich würde ja sagen, sieh es dir selbst an, aber ...«

»Hast du Renders gefunden?«

»Im Schlafzimmer.«

»Und?«

»Er hat sich umgebracht.«

Ellie ließ die Waffe sinken, merkte es aber rechtzeitig und nahm wieder ihre Position ein. »Oder hat Declan ihn umgebracht?«

»Kann ich nicht sagen. Sieht aus, als hätte er sich erhängt.«

»Warst du das?« Jetzt wieder dieser Griff mit beiden Händen: eine an der Waffe, die andere, um die Schusshand zu stützen.

»Nein, ich wusste davon gar nichts! Wollt ihr mich verarschen?« Er verfluchte den dreifachen Whisky auf nüchternen Magen, verfluchte seine schwache Position, auf dem Boden, den Rücken geprellt, neben der eigenen Kotze. Declan erinnerte sich an das Rumpeln, das er gehört hatte, sah in seiner Fantasie, wie sich Renders von einem alten Holzstuhl mit einer hohen Lehne und samtigem Bezug abstieß und friedlich an einem dicken Seil baumelte.

»Warum sollte der sich umbringen?«, murmelte er.

»Weil du zwei Mädchen getötet und ihn da mit reingezogen hast, vielleicht?«

»Das waren die Linksterroristen.« Er versuchte ein schwaches Grinsen. »Noch keine Nachrichten gelesen?«

Die Schwarze war die Treppe heruntergekommen. Sie nahm etwas aus der Hosentasche: Auf der flachen, ausgestreckten Hand zeigte sie Ellie die Drohne. »Nummer fünfzig.«

»Na dann«, sagte Ellie.

Die Schwarze warf die Drohne auf den Boden und trat drauf.

»Was macht ihr da für eine Scheiße?«, rief Declan und

fühlte sich durch den Schock fast wieder nüchtern. »Was soll das?«

»Die anderen haben einen Selbstzerstörungsmechanismus«, erklärte Ellie. »Die hier auch, aber nachdem Renders mit ihr gespielt hat, konnte ich ihn nicht auslösen.«

»Du willst sie alle kaputtmachen?«

»Natürlich.«

Sie nickte der Schwarzen zu. Die nahm ihr Smartphone, tippte etwas ein, zeigte dann Declan das Display: eine Art Garage, und auf dem Boden lagen ordentlich nebeneinander aufgereiht neunundvierzig Drohnen. Jedenfalls nahm er an, dass es die restlichen neunundvierzig waren.

»Soll ich?«, fragte die Schwarze.

Ellie nickte.

Declan sprang auf und wollte ihr das Smartphone aus der Hand schlagen, aber die Schwarze war schneller. Sie wich leicht aus, und schon sah er auf dem Display, wie sich in der Garage leichter Dunst verteilte. Die Drohnen wirkten, als hätte jemand jede einzelne von ihnen zerstampft.

»Das war's«, sagte Ellie.

»Das war's nicht«, sagte Declan. »Die Baupläne. Die Daten. Die App. Was ist damit?«

»Nein. Setz dich auf die Treppe.«

Er gehorchte, ließ sich auf die zweite Stufe von unten fallen, fuhr sich mit den Händen über das Gesicht. »Bitte«, sagte er jetzt leise.

»Womit willst du mich jetzt noch erpressen?«

Er dachte schnell nach. »Deine Drohne hat die Mädchen getötet. Das warst du!«

»Das waren offiziell Terroristen. Hast du selbst gerade gesagt.«

»Und du gehörst dazu!«

»Willst du das bei der Polizei aussagen oder was? Ich habe eine geladene Waffe auf dich gerichtet.«

Declan wusste, dass er verloren hatte. Aber ganz aufgeben konnte er noch nicht. »Wir teilen uns den Gewinn. Ich habe heute Abend ein Treffen mit … wichtigen Leuten. Ich habe gesagt, dass ich …«

»Pech«, sagte sie nur.

»Erschieß ihn«, sagte die Schwarze.

Declan rief: »Was? Nein! Hört mal zu, ich kann …«

»Gestern Nacht noch ganz souverän, heute Mittag schon ganz die Hosen voll«, sagte Ellie kalt. »Weißt du was? Wegen Typen wie dir ist mein Bruder gestorben. Dreckiger, gestreckter Stoff, zwischendurch mal was Reineres, man kann sich nie drauf verlassen. Wegen Typen wie dir bin ich überhaupt ins Geschäft eingestiegen. Kapierst du das?«

Er schüttelte den Kopf. »Ich hab damit nichts zu tun. Mein Vater …«

»Sein Vater«, echote die Schwarze.

»Ich bin erst vor kurzem eingestiegen. Ich hab vorher studiert!«

»Und jetzt willst du Daddy zeigen, was du drauf hast?« Die Schwarze lachte.

Ellie ließ die Waffe sinken. »Was machen wir mit ihm?«

»Erschieß ihn. Er hat zwei Mädchen getötet, einfach so. Und vielleicht auch den Mann da oben.«

»Die Polizei …«, krähte Declan.

»Wird sich nicht drum kümmern.« Die Schwarze verschränkte die Arme. »Wenn du ihn laufen lässt, rennt er zu Daddy. Dann wirst du keine Sekunde in deinem Leben mehr entspannt sein können. Du wirst ständig über die Schulter schauen.«

»Wenn ich ihn umbringe, dann erst recht.«

Die Schwarze schüttelte den Kopf. »Der Mann da oben hat ihn umgebracht. Und sich dann selbst aufgehängt. Liebesdrama im Hause Renders. Der junge Lover wollte nicht mehr, der alte war eifersüchtig …«

»Ihr wollt das nicht wirklich inszenieren?«, fragte Declan fassungslos.

Ellie hob wieder die Waffe. »Ihr habt dasselbe mit Catherine gemacht. Sie war meine Freundin. Ihr habt Macfarlane getötet. Ich mochte ihn. Welchen Grund hätte ich, dich leben zu lassen?«

»Ich hatte damit nichts zu tun!«, schrie Declan. Er wollte sich auf Ellies Waffe stürzen, als er einen scharfen, heißen Schmerz in seiner Körpermitte spürte. In seinen Ohren war nichts als weißes Rauschen. Er kippte vornüber und spürte von dem zweiten Schuss wahrscheinlich nicht mehr viel, denn er traf ihn direkt in den Schädel.

42

Die Stille nach den Schüssen war ganz anders als die, nach der sich Mo sonst sehnte. Und doch hatte sie etwas Tröstliches und half ihr, die Nerven zu behalten, während die beiden Frauen systematisch dafür sorgten, dass alles in Renders' Haus danach aussah, als hätte Pete Renders Declan erschossen und dann sich selbst umgebracht. Am Ende gab es nur noch ein Problem: die CCTV-Kameras in der Straße. Aber ihre Gesichter würden nicht zu sehen sein, sie hatten aufgepasst. Die ständige Überwachung sorgte für ständige Paranoia, und man lernte, damit zu leben, man lernte, wann man sich abwandte und wann man in die Kamera sah. Die Polizei würde keinen Grund haben, die Überwachungsvideos der Umgebung zu überprüfen, und selbst wenn, würde es sie nicht weiterbringen.

Ellie verschwand noch am selben Tag. Nicht aus Angst vor der Polizei, sondern aus Angst vor dem Boyce-Clan. Was die Polizei nicht herausfand, würde Walter Boyce mit seinen Geheimdienstkontakten möglicherweise erfahren. Sie war hier nicht mehr sicher.

Sie würde die Firma weiterführen, nur eben von einem Ort aus, den niemand kannte. Mo tippte auf Hongkong, aber es blieb eine Vermutung. Ellie allein wusste, welche Verträge mit welchen Firmen bestanden, wer die Forschung und Entwicklung finanzierte. Sie alle würden weitermachen wie bisher, mit einer Ellie, die sich virtuell zuschaltete, wenn es sein musste.

Mo hatte von ihr die Adresse von einem Restaurant in Clapham bekommen. Etwas widerwillig begab sie sich dorthin, fragte nach einem Leigh und übergab ihm einen Umschlag von Ellie, der die Bitte enthielt, sich um das Grab von Edgar Johnson zu kümmern. Leigh, ein attraktiver Mann um die dreißig, wandte sich kurz ab, und es erschien Mo, als würde er sich eine Träne wegwischen. Er erkundigte sich nach Ellie, aber Mo konnte ihm nicht viel sagen. Sie murmelte vages Zeug von Auslandsgeschäften. Der Wirt lächelte schließlich und bot ihr an, ab sofort dieselben Privilegien zu haben wie seine alte Freundin, und als Mo freundlich ablehnte und erklärte, sie habe gerade keinen Hunger, sah er aus, als würde er gleich wieder in Tränen ausbrechen. Also setzte sie sich hin und stocherte sich durch ein Rindercarpaccio.

Bevor sie ging, sagte sie zu Leigh: »Der Boden in Ihrem Lagerraum ist uneben.« Und als er sie seltsam ansah, fügte sie hinzu: »Auf dem Weg zur Toilette. Die Tür stand offen. Ich habe ein Auge für minimale Abweichungen.« Leigh wirkte daraufhin fast erleichtert, lachte auf und erklärte, er habe aus Kostengründen selbst mit anpacken müssen.

Die Rotweißblauen flankierten wie üblich ihren Heimweg, aber dieser Tage standen sie in finsterem Schweigen beisammen, wie Raubtiere, die auf den richtigen Moment warteten, was Mo fast noch bedrohlicher fand als die offenen Anfeindungen. Sie waren wohl noch von den Aufständen am vergangenen Montag verwirrt, aber bald würden sie wieder zu ihrer alten Form auflaufen. Davon war Mo überzeugt.

Die Premierministerin hatte das Referendum auf unbestimmte Zeit verschoben, mit der Begründung, die Bekämpfung des Terrorismus im Lande brauche nun die gesamte Aufmerksamkeit nicht nur des Parlaments, und die Bevölkerung müsse in diesen schweren Zeiten zusammenhalten.

Mo kaufte ihren Stoff im Darknet wieder bei Sally4U ein. Die Qualität der Ware war gut, die Lieferung zuverlässig. Sie musste sich sehr zusammenreißen, ihre Disziplin hatte in den vergangenen Tagen gelitten. Jetzt lief sie wieder regelmäßig jeden Morgen und rauchte bewusst wenig, seltener als vorher. Sie würde nicht ganz damit aufhören können, dazu war die Welt dort draußen zu laut, auch wenn die Rotweißblauen gerade schwiegen.

追龙.

Den Drachen jagen.

Wenigstens für eine Weile herrschte nun Stille.

NED KELLY AWARD 2014

Candice Fox
Hades
Thriller
Aus dem australischen Englisch
von Anke Caroline Burger
Herausgegeben
von Thomas Wörtche
st 4838. 341 Seiten
(978-3-518-46838-8)
Auch als eBook erhältlich

»Gänsehautlektüre.«

Sydney Morning Herald

Vor zwanzig Jahren wurden zwei Kinder gekidnappt und dem Tod überantwortet. Doch das kriminelle Mastermind von Sydney, Hades Archer, nimmt sich ihrer an, und sie werden Cops bei der Mordkommission. Sehr ungewöhnliche Cops …

»Ein Krimi, der süchtig macht.«
Marten Hahn, Deutschlandradio Kultur

»Candice Fox ist eine Entdeckung, ihr Roman setzt Maßstäbe.«
Ulrich Noller, WDR

»Ein gigantisches Epos … Wirklich umwerfend grandios.«
Ingrid Müller-Münch, WDR 5

suhrkamp taschenbuch

Weitere Informationen erhalten Sie unter www.suhrkamp.de
oder in Ihrer Buchhandlung.

Candice Fox
Eden
Thriller
Aus dem australischen Englisch
von Anke Caroline Burger
Herausgegeben
von Thomas Wörtche
st 4861. 473 Seiten
(978-3-518-46861-6)
Auch als eBook erhältlich

Gerechtigkeit ist gut. Rache ist besser.

Hades, das kriminelle Mastermind von Sydney, wird bedroht. Er ›bittet‹ Detective Frank Bennett, den Kollegen seiner Tochter Eden, um diskrete Hilfe, denn die Spuren könnten tief in das faszinierende, gewaltsatte Vorleben von Hades führen. Gleichzeitig hat Eden, Top-Detective bei der Mordkommission, einen extrem schwierigen Auftrag: Drei Mädchen sind verschwunden. Die Spur führt sie zu einer Farm, auf der sich ein Serienkiller rumtreibt. Sie begibt sich dort *undercover* in eine Kommune, ein rabenschwarzes Paralleluniversum mit Mördern und Vergewaltigern. Sie muss all ihre erstaunlichen Fähigkeiten einsetzen, um zu überleben ...

»Einer der herausragendsten Thriller der letzten Jahre.«
The Chronicle

suhrkamp taschenbuch

Weitere Informationen erhalten Sie unter www.suhrkamp.de
oder in Ihrer Buchhandlung.